주무르면 다 고침! 10

강준현 현대 판타지 소설

초판 1쇄 찍은 날 § 2019년 8월 8일
초판 1쇄 펴낸 날 § 2019년 8월 15일

지은이 § 강준현
펴낸이 § 서경석

총괄팀장 § 노종아
편집책임 § 김대용
디자인 § 고성희

펴낸곳 § 도서출판 청어람
등록번호 § 제387-1999-000006호
등록일자 § 1999. 5. 31
어람번호 § 제1-3038호

주소 § 경기도 부천시 부일로 483번길 40 서경B/D 3F (우) 14640
전화 § 032-656-4452 팩스 § 032-656-4453
http://www.chungeoram.com
E-mail § chungeorambook@daum.net

ⓒ 강준현, 2018

ISBN 979-11-04-92034-9 04810
ISBN 979-11-04-91881-0 (세트)

MODERN FANTASTIC STORY

강준현 현대 판타지 소설

청어람
도서출판

10

주무르면
다고침!

목 차

66. 능력의 끝이 아닌
성희롱의 초입

—놈은 대학교 때부터 건방졌어요. 한데 교수 앞에선 모범생처럼 굴며 알랑방귀를 뀌었죠. 그렇게 6년을 보냈으니 공중 보건의를 마치고 병원으로 돌아오면 정정당당히 공부한 학생들이 차지해야 할 자리를 뺏을 것은 불 보듯 뻔했죠.

—병원에 남게 될 가능성이 높았겠네요.

—그뿐만이 아니에요. 워낙 힘이 있는 교수의 눈에 들어서 교수 자리까지도 넘봤을 겁니다. 아무튼 그때 사고를 쳤죠. 주제도 모르고 한의사가 해선 안 될 범주의 치료까지 했는데, 환자가 죽은 거죠.

—그래서요?

—아버지의 도움을 받아 한의사협회와 의사협회에 그러한 사실을 알렸죠. 그리고 죽은 환자의 가족들에게 전화를 해서 그들

을 부추겼어요.

옥지혜의 스마트폰에선 그때의 진실이 흘러나오고 있었다.

에둘러서 애매하게 말을 하고 있었지만 임동환과 그의 아버지가 왜 자신을 눈에 가시처럼 여겼는지 알 수 있었다. 자신이 그의 앞날에 방해가 될 거라고 판단한 것이 분명했다.

—…끈질긴 놈. 그런 상황에서도 또 다른 배경을 물어 다시 기어 올라오더군요. 그래서 그 아들에게 다시 전화를 걸었죠. 멍청하게 돈 얘기부터 꺼냈다가 오히려 탈탈 털렸지만. 이 정도면 내가 그리 착하기만 한 사람이 아니라는 건 알겠죠?

—…그러네요.

—그럼 이제 그놈을 끌어내릴 방법을 얘기해 봐요.

녹음은 여기까지였다.

"……."

"괜찮아?"

"아… 네. 어떻게 복수를 해야 기분이 좋을까 생각 중이었어요. 하하!"

"어떻게 하려고?"

"좀 더 고민해 봐야죠. 아무튼 누나 덕분에 이제야 진실을 확실히 알게 됐네요. 고마워요."

"이렇게라도 네게 도움이 됐다니 다행이야."

씨익! 웃으며 좋아하는 옥지혜.

논문 때문이라곤 하지만 스스로 위험을 무릅 쓰고 도우려 하는 사람이 얼마나 있을까.

"괜스레 누나한테 피해가 갈지 모르니 이제 그만해요. 나머진

제가 알아서 할게요."

"바로 냉랭하게 대하면서 피하면 눈치챌걸?"

"음, 그럴 수도 있겠네요."

복수를 하느라 도움을 준 옥지혜가 다친다면 하지 않는 게 나았다.

"저한테 지난번처럼 한 방 더 먹이고 빠지는 게 나으려나?"

"그건 안 돼! 그럴 거면 도운 게 아니라 오히려 널 망치는 거잖아."

"쩝! 당장 뾰족한 수가 생각나지 않네요. 일단 적당한 거리를 두고 계세요. 누나도 당하는 것처럼 보이면 괜찮겠죠. 그나저나 다음 달이면 심산데 논문은 어떻게 돼가고 있어요?"

"완성해서 다듬고 있어. 보여줄까?"

"제가 본다고 아나요. 이건 얼마 전 치료한 환자들 케이스니까 참조하세요. 이게 마지막 자료겠네요."

방학이 시작되면 융합학과 논문 심사가 시작될 터. 한 사람은 쫓겨나고 한 사람은 교수가 될 것이다.

"고마워. 설령 떨어진다고 해도 잊지 않을게."

"약한 소리 말아요. 전 누나가 될 거라 믿어 의심치 않아요. 그러니 조심하세요. 탁동인이 무슨 짓을 하려고 할지도 몰라요."

"걱정 마. 그 인간에 대해선 항상 신경을 곤두세우고 있으니까."

"혹시 제 도움 필요한 것 있으면 연락주세요. 이제 슬슬 일어날게요."

"임동환 눈치 보여서 술도 한잔 같이 못 하네. 끝나고 나면 내가 술 살게."

"그래요."

옥지혜의 방에서 나와 자신의 교수실로 갔다.

아침 일찍부터 나와 만들고 있던 기말고사 시험 문제를 마무리 짓고 갈 생각이었다.

개인적으로 장착한 전자 자물쇠를 열고 안으로 들어가자 배수진이 소파에 앉아 있었다.

"수업 끝났으면 집에 가지 여기서 뭐 해?"

"그러려고 했는데 양태일 조교가 선생님이 전화 안 받는다고 저에게 연락이 와서요."

그녀는 책상 위에 있는 스마트폰을 가리키며 말했다.

"아! 내 정신 좀 봐. 정신없이 수업 들어간다고 놓고 갔네. 급한 일이래?"

"아뇨. 선생님을 찾는 사람들이 몇 명 있다고요. 명단은 위에 적어놨어요."

"별거 아닌 일로 괜히 널 귀찮게 했네. 고마워."

요즘 따라 자신을 찾는 사람들이 갑자기 늘었다.

누구누구 소개로, 혹은 방송을 보고, 혹은 무작정 보겠다고 찾아오는 이들까지. 하지만 대부분은 모르는 이들로 노파심과 호기심에 검사를 받으러 오는 것이었다.

마음 같아선 그들도 일일이 봐주고 싶지만 시간이 없었다.

"고마우면 저녁 사줘요. 술도 괜찮고요."

"…술?"

"왜요? 요즘은 가끔 동기들이랑 한잔씩 해요."

"그럼 동기들끼리 마시고 난 빼주라. 술은 너 본과 시작하면 그때 사줄게."

"좋아요. 그럼 밥으로 만족할게요."

왠지 당하는 기분이 드는 건 착각일까.

스마트폰을 챙겨서 나가자고 말하려 할 때 배수진이 책상 위에 적어둔 쪽지가 눈에 들어왔다. 그리고 쪽지에 적힌 명단 중 유독 눈에 들어오는 이름이 있었다.

"수진아, 미안한데 저녁은 친구들이랑 먹어야겠다. 아무래도 병원에 가봐야겠다."

"에휴~ 놀랍지도 않네요. 선생님 여자 친구 분도 성격 좋으셔야겠어요."

"다행히 좋아. 여기 있다! 반주도 한잔해라."

"오늘은 왜 카드로 안 주고 현금으로 주세요?"

"왠지 엄청 먹을 것 같아서. 간다. 문 잘 닫고 가라."

주차장으로 향하면서 양태일에게 전화를 했다.

"태일아, 오늘 나 찾는 손님 중에 홍성학이라는 사람 지금도 있어?"

—글쎄요. 가타부타 말씀이 없으셔서 평소처럼 못 만난다고 전했는데요.

"언제?"

—선생님 수업 끝나고 조금 지나서 했으니까 1시간 넘었네요. 근데 왜 그러십니까?

"아무래도 대학 선배 같아서."

—지금 병실이라 확인해 보고 연락드리겠습니다.

주차장에 도착했을 때 연락이 왔다.

―대기실엔 안 계세요. 근데 아까 준 명함이 있는데 전화번호 불러 드릴까요?

"응. 불러봐."

전화번호를 받아 바로 연락을 했고 대여섯 번의 신호가 간 후 연결이 됐다.

―네, 홍성학입니다.

익숙한 목소리. 그래도 확실히 물어봐야했다.

"실례합니다만 혹시 경해대 경영학과의 홍성학 씨 맞으십니까?"

―그런데요. …혹시 한의과 한두삼?

"예! 저예요, 성학이 형."

*   *   *

대학을 입학하고 그나마 여유가 있는 1, 2학년 때 동아리 활동을 해보자는 생각에 들어간 곳이 극예술연구회라는 연극 동아리였다.

당시 동아리 회장이었던 홍성학은 자신이 마음에 든다고 무척 잘해줬었다.

동아리에 들어가 얼마 되지 않아 연극에 전혀 재능이 없다는 걸 알게 되었음에도 동아리에서 2년을 꿋꿋이 버틴 것도 솔직히 홍성학 때문이었다.

무엇보다도 그에 대해 잊을 수 없는 건 할아버지가 돌아가셨을 때 학교에서 그 먼 악양까지 와준 유일한 사람이었다는 점이다.

각설하고 통화가 됐을 때 홍성학은 멀리 있지 않았다. 그래서 병원 근처의 유명 패스트푸드점 앞에서 보기로 했다.

먼저 도착해 기다리고 있는데 양복 차림의 남자가 와서 툭하고 어깨를 쳤다.

거칠고 지저분했던 헤어스타일이 짧고 단정하게 바뀌었고 목이 늘어진 티셔츠를 트레이드마크로 삼던 이가 깨끗한 정장을 입고 있는데 지나가다 봤으면 몰라볼 정도로 바뀌어 있었다.

특히 세월이 내려앉은 얼굴을 보니 얼마나 오랫동안 못 봤는지 실감이 났다.

"…오랜만이에요, 형."

기억과 현실의 차이 때문일까 반가운데도 자신도 모르게 머뭇거리게 된다.

"13년만이니까 진짜 오래되긴 했다. 난 많이 늙었는데, 어째 넌 옛날이나 지금이나 그대론 거 같다?"

"요즘 애들 보면 그런 소리 못할 걸요."

"저런 애들 말이냐? 비교하니 너도 나이가 들어 보이긴 한다."

홍성학은 마침 지나가는 민소매에 짧은 반바지를 입은 핫한 여학생들을 보며 말했다.

"저런 모습을 흐뭇하게 보는 거 보니 형은 아저씨가 다 됐네요."

"올해 마흔이니 아저씨 맞지만 저런 모습을 흐뭇하게 보지 않을 남자가 누가 있겠냐?"

"히히! 그리긴 하죠. 결혼은요?"

"했다. 애가 지금 둘이야."

"헉! 정말이요? 형 배우로 성공하기 전엔 절대 결혼 안 한다고 하지 않았어요?"

"인생이 뜻하는 대로 풀리는 경우 얼마나 되겠냐. 근데 여기서 계속 얘기할 거냐?"

"아! 맞다. 어떤 거 좋아하세요? 한식, 양식, 일식, 중식, 동남 아식 이 근처에 없는 게 없어요."

"너 먹고 싶은 걸로 먹자. 난 아무거나 다 괜찮다."

"그럼 조용한 곳으로 가요."

13년 만에 만났지만 13분이 지나자 변해 버린 모습에 적응이 되며 어색함이 사라졌다.

가끔 가는 퓨전 일식집으로 갔다. 가격이 조금 되는 곳이라 학생들보단 의사나 교수들이 퇴근길에 들러 조용히 한잔하기 좋았다.

"추천 요리 두 개랑 모듬회 하나 주세요. 술은?"

"소주 먹자. 사케는 뭔가 밍밍해."

"소주로 주세요."

마침 룸이 비어 있어서 주문을 한 후 들어갔다.

"돈이 없어서 학교 잔디밭에서 새우 과자에 깡소주 마셨던 것이 엊그제 같은데 어느새 이런 곳에서 술을 기울이는 나이가 됐네."

"훗! 그러게요."

과거엔 술을 먹으면 미래를 얘기했었다. 한데 어느 순간부터 과거를 얘기한다.

이럴 때 보통 나이를 먹었다고 하는데 나이를 먹어서라기 보단 빤히 보이는 특별할 것 없는 미래, 쳇바퀴 같은 삶이 과거를 돌아보게 만드는 건 아닐까.

물론 이러한 삶이 나쁜 것이라고 보지 않는다. 아니, 오히려 대단하다고 말해주고 싶다.

그런 삶을 살기로 결정한 건 분명 '누군가를 위해'서일 테니 말이다.

"너 처음 무대에 올랐을 때 기억 나냐?"

"기억하죠. 하기 싫다고 그렇게 말했는데 형이 배역을 줘서 한 거잖아요."

"큭큭! 그때 네가 한마디 할 때마다 관객들이 빵빵 터졌잖아."

"당연하죠. 한참 심각한 분위기인데 '동지들이여! 함께 일어서자!'라고 국어책을 읽었으니……. 지금 생각해도 낯이 뜨거워지네요."

"하하하! 근데 그거 아냐? 각색한 소영이 누나가 그걸 계획하고 썼다는 거."

"에헤~ 진짜요?"

"진짜. 80년대 만들어진 대본이라 극 내용이 전체적으로 무거웠잖아. 한데 밝게 하자니 동아리 성격에 맞지 않고. 그래서 널 생각하고 더 비장한 지문을 넣을 거야."

"어쩐지 그렇게 망쳤는데도 3회 공연 내내 올리더라니……. 진즉에 말해주지. 연극을 망쳤다는 생각에 얼마나 미안했는지 알아요?"

"너무 미안해서 오히려 말을 할 수가 없었어. 그리고 결국 말을 못 했지."

"그런 비화가 있었군요. 근데 소영이 누나는 뭐 하고 있대요?"

"글쎄다. 내가 한창 극단에 있을 때 들은 얘긴데 예능 프로그램 보조 작가가 됐다고 그러든데. 그게 6, 7년 전이니까 지금은 결혼해서 잘 살고 있지 않겠냐?"

과거의 즐거운 얘기로 시작한 대화는 빈 술병이 늘자 현재의 힘겨운 삶의 얘기로 바뀌었다.

"지금 와이프가 '임신했어'라고 말하는데 도저히 지우라는 말을 못하겠더라. 결국 아이와 연기 둘 중에 선택을 해야 했지."

"아이를 선택했군요?"

"결론적으론 그렇게 됐어. 근데 꼭 아이 때문이라기엔 그래. 마음속으론 평생 극단에 있다고 해도 빛을 보지 못하겠다는 생각을 하고 있었거든."

"가끔 무명 생활을 하다가 유명해진 사람들 얘길 들으면 그쪽 생활이 힘든 것 같더라고요."

"별도로 아르바이트를 하지 않으면 버틸 수가 없지. 흠! 아무튼 세상 참 웃기지 않냐? 미친 연기력이라 평가받던 나는 정작 TV에 출연 한 번 못해봤는데 발 연기의 절정이라는 넌 TV에 나오고 있으니 말이야."

"미친 연기력의 소유자인 형이 보기에 제 연기가 많이 좋아졌던가요?"

"연기가 필요 없는 버라이어티에 출연한 걸 다행으로 여겨라. 그래도 얼굴 표정은 사회물을 먹어서 그런지 좋아졌더라."

"하하! 사회물 제대로 먹었죠. 근데 형 다 먹은 거 같으니 맥주 한잔 더 하는 거 어때요?"

"안 그래도 시원한 맥주가 생각나던 차였는데 좋지! Let's go!"

1차를 끝내고 2차로 시원한 맥주를 마시러 가서야 슬슬 본론이 나오는 분위기다.

"넌 요즘 살 만하냐?"

"평생 요즘만 같으면 좋겠네요. 형은요?"

"나? 쩝! 나야 하루하루 치열하게 살고 있지."

"무슨 일 하는데 그렇게 치열해요?"

1차에서 뭘 하냐고 물었을 때 홍성학은 그냥 직장 다닌다고 말로 얼버무렸다. 그리고 말하는 동안 옆에 놓아둔 서류 가방에서 몇 번이고 뭔가를 꺼내려다가 망설이는 모습을 봤다.

TV에서 나오는 자신을 보고 반가워서 찾아왔다곤 말했지만 솔직히 그 말을 온전히 믿을 만큼 순진하지 않다. 분명 겸사겸사 찾아온 것이리라.

물론 그렇다고 해서 그를 무시할 생각은 추호도 없다. 오히려 반대다.

'무슨 부탁을 하든 웬만하면 들어줄 테니까 이제 말해요, 형.'

망설이는 모습을 보니 오히려 자신이 답답했다.

보험? 자동차 영업? 렌탈 영업? 뭐든 상관없었다. 그가 원하는 만큼 계약을 해줄 생각이고 가능하면 다른 사람들도 소개시켜 줄 생각이다.

"…아냐. 세상에 안 힘든 사람이 얼마나 있겠냐?"

"……."

뭐 때문인지 다시 물러나는 홍성학. 아무래도 거들어야 할 모양이다.

"혹시 가족 중에 아픈 사람이 있거나 힘든 일 있으면 언제든 말해요. 네가 다른 사람은 몰라도 형 일이라면 발 벗고 나선다."

"…진짜?"

"당연히 진짜죠. 형이 할아버지 돌아가셨을 때 와서 그랬잖아. 힘들 때 돕는 게 진짜 의리라고. 형 의리는 그때 봤으니까 이번엔 내가 의리 보여줄게요. 형 자동차 영업해요? 그럼 일단 내가 2대 정돈 계약할게요. 아님 보험해요? 일단 내 것 들고, 아는 사람들 많으니까 소개시켜 줄게요."

얼마든지 얘기하라고 멍석을 깔아주자 그제야 머뭇거리다가 가방에서 명함을 꺼냈다.

"…사실 나 여기 다녀."

그가 내민 명함엔 '전국제약 국내영업부 2팀 홍석학'이라고 적혀 있었다.

*   *   *

"많고 많은 영업 중에 왜 하필 의약품 영업일까?"

의약품 영업을 무시할 생각은 없다. 그저 자신이 돕는 데 한계가 있기에 하는 말이다.

옆에서 가만히 듣고 있던 공동희가 말했다.

"남들은 누가 불쑥 찾아오면 뭐 팔아달라고 할까 봐 꺼린다는데 넌 어째 못 도와줘서 안달인 것 같다?"

"도와주고 싶은 형이니까."

"꽤 괜찮은 사람인가 보다?"

"내 생각엔 그래."

"그럼 다른 영업으로 바꾸라고 해. 자동차 영업으로 바꾸면 차라리 나을 수도 있겠다."

"영업을 못 하면 그러라고 하고 싶은데 나름 꽤 경력이 있나 봐."

홍성학이 자신의 앞에서 하도 우물쭈물하기에 영업에 재능이 없나 했는데 아니었다. 영업을 하러 온 건 맞지만 괜스레 서둘러 얘기를 꺼냈다가 오랜만에 만난 후배를 잃을까 봐 걱정됐단다.

"영업 잘하면 어딜 가도 굶어죽을 일 없지. 근데 본관에 있을 때 영업 사원 몇 명 알았는데 편차가 심하더라. 어떤 사람은 기본급 겨우 받고 어떤 사람은 억대 연봉이라고 하더라."

"그 형은 평균 5천쯤은 된대."

"괜찮네. 근데 뭘 그리 고민해?"

"뭐라도 하나 해줄까 해서. 너 혹시 병원 내 의약품 선정 어떻게 하는지 알아?"

"자세히는 몰라. 그저 아는 정도랄까. 근데 친구로서 충고하자면 웬만하면 지금은 알아봐야 좋을 거 없다. 나중에 네가 과장이나 센터장 되면 그때는 절로 알게 될 거다."

"말해봐. 내가 얼마나 비겁하게 사는지 잘 알면서 그래. 그리고 남의 밥그릇에 손대는 짓은 안 해."

"…웃으라고 하는 말이지? 불과 얼마 전에 진의모 사건은 기억에서 없어진 거냐?"

"엘튼 선생님이 당하고 있는데 물러서냐? 그리고 어느 정도 이길 거라는 확신이 있었어."

"에휴~ 입만 살아서는……."

공동희는 신경질적으로 긁더니 말을 이었다.

"ETC, OTC에 대해선 알지?"

"그 정돈 알지. ETC는 전문 의약품 영업직이고 OTC는 일반 의약품 영업직이잖아. 그리고 전문 의약품의 경우 의사의 처방전이 필요하다는 것도 알아."

"맞아. 일반적으로 의사가 어떤 약을 쓸 건지 결정을 하지 그래서 영업 사원들이 의사에게 영업을 하는 거고. 근데 그건 개인 병원 얘기야. 너 처방할 때 어떤 식으로 약을 결정해?"

"처방전 프로그램에 나와 있는 것 중에 적당한 걸 선택하지."

"자, 여기서 문제. 그럼 처방전 프로그램의 약은 누가 결정할까?"

문제라고 하니 맞혀야 한다는 생각에 잠깐 고민했다. 답은 이미 그가 말했다.

"각 과의 과장, 센터장, …병원장."

"정답. 그럼 왜 그들이 결정을 할까? 너도 의사고 결정하지 못하는 다른 사람들도 다 의산데?"

"리베이트."

"잘 아네."

"그럼 한쪽에서 더 많은 리베이트를 제공하면 되는 거 아닌가?"

"단순하긴. 너만 인간관계로 묶여 있냐?"

"아! 듣고 보니 그러네."

"리베이트가 단순히 의사와 영업 사원 간에 돈이 오간다고 생각하면 오산이야. 인간관계, 돈 관계, 심지어 권력관계까지, 훨씬 복잡해. 게다가 병원장님이 묵인하는 정도가 얼마이고 그중에 센터장의 비율, 과장의 비율, 연륜 있는 선생의 비율 등등. 끼어드는 순간 지옥을 맛보게 될 거다."

"쩝! 네 말만 들어도 머리가 아프다. 그냥 포기해야겠다."

"잘 생각했어. 참! 정 해주고 싶으면 이방익 선생님한테 한번 말해봐."

"이방익 선생님?"

"이 선생님은 자신 몫을 안 한 걸로 알고 있어."

"그래? 근데 그저 아는 정도라면서 꽤 자세히 안다? 혹시 한방 센터는 네가 관리하냐?"

"관리는 무슨… 작년에 서류 작업해서 올렸을 뿐이다. 해줄수 있는 말은 다 했으니, 그만 한숨 쉬고 가라. 나 일해야 해."

"아! 맞다. 너한테 불임 관련해서 좋은 아이디어 말해주러 왔는데 엉뚱한 소리만 했네. 네 방에만 오면 왠지 하소연을 하고 싶어진다니까."

"…다음부턴 성당에 가서 해. 무슨 아이디언데?"

"혹시 내 방송 봤냐?"

"안 보면 지랄할 것 같은 친구가 있어서 봤다."

"훌륭한 친구를 뒀구나."

"……."

"아무튼 거기 나오는 이가한의원이 난임에 대해서 소문이 자자한 곳이거든."

"한의학 불임클리닉을 만든다?"

"아니지. 양의학과 콜라보로 해야지. 정확한 검사를 통해 불임은 양의학이, 난임은 한의학이 담당하는 거야. 물론 공동 치료를 할 수 있으면 그것도 괜찮고."

"음… 생각해 볼 만한 일인데, 과연 이가한의원이 하려고 할까?"

"이가한의원 가주 말고 이번에 분가를 하는데 이현석 선생님이 난임에 대해선 최고래."

"말로만 최고면 곤란해."

"들은 바로는 이현석 선생님 부인이 임신을 못했대. 집안에서도, 전문 병원에서도 여러 번 시도하다가 포기했는데 결국 스스로 공부해서 체질을 바꾸는데 성공해서 애를 셋이나 낳았단다."

"그렇단 말이지……."

"생각해 봐. 난 이만 간다."

행정 지원 팀에서 나와 자신의 2층 진료실로 가려다 안마과로 향했다. 말이 나온 김에 이방익에게 물어볼 생각이었다.

"한 선생이 알아서 해."

이방익은 말을 꺼내기가 무섭게 알아서 하라고 했다.

"…이렇게 쉽게 허락하셔도 돼요?"

"꼭 어렵게 허락을 해야 하는 거야?"

"그건 아니지만… 담당 직원 만나서 얘기도 좀 하고 그러셔야 되는 거 아닙니까?"

"리베이트 받으라고? 됐어. 한 선생 선배라며? 그냥 그 돈으로 좋은데 가서 둘이서 술이나 한잔해. 어차피 신경도 안 썼던 일인데, 뭐 어때."

"그럼 진짜 합니다?"

"해. 참! 나한테 배정된 약이 근육이완제일 거야. 그러니 그것과 관련된 약만 받을 수 있어. 선배가 일하는 곳이 어디라고 했지?"

"전국제약이요."

"중견기업이니 지금 처방되는 약을 대체하는데 문제없겠네. 약 정해지면 센터장님께 말씀드리면 돼. 그럼 일정 기간이 지난 후부터 전국제약 약으로 처방이 되기 시작할 거야."

"감사합니다. 제가 좋은 곳으로 한번 모실게요."

"정 없게 한 번이 뭐야. 세 번."

"하하! 예, 열 번 모실게요."

너무 쉽게 좋은 결과를 얻어냈다고 좋아했다.

한데 이 일이 한방센터에 큰 파문을 만들게 될 줄은 전혀 생각하지 못하고 있었다.

＊　　　　　＊　　　　　＊

세상 바뀐 건지, 자신이 세상을 잘 몰랐던 건지 혹시나 해서 올린 1시간가량의 림프 마사지를 받으면 30만 원을 준다는 아르바이트 공고는 그야말로 인기 폭발이었다.

수백 통의 메일과 메시지 때문에 올린 지 하루 만에 내려야 할 정도였는데 가슴과 서혜부 마사지를 감수하겠으니 꼭 뽑아달라는 글도 제법 많았다.

아무튼 그들 중 20대 1명, 30대 2명, 40대 2명을 뽑았다. 계획은 남자와 50대, 60대도 뽑을 생각이었는데 신청자가 없어 30대, 40대를 2명씩으로 했다.

마사지를 하기로 한 일요일. 아침을 먹고 문희 성형외과로 갔다.

일요일 아침인데 서문희가 반갑게 맞이해준다.

"어서와, 요즘 TV 잘 보고 있어. 호호!"

"서 원장님, 안녕하세요! 쉬는 날인데 제가 민폐 끼치는 거 아니죠?"

"곧 학생들 방학이고 본격적인 휴가철이잖아. 이때는 못 쉰다고 보면 돼."

"봄엔 결혼 철이라고 바쁘다고 하지 않았나요? 돈도 좋지만 쉬엄쉬엄해요. 돈은 쓰는 재미라잖아요."

"훗! 그래서 한 선생은 돈 쓰는 재미 느끼고 있어?"

"큭! 남 말할 처지가 아니네요. 아무튼 오늘 신세 좀 질게요. 이 환은 뇌물입니다. 원장님 몸에 딱 맞혀서 만들어 온 거니까 하루 한 알씩만 드세요."

"신세는 무슨, 잘 먹을게. 오늘은 채 간호사가 도와줄 거야."

여태까지 네 번 방문을 해서 시술을 도왔다. 그래서 성형외과 직원들과도 제법 안면이 있었다.

"채 간호사님, 잘 부탁드려요."

"네. 프로그램 재미있게 보고 있어요."

"요즘 인사하는 사람마다 다 똑같은 인사네요."

"유명세라고 생각하서야죠, 스타 선생님. 호호호!"

"이렇게 비행기를 태울 줄 알았으면 상품권을 넉넉히 챙겨올 걸 그랬어요."

"전 작은 것에 감사할 줄 안답니다. 커피 드실래요?"

"좋죠."

방송 중에 있었던 사소한 얘기를 하며 잠깐 쉬고 있는데 첫 번째 아르바이트 지원자가 왔다.

약속 시간 준수를 강조했더니 20분 일찍 도착한 30대 여성은 메일로 보낸 사진과 약간의 괴리감(?)은 있었지만 전체적으로 피곤해 보이는 모습만은 딱 원하던 지원자였다.

"9시 50분까지 오기로 한 분이죠?"

"…네."

"이쪽으로 오세요."

밝고 화사한 분위기의 마사지 룸으로 안내를 했다

"일단 이 서류 읽어보고 동의하면 지장을 찍으시면 됩니다."

"뭔데요?"

"요즘 세상이 워낙 이상하잖아요. 그래서 예방 차원에서 하는 겁니다. 아르바이트 공고문에도 올렸듯이 간호사 한 분이 지켜보고 있을 것이고 녹화가 되고 있으니, 혹시나 불편하면 바로 말씀하세요."

"…저 이상한 여자 아니에요."

"압니다. 서로 조심하자는 거지 다른 뜻이 있는 건 아닙니다."

가장 이성적이야 할 법이 갈수록 감성적이 되어가는 세상이니 조심하는 게 좋았다.

"지장 찍었으면 샤워실에 가서 샤워한 후 이 수영복으로 갈아입고 나오세요."

샤워를 하고 나오는 동안 마사지를 할 준비를 했다. 화장품을 꺼내자 채 간호사가 관심이 가는지 물었다.

"어머! 좋은 제품들을 쓰시네요?"

"트러블이 있는 것들은 조심해야 하니까요."

"이 화장품은 선생님이 만드신 거라면서요? 요즘 이거 쓰는 친구들 많더라고요."

"필요하면 말해요. 저한테 매달 일정량을 보내주거든요. 다음에 올 때 피부 타입에 맞는 걸로 가져다줄게요."

"그래주시면 저야 좋죠."

화장품 판매업체와 연계하여 두삼의 화장품은 본격적으로 팔리기 시작했다. 날개 달린 듯 팔리진 않았지만 광고를 하면서 선방은 하고 있는 모양이었다.

준비를 마치자 아르바이트 지원자가 수영복을 입고 나왔다. 상당히 대담한 비키니라 그런지, 아님 어울리지 않는다 생각했는지 조금 부끄러워했다.

"…다 했어요."

"이쪽으로 누우세요. 얼굴과 목을 한 후 등, 다리, 앞 순서로 할게요."

거부감이 적은 곳부터 시작해서 조금씩 대담한 곳으로 향하는 방식을 택했다.

오른손 위에 왼손을 올리고 중지를 이용해 림프관이 있는 곳을 미는데 처음엔 거의 느껴지지 않던 이질감이 점점 확실히 느껴진다.

집중의 끈을 놓지 않고 더욱 집중하자 신기한 현상이 일어났다. 굵은 림프관들이 내부를 살필 때처럼 머릿속에서 자연스럽게 그려진다.

실제 혈관, 전기적 신호, 호르몬처럼 보이는 건지 상상이 만드는 건지 알 순 없다. 그러나 현재하고 있는 것이 옳은 길이라는 건 확신할 수 있었다.

겨드랑이와 서혜부를 끝으로 마무리를 했다.

"다 됐습니다."

"…벌써요?"

"하하! 많이 피곤했나 보네요. 이 차를 마시고 샤워하세요. 이 뇨작용을 도울 겁니다. 그리고 오늘 소변과 대변에서 냄새가 많이 날 겁니다. 몸속 노폐물이 빠지는 거니 걱정 마시고 물을 자주 드세요."

"네, 수고하셨어요."

"저흰 나가 있을 테니 편하게 씻고 나오세요."

여자를 두고 채 간호사와 밖으로 나왔다. 마침 40대 초반의 2번째 지원자가 와 있었기에 서류를 보여주고 지장을 받았다.

"나왔네요. 들어가서 샤워하고 이 수영복으로 갈아입고 침대에 누워 계세요."

두 번째 지원자를 들여보내고 첫 번째 지원자에게 봉투를 건넸다.

"수고하셨어요. 수령증에 사인해 주시면 됩니다."

"이렇게 돈을 받아도 되나 싶네요."

"정당한 대가인데요. 그럼."

"저기요……."

막 돌아서는데 할 말이 있는지 여자가 불렀다.

"네? 하실 말씀 있으세요?"

"혹시 다음에도 하나요?"

"정확한 날을 말씀드릴 순 없지만 한동안 계속할 것 같은데요."

"그럼… 다음에도 할 수 있을까요? 아! 물론 가격은 오늘의 절반 정도도 괜찮아요."

"생각해 보고 날짜 정해지면 연락해도 될까요?"

"네. 꼭 연락주세요!"

스스로 돈을 깎으면서까지 다시 한다니 꽤 만족스러웠나 보다.

내심 만족하고 안으로 들어가려는데 이번엔 채 간호사가 물었다.

"선생님, 근데 아르바이트를 하려면 조건이 있나요?"

"딱히 없긴 한데 이왕이면 몸 상태가 조금 안 좋은 사람이 좋아요."

"저도 요즘 엄청 피곤한데……."

"네?"

"저도 선생님한테 마사지받고 싶다고요. 전 아르바이트비는 필요 없어요."

"해드릴 수는 있는데, 갑자기 왜?"

"아까 그 여자분 들어갈 때랑 나올 때랑 얼굴 달라진 거 못 보셨어요?"

"봤기야 했는데 얼굴마사지 하면 보통 그 정도는 되지 않나요?"

"피부 말고요. 만족도 말이에요."

채 간호사는 만족도를 볼 수 있는 건가?

"표정에서 느껴지는 그 미묘한… 설명하긴 좀 그런데 아무튼 저도 꼭 해주세요."

"그래요. 오늘은 좀 그렇고 다음에 해드릴게요."

돈도 안 받겠다는데 안 해줄 이유가 없었다.

*   *   *

한강대학병원 한방센터에는 9개의 과가 있다.

침구과, 한방(순환)내과, 한방부인과, 한방소아과, 한방신경정신과, 한방이비인후피부과, 한방재활과, 사상체질과 그리고 안마과.

전문의 과정 그대로 나눈 것인데 아직 2년 차에 불과해 그대로 유지되고 있다.

최근 환자가 늘었으니 좀 더 세분화 할 필요가 있다고 한방내과가 주장하고 있었는데 일견 타당하면서도 한의학의 모호성 때문에 힘이 실리지 못하고 있었다.

타당하다는 건 내과의 범위가 너무 광범위하다는 점이었고, 모호성은 과마다 치료하는 방법의 차이가 조금 있을 뿐 대동소이한 환자를 치료하고 있다는 것이었다.

가령, 가슴이 답답한 환자가 병원을 찾았는데 과연 어느 과를 가서 치료를 받을까.

진료 과목으로 보자면 순환내과로 가는 것이 맞을 것이다. 그러나 환자가 뜸을 맞고 싶으면 침구과로, 안마를 받고 싶으면 안마과로, 여자라면 부인과로 가도 치료를 하는데 문제가 없다는 것이다.

물론 전문 분야에서 쌓이는 노하우를 무시할 수 없으니 종국엔 나뉘는 것이 환자를 위해서라도 좋았다.

아무튼 한방내과 황오열 과장은 틈이 나는 대로 세분화하자고 주장하는 대표적인 인물로 반센터장파를 은연중에 이끌고 있었다.

한데 아이러니하게 반센터장파를 이끌면서 가장 고웅섭과 자주 만나는 이가 황오열이었다.

"지난번에 말한 내과 세분화 건은 어떻게 됐습니까?"

황오열은 센터장실로 들어서자마자 고웅섭을 피곤하게 하는 말을 했다.

고웅섭 입장에선 이런 식으로 괴롭혀서 쓰러지게 만든 후 센터장을 차지하려는 수작이라는 생각마저 들 정도였다.

"후우~ 요즘은 어떻게 볼 때마다 그 소린가."

"필요한 일이니까 계속 말씀드리는 겁니다."

"나도 당연히 그리 됐으면 좋겠어. 하지만 환자가 늘면 그때 생각해 보겠네."

"너무 광범위해서 환자가 다른 과로 간다고 생각하진 않습니까?"

"그럼 그 진료 과목은 다른 과로……."

습관적으로 설명을 하려던 고웅섭은 말을 멈췄다. 얼마 전에도 똑같은 말을 했던 게 기억났기 때문이다.

진료 과목을 다른 과로 보내면 되지 않겠느냐고 하면 이번에도 지난번처럼 자신의 과의 존재할 가치가 없느냐는 식으로 나올 게 빤했다.

황오열은 설득하기보단 피해야 할 인물이었다.

"쩝! 아니네. 전해야 할 말이 있으니 일단 그 얘긴 잠시 미루지. 앉게."

"험! 미루는 것뿐입니다."

황오열은 짐짓 양보하는 양 말하며 앉았다.

센터장에게 그럴싸한 거리를 만들어 쪼는 이유는 간단했다. 다른 이익을 취하기 위함이었다.

고웅섭은 일에 대해서는 확고하게 맺고 끊지만, 그러고 나면 미안한지 모질게 대했던 이들에게 하나라도 더 챙겨주려 했다.

가령, 인원을 추가해 달라면 타당성을 파악해 불가하다고 말하고 난 다음에, 지원금을 다른 곳보다 더 챙겨주는 식이었다.

황오열을 그런 그의 성격이 이용해 꽤 다양한 이득을 취하고 있었다.

"작년 하반기부터 의약품 선정에 대한 권한을 각 과에 하나씩 주지 않았나."

"그랬죠. 그 덕분에 직원들 회식비로 잘 사용하고 있습니다. 근데… 뭔가 바뀐 겁니까?"

"바뀐 건 없네. 다만 이제 안마과에서도 필요한지 선정권을 달라더군."

"그럼……."

"맞네. 황 교수에게 내가 임의로 줬던 것을 다시 줘야겠네. 물론 계약 기간은 채운 후에 말이야. 슬슬 계약 기간도 끝나가니 문제없겠지?"

과장들에게 배정된 의약품의 경우 계약 기간은 보통 6개월 단위로 갱신되고 있었다.

인원을 늘려달라고 조를 때 우연찮게 얻게 된 것인데 막상 다시 줘야 한다니 속이 쓰리다.

황오열은 당혹감과 짜증이 섞인 얼굴로 말했다.

"…그야 그렇지만……. 아니, 푼돈에는 관심도 없던 안마과에서는 갑자기 왜 필요하답니까?"

"낸들 아나. 갑자기 푼돈이라도 필요한가 보지."

"아, 진짜! 필요하면 좀 일찍 말할 것이지……."

"어째, 나한테 하는 소리처럼 들리는군."

"…아닙니다."

"영업 사원한테 해주겠다고 귀띔을 했다면 사과하고 취소해. 난 분명 6개월만 연장한다고 말했었네."

"……."

고웅섭은 분명 그렇게 말했다. 그러나 이방익의 스타일상 절대 선정권을 쓰지 않을 거라 생각했기에 하반기도 당연히 자신의 몫이라 생각했다.

'빌어먹을! 유학 간 애들 때문에 당겨썼는데…….'

애들 둘에 와이프까지 나가 있어서 생활비에 학비까지 많은 돈이 필요했다.

아쉬운 소리를 하긴 죽기보다 싫었다. 센터장과 각을 세우고 있는데 아쉬운 소리를 하게 되면 장의 역할은 더 이상 무리였다.

근데 당장 토해낼 방법이 없었다.

"…이 선생을 만나 봐야겠습니다."

"허어~ 이 사람아. 이 선생은 자네에게 선정권을 줬는지도 몰라. 내 임의로 준 건데 그걸 말하면 이 선생의 기분이 어떻겠나. 다른 과장들이 알게 되면?"

"…조용히 얘기하겠습니다."

"허어~ 일을 어렵게 만드는군. 왜? 취소 못 할 이유라도 있나? 내가 도와줄 수 있을지 모르니 말해보게."

"…없습니다."

고웅섭은 짐작 가는 바가 있었다. 한데 말을 하지 않으니 돕는 것도 우습다.

사실 황오열이 왜 매번 되도 않는 말을 하는지 그도 잘 알고 있었다.

그럼에도 불구하고 자신과 각을 세우고 있는 그를 챙겨주는 건 한방센터가 조용하길 바라서였다. 엄밀하게 말하자면 자신을 향한 적의가 안마과로 향하지 않길 바라서였다.

속 좁은 인간들일수록 남 잘되는 꼴을 보지 못하는 법이었다.

*　　　　*　　　　*

"하아~ 덥다! 두삼아, 나 더위 먹은 거 아닌지 좀 봐주라."

옆에서 터덜터덜 걷던 유민기가 땀을 닦으며 말했다.

"응, 아냐. 운동 부족."

"척 보면 아는 거냐?"

"아니. 아까부터 네 호흡, 눈동자, 걸음걸이 등을 보고 하는 말이야."

"신경 써 주는 것 같아 고맙긴 한데 왠지 기분이 나쁜 건 왜 그런 거 같냐?"

"더워서 그래."

"…네 말투 때문에 그런 거라곤 생각하지 않냐?"

"내 말투가 짜증나게 들리는 것도 더위 때문에 그래."

"크! 논리력 갑이네. 할 말이 없어진다. 그나저나 목적지가 도대체 어디야~!!!"

두 번째 목적지를 찾으러 가는 첫날.

막 7월이 되었는데 그야말로 불볕더위다. 그런데 이런 날씨에 지난번과 달리 인천 시내에 던져 놓고 찾으라고 하니 짜증이 날 수밖에 없었다.

이글거리는 도로만 봐도 머리가 어지럽고 차가 옆을 지나가도 더웠다.

"애들아, 저기 정자 있다! 잠깐 쉬면서 어떻게 할지 의논 좀 하자."

손석호의 말에 누구 하나 토를 달지 않고 나무 밑에 있는 정자로 뛰어갔다.

나무가 크지 않아 나무 그늘이 아닌 건물 그늘이 드리워진 곳에 위치한 정자라 정취는 딱히 없었다. 그러나 잠시 해를 피할 수 있게 해준 것만으로도 최고의 정자임엔 틀림없었다.

다들 힘들어도 촬영을 하고 있다는 건 잊지 않았는지 띄엄띄엄 앉으면서도 촬영하기 좋게 한쪽으로 앉았다.

이경철이 어느새 스태프의 부채를 뺏었는지 부채질을 하며 말했다.

"여름 시작인데 벌써 이렇게 더우면 한여름엔 얼마나 더울까 겁난다. 두삼아, 혹시 꾹꾹 누르면 시원해지는 혈 같은 건 없냐?"

"있었으면 벌써 알려줬겠죠."

"그럼 이렇게 더울 땐 어떻게 하는 게 좋냐?"

"얼음장처럼 시원한 물을 마셔야죠. 형이 지금 마시는 보리차 역시 열을 식히는 데 좋죠. 그 외에도 국화, 도라지, 매실차도 좋아요."

"시원한 보리차를 마시면 더 좋겠네?"

"좋죠."

"근데 전에 듣기론 여름일수록 따뜻하게 먹어야 한다고 하던데 아닌가?"

"맞는 말이에요. 한데 그건 차가운 것을 너무 많이 자주 마시기 때문인 거지 차가운 물이 나쁜 건 아니에요. 지금 따뜻한 차를 마시면 기분이 좋겠어요?"

"…아니."

"기분 좋게 먹는 밥이 보약이듯이 기분 좋게 마시는 물 역시 보약이에요. 지금은 누가 뭐라고 해도 시원한 것을 마셔야죠."

두삼은 말이 끝나자마자 물방울이 송골송골 맺혀 있는 보리차를 들고 벌컥벌컥 마셨고 다른 일행들도 보리차 음료수를 마셨다.

눈치챈 사람도 있을 것이다. 맞다 PPL.

방송 3회 만에 PPL이 들어왔고 공중파에 비해 눈치 볼 필요 없는 종편 예능이기에 팍팍 보여주고 있는 것이다.

문 PD가 일행들이 군것질을 못하게 하고 땀을 뻘뻘 흘리게 한 이유 역시 지금 이 순간을 위해서일 것이다.

"캬아! 시원하다. 근데 이렇게 티 나게 이걸 광고해도 되는 건가?"

오랜만에 방송에 복귀한 손석호는 대놓고 광고를 하는 것이 영 어색한 모양이다.

시원한 물을 마신 후 살 것 같다는 표정의 유민기가 대답했다.

"어설프게 테이프를 붙이고 눈 가리고 아웅 하는 것보단 낫지 않아요? 그리고 이 편이 광고주들께서 훨씬 좋아할 것 같고요."

"…광고 노리냐?"

"티 많이 났어요?"

"아예 카메라를 보고 홍보를 해라."

"그럴까요? 광고주께서 선택해 주신다면 열심히 하겠습니다!"

뻔뻔한 유민기의 행동에 다들 실소를 터뜨렸다.

"석호 형, 그대로 우리야 적어도 한 번씩은 광고를 찍어봤으니까 덜 어색하죠. 두삼이가 제일 어색했을걸요? 그렇지 두삼아?"

전철희의 물음에 두삼은 담담하게 답했다.

"아뇨. 전 사실을 말하는 것이라 괜찮았어요. 이 보리차는 정말 몸을 차게 하는 효과가 있거든요. 게다가 상당히 잘 뽑은 보리차예요."

"…너도 혹시 광고 노리냐? 그렇다면 민기는 포기해야겠다."

"제가 왜 포기해요?"

"방금 두삼이가 말하는데 믿음이 팍 가면서 올여름 내내 보리차를 먹어야겠다는 생각이 들었거든."

"믿음 하면 아나운서죠!"

"응, 안 사."

"……."

유민기의 썩은 표정에 이번엔 큰 웃음이 터졌다.

시원한 물을 마시고 한바탕 웃고 나니 더위가 가셨는지 손석호가 제작진에게 말했다.

"좀 더 힌트를 주세요. 옛날에 유명했던 한의원이다, 성은 고씨다, 라는 문장만으론 솔직히 찾기 힘듭니다. 범위도 넓고요."

"좋습니다. 두 가지 힌트를 더 드리죠. 그리고 만약 1시간 안에 찾는다면 시원한 점심을 제공하고, 못 찾으면 끓여 먹어야 하는 뜨거운 점심을 제공하겠습니다."

보글보글 끓는, 아니, 부글부글 끓고 있는 음식을 상상하니 반드시 1시간 내로 찾아야겠다는 생각이 들었다. 다른 일행들도 비슷한 생각을 했는지 눈을 부릅뜨고 문 PD의 말이 떨어지기를 기다렸다.

"구시가지, 고택."

"…그게 다예요?"

"이 정도면 거의 다 준 겁니다."

"구시가지라고 말하면 어정쩡하잖아요. 그러니 정확하게 어느 시대의 구시가지라고 말해줘야죠."

"안 됩니다."

"치사하게…… 얘들아, 뜨거운 불을 앞에 두고 밥 먹기 싫으면 얼른 찾자."

다들 주섬주섬 일어날 때 문 PD의 표정을 살피던 두삼이 말했다.

"문 PD님 말씀하는 거 보니 아무래도 멀지 않은 곳에 있는 것 같아요. 그러지 말고 부동산에 가서 물어보죠."

"오! 그거 좋은 생각이다."

"…부동산 이용은 안 됩니다."

"그런 말 없었잖아요! 저기 부동산 있다. 가자!"

문 PD의 말을 무시하고 우르르 부동산으로 몰려갔다.

"두삼아, 네가 얘기해 봐."

이번에 찾는 곳은 8대세가 중 하나였던 고가한의원. 엘튼에게 듣기론 고약(藁藥) 하나만으로 8대세가에 들 만큼 유명했다고 한다.

고약은 들어간 약재, 제조 방법, 사용 위치 등에 따라 여러 종류가 있다. 과거 70년대 후반까지만 하더라도 피부 염증, 상처, 종기 등에 탁월한 효과가 있어 많은 환자를 치료했지만 최근엔 거의 찾아보기 힘든 의약품이기도 하다.

"실례합니다. 사장님, 혹시 이 근처에 구시가지라고 불리는 곳이 있나요?"

"구시가지라면 여기서 조금 위로 가면 사거리가 나오는데 큰 광고판 걸린 건물 뒤쪽이에요."

"감사합니다. 근데 거기에 고택이라 할 만한 게 있습니까?"

"가보면 알겠지만 거긴 거의 다 옛날 건물이에요."

"그럼 혹시 고가한의원이라고 들어보셨어요?"

"응? 거기에 한의원이 있었나? 처음 듣는데. 혹시 들어본 사람 있어?"

부동산에 대답해 주는 이 말고도 2명이 더 있었지만 모두 고개를 흔들었다.

"찾아봐야겠네요. 감사합니다."

"근데 TV에 나오는 한의사 양반 맞죠? 우연찮게 봤는데 실력이 대단하더만."

"하하……. 감사합니다."

"요즘 몸이 무겁고 영 피곤한데 어디 이상이 있나 나도 한번 봐줘봐요."

TV를 봤다는 것이 그냥 하는 말이 아닌지 그는 팔을 내밀었다.

지금도 이런데 '전설을 찾아서'라는 이 프로그램이 잘되면 다들 자신만 보면 손을 내밀지 않을까 걱정이다. 물론 미리 걱정하는 건 바보짓이다.

"그러죠."

두삼은 그의 팔목을 잡았다. 그리고 일단은 기운을 쓰지 않고 그의 맥을 느꼈다.

"술과 고기를 좋아하시네요. 전반적으로 맥이 좋지 않아요."

"하하! 술엔 역시 고기 아니겠습니까."

"그나마 운동은 자주하는 편이신데……."

아무리 맥으로 모든 걸 느끼려고 노력해도 삭은 맥의 뜀으로 몸 내부를 모두 느끼기엔 무리가 있었다. 게다가 카메라까지 있는데 실수를 하면 프로그램에도 민폐인지라 기운을 썼다.

마치 검색대가 가방을 스캔하듯이 몸을 스캔했다.

"혹시 혈뇨를 보지 않으셨어요?"

"혈뇨요? 글쎄요. 소변색이 사실 그리 좋은 편은 아니라서… 왜요? 안 좋은 게 있습니까?"

"잠시만 만져볼게요."

이미 발견을 했지만 일부러 서혜부에 손을 올리고 진단을 하는 척했다.

"오늘 당장 병원에 가서 방광 검사 하세요."

"네?"

"용종이 있습니다."

"……."

"악성 같으니 꼭 가세요."

"…아, 네……."

장난처럼 진료를 해달라고 했다가 암이라는 얘기를 들어서인지 부동산에서 나올 때까지 어안이 벙벙한 상태였다. 문 PD는 진단 결과를 확인하고 싶은지 촬영 팀 일부를 남겨놓고 밖으로 나왔다.

"언제 봐도 대단해."

"그러니까요. 신기하다니까요. 건강검진 가면 엄청 오래 걸리잖아요. 두삼이는 10분이면 찾아내잖아요."

"움직이는 건강검진이라니까.

쑥스럽게 구시가지로 가는 내내 칭찬이 이어졌다.

구시가지는 70, 80년대의 건물들이 모여 있는 곳으로 좁은 골목이 거미줄처럼 이어져 있었다.

"같이 움직이다간 못 찾겠다. 각자 움직이자."

"전 이쪽으로 갈게요."

"난 이쪽."

두삼 역시 11시 방향으로 나아가며 건물 하나하나를 살폈다. 그리고 15분쯤 지났을 때 멀지 않은 곳에서 '찾았다!'라는 소리가 들렸다.

*　　　　*　　　　*

귀신이 나와도 전혀 이상할 것이 없는 외관. 세월의 흔적이 역력한 간판엔 '고경래 韓醫院'라고 알아보기도 힘들 만큼 희미하게 적혀 있었다.

"간판 글씨가 다 지워졌는데 용케 발견했다?"

반대편으로 가서 가장 늦게 도착한 손석호가 한의원을 발견한 이경철을 보고 말했다.

"제 동체시력이 남다르잖아요. 슥 지나가는데 한자가 보이기에 자세히 봤죠. 근데 여기 사람이 살까요?"

"사람이 아닌 귀신이 살 것 같은데. PD님, 설명이 필요하지 않습니까?"

"문을 열고 들어가시죠. 설명은 안에서 드릴게요."

서로 먼저 들어가지 않으려 하기에 두삼이 앞장서서 미닫이문을 열었다.

드르륵!

워낙 낡아서 제대로 열릴까 했는데 의외로 부드럽게 열렸다. 그래서 사람이 있나 싶어 '실례합니다!' 하고 소리치며 두 번째 미닫이문을 열고 안으로 들어갔다.

넓지 않은 마당과 옛 한옥이 나왔는데 사람의 기척은 느껴지지 않았다. 카메라가 이미 설치되어 있는 것을 보니 제작진이 청소를 한 모양이었다.

딱히 구경할 정도로 큰 곳이 아니었기에 줄줄이 툇마루에 앉자 문 PD가 설명을 했다.

"더운 날 찾느라 고생하셨습니다. 약속대로 시원한 냉면을 점심으로 드리겠습니다."

"냉면을 먹게 돼서 좋긴 한데 여긴 아무도 없는 거 맞죠?"

"맞습니다. 이곳은 한 때 고약으로 유명했던 고가한의원입니다. 이 댁의 주인인 고 고경래 한의사는 6.25이후 이곳에서 자리를 잡고 활동하다가 90년 중반 후계자 없이 세상을 떠났습니다. 평생 자신이 번 돈은 학생들의 장학금으로 기부하고 이 고택과 고약에 관한 제조 비법은 한의학회에 자신의 후손이 나타나면 전해주라고 맡겼습니다."

"숙연해지는 얘기네요. 근데 '후손이 나타나면'이라고 했는데 혹시 6.25때 헤어진 겁니까?"

"네. 부인과 세 자녀가 북에 있었다더군요. 홀로 내려왔다는 죄책감 때문이었는지 평생 혼자 살았답니다."

"부인에 대한 사랑이 저와 같은 분이셨네요."

뜬금없는 전철희의 말에 이경철이 피식 웃었다.

"자화자찬이 너무 심하다고 생각하지 않냐?"

"네가 나에 대해서 잘 모르는 모양인데 난 일편단심 민들레 형이야."

"아하~ 부인을 그렇게 사랑하는 사람이 전에 술 먹을 때 좋은데 가자고 말씀하셨어요?"

"내, 내가 언제! 그리고 설령 그렇게 말했다 해도 그건 음식이 맛있는 곳에 가자는 얘기였어. 그러는 넌! 2박 3일간 촬영해서 너무 기쁘다고 했잖아!"

아름다운 얘기가 갑자기 폭로전으로 이어졌지만 그리 오래가지 않았다. 어차피 폭로해 봐야 자신들만 손해라는 걸 깨달은 것이다.

두삼이 살짝 손을 들며 물었다.

"근데 PD님 아무도 없는 이곳에서 뭘 해야 하는 겁니까?"

"원래는 이렇게 소개를 한 후 다른 장소로 이동을 하려고 했습니다. 한데 회의 중에 누군가가 고경래 한의사의 발자취를 따라가 보는 것이 어떠냐고 해서 그래볼까 하고요."

"저희보고 한의원을 직접 해보라는 겁니까?"

"네. 다만 그냥하면 의미가 퇴색되니까 고경래 한의사의 고약을 재현해 보고 직접 판매를 해보는 것이 어떻습니까?"

"그건… 아닙니다. 괜찮은 생각이네요."

한때 인기가 좋았던 고약이 현재는 어째서 명맥만 겨우 유지하고 있는지에 대해 말하려다가, 실제로 한의원을 개업하는 것이 아닌 방송이라는 생각에 말을 바꿨다.

회농성(化膿性)—곪아서 고름이 생기는 성질—종기엔 여전히 탁월한 효능을 발휘하는 고약의 단점은 흉터가 남을 가능성이 높다는 것이다.

동네에 있는 개인 병원에만 가도 간단히 고칠 수 있고, 좋은 약들이 넘쳐나는데 흉터가 남을 수 있는 고약을 군이 쓸 이유가 있을까?

점심으로 시원한 냉면을 먹고 나자 문 PD가 불렀다. 두 번째 촬영 후 술을 마시면서 말을 편하게 놓기로 했기에 반말을 사용했다.

"한 선생, 고약 만들어봤어?"

"대학교 때 실습 삼아 만들어본 적이 있습니다. 그 외엔 없고요."

"요령은 안다니 괜찮겠네. 근데 아까 할 말이 있는 거 같던데, 아닌가?"

"만든 고약을 팔지만 않으면 상관없는 얘깁니다."

"어? 만들어 팔 생각이었는데……. 고경래 고약 의약품으로 등록되어 있거든."

"그래도 안 하는 게 좋을 겁니다. 부작용이 발생할 것도 염두에 두셔야 하고, 지난 촬영에서 봤듯이 관심병자들이 무슨 짓을 할지 모릅니다."

"음, 고약을 빼고 하면 너무 밋밋한데. 지난 번 의료봉사와 다를 바가 없잖아. 그리고 팔지 못하는 걸 만드는 과정만 보여주는 것도 임팩트가 없고. 음, 다른 방법이 없을까?"

두삼은 잠깐 고민하다가 말했다.

"그럼 의약품이 아닌 걸 만들죠. 고경래 고약은 그저 만드는 과정만 보여주고요."

"응? 의약품이 아닌 고약이 있어?"

"고약이라고 하면 종기라는 인식이 있지만 사실 고약은 한약을 사용하는 한 방법에 불과해요."

고약이 종기에만 쓰이는 게 아니다.

만드는 방법과 약재에 따라 피부 트러블, 지혈, 상처 치료 등 다양한 고약을 만들 수 있다.

사실 두삼이 만든 한방 화장품은 할아버지의 피부 진정 고약을 응용해서 만든 것이었다.

"그래? 그럼 어떤 거를 만들 생각인데?"

"마스크 팩은 어떠세요?"

"마스크 팩? 얼굴 피부와 관련되어 있어서 그게 오히려 더 위험할 것 같은데?"

"당연히 그렇죠. 하지만 검증된 제품을 이용해서 만들면 괜찮아요. 제가 만든 화장품이 있거든요."

"응? 한 선생이 화장품도 만들었어?"

"왕비의 비밀이라는 한방 화장품 혹시 들어보셨어요?"

"광고에서 본 것 같기도 하고……."

여자 화장품을 그가 자세히 아는 것도 이상하다.

"아무튼 안정성은 검증된 것이라 문제가 일어날 소지는 거의 없다고 보시면 돼요."

"음, 일단 좀 쉬고 있어. 그동안 작가들이랑 얘기해 보고 다시 말해줄게."

"그러세요."

문 PD는 촬영이 다시 시작되기 전 두삼의 의견대로 하기로 했다고 말했다.

*　　　*　　　*

고경래 고약의 기본적인 약재는 토란이다.

토란을 껍질째 구운 다음 껍질을 벗긴 후 말린다. 그리고 마른 토란을 가루로 만든 후 동물성 기름과 몇 가지 약재를 섞어 약한 불에 은근히 끓이며 5시간가량을 저어준다.

갈색으로 바뀌며 끈적끈적해졌을 때 일정량의 소금을 넣고 다시 1시간 정도 저어주면 완성된다.

한 시대를 풍미했던 비법의 약치곤 굉장히 간단한 약재들과 단순한 제조 방법을 사용하고 있다.

맨 처음 두근거리는 마음으로 비법이 적힌 낡은 책자를 받았을 때 제조 방법보다 주의 사항이 많았을 때 의아했었다.

한쪽 방향으로 저어라, 젓는 속도는 일정하게 하라, 불 조절은 처음과 끝이 같게 하라 등등.

한데 막상 만들면서 세 번의 실패를 거친 후에야 진정한 비법이 뭔지 알게 됐다.

새벽 4시, 옛 목욕탕에서 보던 타일이 붙어 있는 부엌에서 두삼은 일하고 있는데, 막내 작가 이선덕이 눈을 비비며 들어왔다.

"…두삼 오빠, 좀 자야 하지 않아요?"

두삼은 가마솥에서 시선을 떼지 않고 한 손으로는 걸쭉한 갈색 액체를 큰 주걱으로 돌리면서 다른 한 손으론 옆에 있는 장작을 아궁이에 넣으며 대답했다.

"난 괜찮아. 근데 왜 이렇게 일찍 일어났어?"

"오빠한테 안마받고 난 다음 요즘 작가들끼리 돌아가면서 쉬거든요. 그리고 이가한의원에서 받은 약이 몸에 잘 맞는지 일찍 깼는데도 개운하네요."

"다행이네. 그래도 약발 믿고 무리하지 마."

촬영을 하면서 시간이 날 때마다 안 좋아 보이는 이들을 진맥하고 치료를 해주고 있었다.

"네. 제가 도와줄 거 없어요?"

"아까 짐차에 보니까 햇감자 있던데 좀 가져다줄래?"

"씻어서 가져올까요?"

"응. 이왕이면 은박지에 싸서."

"구워 먹게요?"

"이제 거의 끝났거든. 불을 꺼야 하는데 아깝잖아. 배도 고프고."

고경래 고약의 진정한 비법은 체력과 정성이었다.

여섯 시간 동안 동일한 속도로 저어줘야 완성이 되는데 잠시만 딴 생각을 하다가 젓는 속도가 늦어지면 탄 냄새가 올라오며 약의 기운이 죽어버린다.

물론 대량생산을 한다면 기기를 이용해 만들면 될 것 같기도 했다.

"휴우~ 됐다."

주의 사항 중 가장 길게 설명되어 있는 건 마지막 약이 완성

되는 순간을 찾는 방법에 대해서였다.

색깔과 냄새, 저을 때의 느낌, 약을 만졌을 때의 촉감에 대해 장황하게 설명되어 있었는데 두삼에겐 필요하지 않았다.

약에서 폭발적으로 피어오르는 기운만으로도 완성이 됐음을 알 수 있었다.

재빨리 아궁이에 있는 장작불을 밖으로 끄집어내서 화로에 넣었다. 그리고 조금 더 젓다가 가마솥 뚜껑을 닫았다.

때마침 이선덕이 감자를 가지고 왔다. 감자를 받아들고 화로에 던져 넣었다.

익기를 기다리며 의자에 앉자 이선덕 역시 옆에 앉으며 물었다.

"드디어 완성됐나요?"

"응. 네 번째 만에 성공이네."

"수고하셨어요. 근데 안 피곤하세요?"

"약간."

"대단하네요. 어떻게 6시간을 쉬지 않고 저어요? 저 같으면 1시간만 저어도 팔이 떨어질 텐데."

"하하! 전에 마사지사로 일할 때도 바쁘면 대여섯 시간 계속했거든. 그래서 익숙한 편이야."

"에? 한의사가 왜 마사지사로 일을 해요?"

"그럴 일이 있었거든. 뭐, 지금도 크게 다르진 않고."

"그러고 보니 선생님은 침이랑 뜸을 거의 사용하지 않으시네요?"

"사용해. 다만 효율성을 따지는 것뿐이야. 가령 마사지로도 가능한 건 마사지로 하지만, 꼭 침이 필요하거나 뜸이 필요하면 그땐 이용하는 거지."

"그렇구나. 그래도 왠지 마사지를 더 좋아하는 것 같은데 아닌가요?"

"하하! 맞아. 어릴 때 할아버지가 안마로 사람을 고치는 걸 봤거든. 그래서 나도 그렇게 되고 싶어서 노력하는 중이지."

"할아버지께서도 한의사셨어요?"

"응. 할아버지처럼 되는 게 내 꿈이었으니까."

조용한 새벽녘이라 그런지 평소에 마음속에 두고 있었던 얘기를 하게 된다.

"꿈을 이루셨네요. 할아버님이 좋아하시겠어요."

"한의사가 되고 마사지를 통해 치료하는 건 이뤘지만 할아버지처럼 되려면 아직 멀었어."

"…오빠보다 할아버님께서 더 잘하신다고요?"

"솔직히 비교하는 게 부끄럽다."

아는 만큼 보인다고 했다.

전엔 할아버지가 100이라고 생각했는데 100에 이르니 1,000으로 보였다. 1,000에 이를 때는 어떨까.

이미 돌아가신 분이라 비교를 할 수 없으니 더 높아 보이는 걸 수도 있다. 하지만 두삼은 알고 있다. 자신은 아직 멀었다는 걸.

"대박! 오빠 실력도 대단하다고 생각했는데… 할아버님이 끝판왕이시군요?"

"하하! 내 마음속에선 그렇지. 그리고 여기저기에 끝판왕들이 많아. 지난번 이가한의원도 그렇고, 이번 고경래 선생님도 끝판 왕이지 않아?"

"호호! 그러네요."

"남들이 들으면 게임 얘기하는지 알겠다. 감자 익은 거 같으니 먹자."

힘든 일을 끝내고 먹는 감자는 맛있었다.

한데 누가 알았을까? 고약을 완성했다는 것에 뿌듯함을 느끼며 감자를 먹고 있는 동안 한 생명이 죽어가고 있었음을.

*   *   *

밤낮없이 바쁘게 돌아가는 병원도 응급실과 일부 중환자실을 제외하면 새벽녘엔 조용하다.

야간 근무를 서는 간호사들조차도 한 시간 후에 있을 각종 업무를 위해 잠깐 숨을 돌리는 시간.

"아아아악!"

찢어지는 듯한 비명 소리가 암센터 입원실 복도에 울려 퍼졌다.

커피를 마시며 모니터를 보고 있던 데스크의 간호사는 벌떡 일어나 비명 소리가 들린 병실을 가늠했다.

비명 소리가 끊임없이 들렸기에 어렵지 않게 어떤 환자가 지르는 소린지 알 수 있었다.

"609호. 지영훈 환자야. 얼른 레지던트 선생님 불러."

후배 간호사에게 말을 한 후 진통 주사가 든 드레싱 카를 끌고 병실로 갔다.

침대 위에서 항암 치료 때문에 거의 빠진 머리를 움켜쥔 채 비명을 지르고 있는 지영훈.

"크아아악! …머, 머리가 깨질… 크으윽!"

"진통제 놔드릴 테니 잠시만……."

"빠, 빨리… 아아아악!"

가끔 고통을 호소하는 환자였지만 머리카락을 뜯어서 피가 보일 정도로 아파한 적이 없었기에 서둘러 진통제를 주사기로 옮기고 링거에 주사하려 했다.

하지만 어찌나 몸부림을 치는지 링거는 팔에서 떨어져 나가 버렸다.

"…빠, 빨리……."

"잠깐만 그대로 있어주세요! 팔에 주사를… 큭!"

얼른 팔을 잡으려 했지만 고통에 몸부림치는 남자의 힘을 감당할 수 없었다.

타박상을 입으면서도 억지로 잡으려 하는데 갑자기 '커어억!' 숨넘어가는 소리를 지르며 축 처졌다. 오랜 경험으로 뭔가 잘못됐다고 생각한 그녀는 얼른 그의 코에 손을 댔다.

숨을 쉬지 않았다.

"지영훈 환자! 지영훈 환자!"

얼른 바로 눕힌 후 심폐소생술을 시작하는 간호사.

당직 레지던트가 다른 간호사가 도착하고 기기들이 지영훈의 몸에 부착된다.

그러나 어떤 노력에도 그의 바이털사인은 정상으로 돌아오지 않았다.

*   *   *

1박 2일의 촬영이 끝나갈 무렵 이상윤에게 연락이 왔다.

─촬영 끝났냐?

"거의. 술 생각나서 연락했냐? 다음에 먹자. 어제 밤새서 조금 피곤하다."

─그래? 그럼 쉬고 내일 아침에 암센터로 와라.

"내일 일이 있어서 병원에 안 갈 생각인데. 왜? 무슨 일 있냐?"

─…아냐. 아무튼 잠깐이면 되니까 들러.

"아니긴. 니가 언제 일없이 전화한 적 있었냐? 얼른 얘기해. 궁금해서 어차피 못 쉬어."

─다른 건 아니고… 지영훈 환자 사망했다.

"…응? 언제?"

순간 뭔가에 맞은 것처럼 정신이 멍해졌다.

─새벽에. 갑자기 뇌종양이 터졌어.

"…근데 왜 지금 연락했어?"

─촬영 중일 것 같아서. 빨리 전화한다고 해서 달라질 것 없 잖아.

"그건 그렇지……. 어디에 모셨냐?"

─지하 1층 B03호. 지금 올 거냐?

"그래야지. 내일은 일이 있어서……. 젠장!"

내일 림프 마사지가 예약되어 있었다. 지영훈을 위해 하루라도 빨리 림프에 대해서 알아내려고 했는데… 의미 없는 것이라는 생각이 들자 힘이 쭉 빠졌다.

서둘러 병원으로 향했다.

퇴근 시간이 지나 조용해진 2층 진료실로 가서 옷장을 열었다.

항상 준비되어 있는 검은 정장과 넥타이를 착잡한 표정으로 잠시 본 후 갈아입고 본관 옆에 위치한 장례식장으로 갔다.

지영훈 환자의 빈소는 많은 이들로 북적이고 있었는데 입구에 이상윤이 서성이고 있었다.

"여기서 뭐 하냐?"

"너 기다리고 있었다."

"날 왜 기다려?"

"질질 짜면 위로해 주려고."

"미친……. 쓸데없는 소리 말고 조문했으면 가."

"하고 와. 술이나 한잔하자."

"……."

안 그래도 술을 한잔해야겠다 싶었는데 혼자보단 둘이 마시는 게 나을 것 같아 아무 말 하지 않고 빈소로 들어갔다.

먼저 온 사람들이 조문을 하는 걸 지켜보며 지영훈의 영정 사진을 봤다. 두삼은 한 번도 보지 못했던 건강한 모습의 그는 빙긋이 웃고 있었다.

다른 사람들은 호전이 되는데 자신만 호전되지 않자 원망스럽게 보던 모습이 떠올라 계속 볼 수가 없었다.

시선을 옆으로 돌리자 미망인과 중, 고등학생으로 보이는 두

지녀가 약간은 넋이 빠진 모습으로 서 있다.

저들의 얼굴을 어떻게 봐야 하나? 무슨 말을 해야 할까?

머리가 복잡하다.

자신의 차례가 되었기에 앞으로 나아가 국화 대신 향을 꽂았다. 그리고 마지막 인사를 했다.

'…미안합니다.'

딱 이 말밖에 떠오르지 않았다.

두 번 절을 한 후 돌아서 유가족들과 맞절을 했다. 그리고 일어나 미망인에게 말했다.

"…죄송합니다."

고개를 숙인 채 있던 미망인이 고개를 들었다. 그리고 병실에서 자주 봤던 두삼이라는 걸 안 그녀는 살짝 놀란 표정을 지었다.

"…선생님도 오셨네요."

"뭐라 위로의 말씀을 드려야 할지……. 죄송합니다."

"…선생님이 왜 죄송해요. 선생님께 치료를 받기 전부터 마음의 준비를 하고 있었는데요."

"……."

"그이가 선생님께 뭐라고 했는지 모르지만 병원을 옮겨보자는 저한테 그러더군요. 선생님이면 믿고 기다려 볼 수 있다고요."

그랬나. 그래서 병원을 옮기지 않은 건가.

"아까 담당의인 이 선생님께 들었어요. 남편 치료를 위해 주말에도 일하셨다고요. 결과는 비록 이렇게 됐지만 선생님은… 최선을… 흑! 흐흑! …죄, 죄송해요."

"…아닙니다. 제가 서둘러야 했는데……."

최선을 다했다, 라는 미망인의 말이 가슴을 찌른다.

정말 최선을 다했을까? 바쁘다는 평계로 등한시하진 않았나?

전날 밤을 새고 저녁까지 촬영해서인지 복잡한 머리가 정리가 되지 않았다.

조문을 마치고 밖으로 나오자 이상윤은 별말 없이 앞장서서 걸었고 두삼은 그 뒤를 따랐다. 조용한 곳으로 갈 줄 알았는데 의외로 학생들이 자주 가는 시끌벅적한 곱창집으로 안내했다.

그리고 앉자마자 주문을 했다.

"이모! 여기 아주 매운 곱창 2인분이랑 소주 두 병 주세요."

"…매운 게 고통이라는 건 아냐?"

맵다는 감각은 통증이다.

뇌는 통증을 완화시키기 위해 엔도르핀과 도파민 분비를 촉진시키는데 이 때문에 격렬한 운동 뒤에 느끼게 되는 도취감과 비슷한 느낌을 받게 되는 것이다.

"태양 앞에서 촛불 켜냐? 누가 그걸 몰라. 의학적으로 생각 말고 그냥 먹어. 기분이 꿀꿀할 때 먹으면 확 풀리잖아."

번데기 앞에서 주름잡느냐고 말하면 될 것을. 번데기는 되기 싫은가 보다.

"네네. 근데 내일 엉덩이에 불날 때 다시 기분이 꿀꿀해지는 거 어쩌려고."

"내일 일은 내일 걱정하고, 일단 한잔해."

까득!

먼저 나온 소주를 까더니 술을 따라준다. 소주병을 받아 그의 잔을 채우며 말했다.

"건배는 생략하자."

"그 정도 예의는 알고 있거든. 담당 환자 보낸 게 얼마나 된다고 생각하냐?"

담당하던 환자의 죽음은 응급실에서 보던 죽음과 조금 달랐다. 맛으로 표현하는 것이 이상하지만 약간 매운맛과 아주 매운맛의 차이랄까.

이상윤은 그런 마음을 알고 기다렸는지도 모르겠다.

"…익숙해지냐?"

"언젠가는 그러겠지. 근데 지금은 익숙해지면 안 돼."

"왜?"

"그들을 고치지 못했다는 생각이 스스로를 발전시킬 원동력이 되거든. 아! 물론 너 같은, 그러니까 아직 발전 가능성이 있는 사람에게만 통용되는 얘기야. 난 이미 완벽하거든."

"…어련하겠냐."

위로라고 하는 말도 재수가 없다. 근데 위로가 되는 건 뭐람.

안주가 나왔다. 소주를 털어 넣고 시뻘건 곱창을 입에 넣고 씹는 순간 혀가 불타올랐다.

"미친, 이건 음식이 아니라 캡사이신 덩어리잖아!"

"큭큭! 천천히 씹어봐. 기분이 좋아질 거야."

"하아~ 하아~ 좋아지긴 개뿔."

캡사이신으로 인해 분비된 엔도르핀 덕분인지 이상윤의 위로를 가장한 잘난 척 덕분인지 우울한 기분이 조금은 가셨다.

　　　　*　　　　　*　　　　　*

　잠에서 깬 하란은 눈을 뜨지 않은 채 두삼이 있는 곳에 손을 뻗었다. 한데 두삼은 옆에 없었다.

　"…루시, 오빠는?"

　―두삼 님은 어젯밤 하란 님이 잠든 후 거실에서 술을 마시다가 3시간 전 수영을 했고 1시간 전부터 아침을 하고 있어요.

　"밤샌 거야?"

　―네. 걱정이 있는 사람처럼 밤새 서성였어요.

　"마음이 걸렸나 보네."

　―뭐가요?

　"죽은 환자에 대한 죄책감이랄까."

　―두삼 님이 환자를 죽였나요?

　"훗! 네가 이해할 수 없는 부분이야."

　―인간성, 인간미, 본성, 사랑, 평화, 영혼 그런 것과 비슷한 모양이네요.

　"맞아."

　―알아봐도 될까요?

　"응. 하지만 메인 기억장치에 저장해선 안 돼."

　메인 기억장치는 인공지능의 기준이 되는 정보였기에 더럽혀지면 곤란했다.

　가운을 걸치고 부엌으로 나갔다.

　"깼어? 잠이 안 와서 아침 준비 중이야. 수영하고 와."

　"괜찮아. 오빠 일하러 가면 그때 해도 돼. 근데 이틀 밤이나 샜는데 피곤하지 않아?"

"기운을 돌리며 수영을 했더니 멀쩡해. 가끔 몸을 피곤하게 해야 할까 봐. 정신이 칼처럼 날카로워져서 뭐든 선명하게 보여. 가운 속 몸매까지 보이는 것 같달까?"

"풉! 그건 남자라면 다 가지고 있는 능력 아닌가?"

"하하! 그런가?"

"…기분은 어떻게 좀 나아졌어?"

"환자가 죽을 때마다 며칠씩 이러면 주변 사람도 나도 힘들어서 안 되지. 필요한 거만 빼곤 다 털었어."

"다행이네. 아침은 뭐야?"

"생태탕."

"맛있겠다. 씻고 올게."

샤워실로 향하는 하란의 뒷모습을 물끄러미 보던 두삼은 고개를 절레절레 흔들곤 냉장고에서 조금 전 만든 반찬을 꺼냈다.

이상윤이 술에 취해 비틀거릴 때까지 술을 마셨지만, 두삼은 약간 알딸딸한 정도였다. 게다가 매운 것을 먹은 영향 때문인지 잠도 오질 않아 결국 밤을 샜다.

이틀 밤을 새서인지 신경이 극도로 날카로워졌다. 그러나 지영훈의 죽음에 대해 생각을 정리한 것이 소득이라면 소득이었다.

"오빠, 어제 말 못 했는데 아무래도 다시 미국 가봐야 할 것 같아."

"얼마나?"

"두 달쯤."

"가는 건 괜찮은데 문젠 없는 거야? 국적 때문이라면 굳이 애쓰지 않아도 돼. 미국을 여행가는 것 빼곤 갈 일이 있나 싶기도 하고."

"꼭 그 때문만은 아냐. 같이 일했던 사람들과의 관계도 있고 해보고 싶은 일이기도 하거든."

"그럼 다녀와."

"미안해."

"누가 한 말인지 모르지만 사랑하는 사이엔 미안하다는 말은 하지 않는 거래. 험!"

말해놓고도 쑥스럽다.

"풉! 러브스토리에 나오는 대사야. 그것도 좋지만 난 하는 게 좋다고 생각해. 사랑하는 만큼 오빠를 더 존중해 주고 싶거든."

"그래? 그럼 나도 미안해."

"뭐가?"

"따라가지 못해서."

"호호호! 은근 감동이네. 최대한 빨리 끝내고 오도록 노력할게."

"응. 그 말이면 돼. 근데 오늘 일 나가기 전까지 시간이 조금 남는 것 같은데……."

"지금? 피곤해서 할 수 있겠어?"

"좀 더 피곤해진다고 문제가 생기겠어? 그럼 허락한 걸로 알고."

"꺅! 아침은 다 먹고 해야지."

벌떡 일어나 하란을 들었다.

"곧 두 달간 독수공방해야 하는데 밥은 그때 많이 먹는 걸로."

체력의 한계를 테스트하려는 듯 두삼은 나가기 전까지 행복한 시간을 보냈다.

*   *   *

피곤함을 느낀 건 6명째 지원자의 림프 마사지를 끝마쳤을 때였다.

날카로워진 신경 덕분에 림프관과 절이 더욱 선명하게 보이는 듯해서 집중을 하느라 심력의 소모가 컸다. 게다가 집중을 하다 보니 자신도 모르게 기운까지 소모해 버린 것이다.

쉬고 싶은 마음이 간절해 아르바이트 비용을 그냥 주고 보낼 수 있다면 그러고 싶은데 하필이면 마지막 남은 사람이 채 간호사다.

장장 일곱 시간을 넘게 도와주고 이제 자신의 차례가 되었다고 기대하고 있는 그녀에게 차마 내일 하자는 말이 나오지 않았다.

'휴우~ 그냥 빨리 끝내자.'

기운도 3분의 1쯤 남았으니 설령 쓰더라도 문제없을 것이다.

"갈아입고 나올까요?"

"…네. 근데 봐줄 사람은 없어도 돼요?"

"자원해서 하는 건데 필요 있나요. 그리고 전 선생님을 믿어요."

믿는다면서 눈웃음을 치는 것이 다소 이상했지만 착각이라 생각하고 넘겼다.

샤워를 하고 나오는 동안 안마용 침대를 닦고 기다리자 수영복을 입은 채 간호사가 나왔다.

"잘 부탁드려요."

"심하다 싶으면 말씀하세요. 그럼 시작할게요."

약간 멍한 상태에서 얼굴부터 림프 마사지를 시작했다. 이번에도 역시 얼굴에 있는 림프들이 보이듯이 머릿속에 그려진다.

'음, 조금 전보다 더 선명하게 보이는 것 같은데.'

얼른 하고 끝내자는 생각은 더 선명하게 보이는 림프관을 보자 머릿속에서 사라졌다. 그리고 어느 순간부터 오른쪽 가운데 손가락으로 림프관을 누르면 주변에 있는 빨간색 미세 림프관들이 보였다.

'아름다워!'

누를 때마다 번져가는 빨간색 미세 림프관은 어떤 장관보다 아름다웠다. 그리고 어느 순간 오로지 붉은색 선만이 눈앞에 가득했다.

극도로 날카로워진 감각, 몽롱한 정신과 집중력, 어울리지 않을 것 이 조합이 무아지경을 만들어냈다.

붉은색 림프, 파란색 전기적 신호, 노란색 호르몬이 사람 모양의 틀 안에서 움직이며 뛰어논다. 그리고 세 가지 색깔이 섞이며 점점 검어진다.

세상이 완전히 검은색이 되었을 때 정중앙에서 새하얀 빛 한 점이 터지며 새하얗게 변한다. 그리고 빛은 다시 수많은 색으로 나누어져서 뛰어논다.

현실인지 꿈인지 모르는 상황.

단 하나 머릿속에 떠오른 건 오늘 능력의 끝을 볼 수 있을 것 같다는 것이었다.

하지만 아직은 끝을 보기엔 이른 모양이었다.

비명에 가까운 소리와 함께 누군가가 자신의 손을 잡았고 무아지경이 깨졌다.

"서, 선생님! 거, 거긴……!"

현실로 돌아와 본 것은 채 간호사의 서혜부에 들어가려던 손을 그녀가 잡고 있는 모습이었다.

"……."

"……."

능력의 끝이 아닌 민망함의 초입이었다.

67. 환자를 위한 마음

정말 위기의 순간이었다.

아무 생각이 나지 않는데, 더듬어보면 어렴풋이 떠오르는 것 같기도 하지만, 아무튼 채 간호사의 가슴을 림프 마사지 한 것도 부족해 마지막 그곳(?)에 가까운 곳까지 마사지를 하려고 했으니 흔히 말하는 빼박이었다.

불행 중 다행인 건 채 간호사는 참으로 개방적인 여성이라는 것.

자신의 정신이 없었다는 변명 같은 얘길 믿어주겠다면서 데이트를 제안했다.

그때는 마음껏 해도 괜찮다나.

마음껏이란 말에 잠깐 상상의 나래를 펼치긴 했지만 곧 결혼할 여자가 있다고 고백했다. 법적인 문제가 생긴다고 해서 어설프게 대처했다간 사랑하는 이까지 잃을 수 있는 일이었다.

채 간호사는 개방적인 데다가 쿨한 성격까지 가지고 있었다.

'역시 있었구나'라는 말을 중얼거리며 데이트하자는 얘기는 취소해 주었다.

쿨하게 넘어가려는 그녀의 행동에 조급해진 건 오히려 두삼이었다.

누군가와 말다툼을 하다가 살짝 밀어 넘어뜨린 후 잘 마무리했는데 그것이 몇 달 뒤에 폭력 사건으로 경찰에 신고가 되었다는 얘긴 너무 흔했다.

어떻게든 보상을 하고 싶다고 하자 그녀는 생각을 하더니, 서문희 원장에게 조만간 시술을 받기로 했는데 자신도 참여하게 해달라고 했다.

망설이지 않고 허락했고 위기의 순간에서 벗어날 수 있었다.

"휴우~ 지금 생각해도 아찔하네."

—뭐가요?

"아무것도 아냐. 나중에 봐."

—수고하세요.

월요일 아침, 차에서 내려 안마과로 향했다.

예약된 인원이 있었기에 토요일에 이어 일요일에도 림프 마사지를 했는데, 토요일과 달리 가벼운 마음으로 새로 각성한 능력을 확인하는 차원이었다.

며칠만 더 빨리 각성을 했으면 지영훈 환자를 살릴 수 있지 않았을까 하는 생각이 들기도 했지만 지난 시간을 되돌릴 수 있는 능력은 없었기에 짧은 생각만 하고 넘어갔다.

그리고 대다수의 시간은 새로운 각성에 대해 살펴보고 생각하는 시간을 가졌다.

놀랍게도 각성은 두 가지였다.

한 가지는 림프를 볼 수 있게 된 것이고 나머지 하나는 색을 구분하고 지정해서 볼 수 있게 된 것이다.

전에도 호르몬의 경우 귤색, 노랑, 옅은 노랑, 어두운 노랑 등으로 보이긴 했다. 한데 지금은 엔도르핀은 밝은 노랑으로, 도파민은 어두운 노랑으로 지정해서 그 흐름을 볼 수 있게 된 것이다.

사람의 욕심은 끝이 없는 모양이다.

두 가지를 얻었지만 무아지경에서 봤던 수많은 색깔들이 무엇을 나타내는 건지 알고 싶어졌다.

안마과 푯말이 보였기에 생각에서 벗어나 현실로 돌아왔다.

오랜만에 아침에 오는 거라 큰 소리로 인사하며 들어갔다.

"좋은 아침입니다!"

"……."

반갑게 인사를 하고 들어갔는데 어째 분위기가 썰렁하다. 도 간호사는 검지를 입술에 갖다 대며 조용히 하라는 제스처를 취했다.

"무슨 일……."

막 이유를 물으려고 하는데 이방익의 진료실에서 고성이 터져나왔다.

"이 선생, 진짜 이럴 거요!"

"아, 그러니까 이유를 말해보라고요! 그래야 나도 얘기해 놓은 사람한테 설명을 할 거 아닙니까. 무작정 이해하라고 하면 내가 '그러세요' 그래야 합니까?"

"사정이 있다고요!"

"하아~ 정말 말이 안 통하는군요. 도대체 왜 센터장님은 선정권을 멋대로 처리해서는……."

들리는 소리만으론 짐작하기가 어려웠다. 그래서 도 간호사에게 물었다.

"한방내과 황 선생님 같은데 왜 저러는 거예요?"

"자세히는 모르겠는데 아무래도 의약품 선정권 때문에 싸우는 거 같아요."

"의약품 선정권이 무슨 문제가 있는데요. 듣기론 각 과장마다 배정된 것이 있다던데."

"저야 모르죠. 다만 이 선생님 선정권을 황 선생님이 사용하고 계셨나 봐요. 근데 갑자기 이 선생님이 쓴다고 하니 찾아온 것 같아요."

"아……!"

이렇게 꼬이길 바란 건 아니었는데.

쾅! 진료실 문이 거칠게 열리며 황오열이 식식거리며 나왔다. 꾸벅 인사를 했지만 그는 본 척도 하지 않고 가버렸다.

이방익이 나오며 혀를 찼다.

"저! 저! 성질머리하곤. 이유를 설명하면 어련히 알아서 처리해 줄까. 쯧쯧! 어쩜 저렇게 자기중심적인지."

"안녕하세요, 선생님. 괜히 저 때문에 일이 커지는 거 아닙니까?"

"커질 일도 없어. 잘잘못을 따지면 누가 욕먹을 거 같아?"

"아무래도 선배한테 연락해서 다음에 해준다고 해야 할 것 같은데요."

"쓸데없는 소리 하지 마. 저렇게 지랄하고 갔는데 해주면 그게 권리인 줄 알고 또 그래. 안마과를 키워보려고 그동안 좋게 넘어갔더니 사람을 졸로 보고 있어."

"하하……. 참으세요."

"글쎄다. 저런 인간들은 가만히 있으면 힘이 없어서 그런 줄 알고 더 활개를 치거든. 이번 기회에 찍소리 못 하게 눌러주든가 해야지."

"어쩌시려고요?"

"어른 싸움은 알 것 없고 넌 방송에나 좀 더 신경 써. 방송 덕분에 안마치료과에 대한 인식이 좋아지고 있으니까."

"아직 한 달도 안 됐는데 그렇게까지 하겠어요?"

"얘가 뭘 모르네. 전엔 안마가 치료가 되느냐고 의문을 표하는 이들이 하루에도 서너 명씩은 있었는데 요즘은 거의 없어. 오히려 TV에서 네가 해줬던 안마를 해달라는 이들도 제법 돼. 그리고 최근엔 지방 환자들 예약도 줄기차게 이어지고 있어."

역시 방송의 힘은 대단한 모양이다.

"근데 넌 이 시간에 웬일이냐?"

"제가 못 올 때 왔나요?"

"아침에 네 얼굴 보는 게 하도 신기해서 그런다. 부탁할 거 있음 마음 바뀌기 전에 하고 가. 요즘 쉴 틈도 없다."

너무 속 보였나 보다. 일단 약부터 주고.

두둑한 봉투를 꺼내 건넸다.

"…이거 뭐냐?"

"선배가 감사하다면서 전해달라고 했습니다. 돈 아니니까 걱정 마세요."

"그럼 뭔데?"

"전국 맛집 지도랑 예약 몇 군데 해뒀대요. 영업한다고 좋은 곳은 훤하대요."

"그래? 뭐, 이 정도는 받아주지."

"험! 그리고 제 예약 환자 오늘 오는데 선생님이 좀 맡아주세요."

"너 한가하지 않냐?"

"다시 바빠질 것 같아서요."

"암센터?"

"네. 조금 집중해 보려고요."

"환자 얘긴 들었다. 네 탓이 아닌 건 알지?"

"압니다."

"그럼 됐다. 내 태블릿으로 환자 정보 보내라. 참! 환자한테는 말했지?"

"네. 어제 연락했습니다."

"볼일 끝났으면 가라."

"왜 그리 못 보내서 안달이세요. 엘튼 선생님 봐야 할 일이 남아 있습니다. 그리고 오랜만에 도 간호사님 커피 마시고 갈 겁니다. 타주실 거죠, 도 간호사님?"

"홋! 타줘야죠."

"뭐가 예쁘다고 타줘."

"말씀은 저러셔도 만날 '우리 한 선생, 우리 한 선생' 하신답니다."

"내가 언제! 그냥 꼴 보기 싫은 놈이 있어서 그런 것뿐이야."

"누가 꼴 보기 싫어요?"

"누구긴 누구야. 호랑이도 제 말하면 온다더니, 저기 저놈 때문이지."

이방익이 턱짓으로 가리키는 방향을 보니 엘튼이 들어오고 있었다.

"선생님, 좋은 아침입니다."

"……."

엘튼은 흘낏 보더니 손을 어정쩡하게 든 후에 자신의 진료실로 들어가 버렸다.

그러고 보니 얼굴이 반쪽이 된 느낌이다.

"…왜 저런대요?"

"낸들 아냐. 얼마 전까진 일 끝나고 쪼르르 사라지더니 요즘 안 그러는 거 보면 애인이랑 헤어지기라도 한 모양이지. 에잉! 커피나 마시고 가. 난 센터장님한테 전화해야겠다."

이방익이 들어간 후 도 간호사의 커피를 받아들고 엘튼의 진료실로 들어갔다.

"선생님, 잠깐 시간 있으세요?"

"…앉아."

"얼굴이 안 좋아 보이는데 무슨 일 있으세요?"

이방익에게 들은 말이 있었지만 짐짓 모른 체하며 물었다.

"후우~ 별거 아니야. 아니, 별거 맞나? 훗! 진짜 미치겠네. 무슨 일이야?"

"다른 게 아니라, 혹시 제가 출연하는 TV프로그램 보셨어요?"

"…1, 2회는 봤는데 3회는 못 봤어."

"그럼 거기서 3대 문파, 8대 세가 얘기 나오는 거 아시겠네요?"

"응. 전에 내가 다 한 얘기잖아. 근데 그게 왜?"

"제가 담당 PD한테 선생님에게 들었다고 말했더니 혹시 출연해 줄 수 있냐고 하더라고요."

"날?"

"네. 선생님 입담이 대단하다고 말했거든요."

"…후우~ 하고 싶긴 한데 내가 요즘 고민 중이라 입을 제대로 털 수 있을까 모르겠다."

"무슨 일인데요? 저한테 말씀해 보세요. 제가 입 하나는 무겁잖아요."

계속해서 한숨을 뱉는 것이 안쓰럽다. 딱히 누군가의 고민을 듣고 조언을 해줄 만큼의 연륜은 없었지만 들어주는 건 가능했다.

그는 심각하게 고민을 하다가 입을 뗐다.

"후우~ 쪽팔려서. 넌 어느 날 갑자기 동성애자에서 이성애자로 바뀔 수 있다고 생각해?"

"그런 경우가 있지 않나요? 개인적인 생각을 묻는 거라면 호르몬의 변화로 충분히 가능하다고 생각하고요. 왜? 갑자기 여자가 눈에 들어와요?"

"…응. 물론 남자가 싫어진 건 아냐. 근데 자꾸 그 여자가 생각나. 그리고 그 여자를 위해서라면 성 정체성도 바꿀 수 있다고 생각되고. 그 때문에 갑자기 머리가 혼란스러워."

"그 여자라고 하면 선생님의 마음을 바꾼 사람이 있다는 얘긴데……. 그 여자분 말고 다른 여자를 보면 어때요?"

"글쎄? 아직 다른 여자에 대해선 관심 없어."

그 여자만 좋은 건지 이성이 좋아진 건지 뭔가 어정쩡하다.

"애인과 헤어지셨다면서요? 그럼 그 여자분과 사귀어보는 건 어때요?"

"…삼촌이 말했어?"

"방금 전에요. 짐작하시더라고요."

"맞아. 혼란스러운데 계속 사귀는 건 그 친구에게 못 할 짓이라는 생각이 들어서 헤어지자고 했어. 근데 헤어지자고 하고 나니 후회되고, 그렇다고 그 여자에게 사귀자고 말하기엔 내 꼴이……. 휴우~"

엘튼은 양손으로 머리를 잡고 고개를 숙였다.

듣는 자신도 혼란스러운데 그는 오죽할까.

어떻게 해야 하나 고민하다가 조심스레 말을 꺼냈다.

"선생님, 괜찮으면 제가 진맥해 봐도 될까요?"

"…진맥은 왜?"

"체크해 볼 것이 있어서요."

그는 의아해하면서 손을 내밀었다.

남성호르몬 안드로젠은 남자의 정소(고환)과 부신에서, 여성호르몬 에스트로젠은 여자의 난소와 부신에서 주로 생성된다.

모두가 알고 있듯이 반대되는 호르몬이 없는 건 아니다. 남자에게 여성호르몬이 존재하듯이 여자에게도 남성호르몬이 존재하는데 난소, 부신에서 극미량 분비된다.

또한 말초세포에서 방향화 효소의 방향화 작용으로 안드로젠을 에스트로젠으로 전환하여 여성호르몬을 얻을 수도 있다.

만일 방향화 작용이 평범한 사람보다 활성화되는 경우는 어떻게 될까.

남자의 경우 여성호르몬이 많아져 여성화되고 여자의 경우는 유방암의 위험성이 높아진다.

각설하고 두삼은 먼저 고환을 살폈다.

새로 얻게 된 능력으로 그곳에서 왕성하게 생성되는, 남성호르몬이라 생각되는 호르몬에 주황색에 가까운 노란색을 지정했다. 뒤이어 여성호르몬을 찾는데 극미량이 생성되어서인지 아님, 지금은 생성되고 있지 않아서인지 찾기가 쉽지 않았다.

그에 차선책을 선택했다.

남성호르몬이 온몸으로 퍼지는 장소를 추적했다. 남성호르몬이 들어갔다가 새로운 호르몬으로 바뀌는 장소를 찾는다면 그곳이 방향화 작용이 일어나는 말초 세포이고 새로운 호르몬이 여성호르몬일 테니 말이다.

다 찾을 필요는 없었다.

오직 한 곳이면 됐다. 그리고 여성호르몬에 색을 지정하면 전체적인 흐름을 볼 수 있었다.

'찾았다!'

바뀌는 지점을 찾자마자 바뀐 호르몬을 밝은 노란색으로 지정했다.

짙은 노랑은 남성호르몬, 밝은 노랑은 여성호르몬. 확실히 구분되어서 보이니 뿌듯한 느낌이 든다.

그러나 뿌듯함도 잠시, 양의학에서는 호르몬 검사를 통해 나노 단위의 호르몬까지 측정할 수 있다는 것을 떠올렸다.

아무튼 이제 비교 대상이 필요했다.

언제나 그랬듯이 비교 대상은 일단은 자신이었다. 내부를 살펴 역시 남성호로몬과 여성호르몬을 찾은 후 비교를 했다.

남성호르몬 양은 자신이, 여성호르몬 양은 엘튼이 더 많았다. 하지만 이런 단순 비교만으로는 그가 여성호르몬이 많아서 동성애자가 되었다고 말하긴 무리였다.

'좀 더 과학적으로 알아봐야겠어.'

현재로서는 공부도 부족했고 데이터도 많이 부족했다. 생각을 정리한 후 손을 뗐다.

"…뭐 이상한 거라도 있어?"

"건강상으론 문제없어요. 다만 한동안 선생님을 살펴봤으면 좋겠네요. 검사도 해보고요."

"…안 그래도 불안한데, 더 불안하게 할래? 뭘 살펴볼 건지 정확하게 말해봐."

"호르몬이요."

"그건… 예전에 검사해 봤어. 여성호르몬 수치가 다른 사람보다 높았어."

"최근에는 해보셨어요?"

"…아니. 근데 여성 호르몬 수치가 높다고 해서 게이가 되는

긴 아냐."

"알아요. 다만 변화가 있다면 뭐 때문인지 알아보는 것도 괜찮을 것 같지 않아요? 혼란도 덜할 테고요."

"그걸 네가 찾겠다고?"

"찾을 수 있을지 없을지 모르지만 해보고 싶네요."

솔직히 엘튼의 호르몬을 살핀 건 그가 안타깝기도 했지만 평생 만날 수 있을까 말까 한 희귀한 케이스로서 그의 변화가 어디에서 시작되었는지를 알고 싶은 것도 한몫했다.

*   *   *

바쁠 것 같아 환자를 맡기러 갔다가 엘튼의 케이스를 맡게 되었지만 자청한 일인지라 불만은 없었다.

어차피 각성한 능력을 익숙할 때까지 써봐야 했고, 때마침 다음 주에 하란이 미국에 가고 나면 시간이 남기에 미치도록 일을 해보기로 했다.

안마과에서 나와 신경과로 가 뇌전증 환자를 봤다.

오늘이 치료의 마지막 날인 환자의 머리에서 손을 떼며 말했다.

"다 됐습니다. 특별한 이상은 없네요. 혹시 저희가 보지 않는 동안 발작 증상이 일어난 적은 없죠?"

"네! 하루에 몇 번씩 발작하던 앤데 선생님께 치료받은 다음부터 한 번도 없었어요. 고마워요."

"다행이네요. 혹시 발작 증상이 있으면 예약하지 말고 바로 병원으로 오세요."

"끝나는 날까지 신경 써주시니 어떻게 감사해야 할지 모르겠네요."

"하하! 건강하게 퇴원하는 게 제일 좋은 감사죠. 오늘 퇴원하셔도 좋습니다."

"고맙습니다! 인후야, 이제 다 나았단다. 선생님께 인사드려야지."

"…감사해요, 선생님."

"그래. 이제부터 아프지 말고 신나게 뛰어다녀."

매일 5명씩 퇴원을 하지만, 웃으며 떠나는 환자와 그 가족을 보면 기쁘면서도 뭔가 으쓱해지는 기분이다.

막 병실을 나오는데 따라 나온 부모가 가운 호주머니에 손을 넣었다.

"얼마 안 되지만 식사라도 하세요."

"이러지 않으셔도 되는데……."

"정말 얼마 되지 않아요. 그럼."

민망하다는 듯 병실로 들어가는 인후의 엄마.

퇴원을 하는 다섯 명 중 두세 명은 꼭 이런 식으로 감사를 표했다.

처음엔 펄쩍 뛰며 거절했는데 실랑이도 하루 이틀이지 이젠 그냥 예의상 말을 하다가 그냥 받았다.

두삼은 봉투를 꺼내 전 간호사에게 건넸다.

이렇게 모인 돈은 신경과의 간호사들과 수련의들이 회식할 때나 야식을 먹을 때 이용됐다.

"잘 쓸게요, 선생님."

"쑥스럽게 매번 건넬 때마다 그 소릴 하세요?"

"환자들이 선생님께 준 돈을 저희에게 양보하니 감사해야죠."

"아까 같이 식사하라는 말 못 들었어요?"

"같이 식사 안 하잖아요. 선생님 몫까지 저희가 먹으니 당연히……."

"네네. 결론이 나지 않는 얘긴 여기까지 하죠. 내일 들어올 환자들은 오후에 들어오죠? 제 태블릿으로 환자 명단 보내주세요. 들를 수 있으면 들러서 치료하게요."

"네. 근데 앞으로는 3명씩 들어올 거예요."

"예약 환자가 줄었을 리는 없고, 무슨 일 있어요?"

"뇌전증 치료제 안전성 검사가 끝났대요."

"들었어요. 근데 그게 환자 수랑 무슨 상관이에요?"

"예약된 환자들 중 치료비가 부담이 되는 환자들이 임상 실험에 지원을 받았어요."

"쉽게 허락하진 않았을 것 같은데요?"

예약을 하고 1년을 넘게 기다린 사람들이 돈 좀 아끼자고 지원했을 것 같진 않았다.

"조건을 붙였죠. 임상 실험 한 달간 약을 복용하고 차도가 보이지 않으면 선생님께 무료로 치료를 받게 해주겠다고요."

"약간 이해가 되네요. 근데 테스트 인원으로 다 뽑진 않았을 텐데요?"

"에휴~ 진짜 모르시겠어요? 이제 슬슬 치료제 개발도 되어가니 선생님 숨 좀 돌리라고 하는 거잖아요."

"음, 마음 써주셔서 감사하긴 한데 그냥 지금처럼 5명으로 해주세요."

"…바쁘시잖아요."

"바쁘죠. 근데 시간될 때 열심히 해야죠. 지난번 논산에 내려갔을 때처럼 무슨 일이 있을지 어떻게 알아요."

"그땐 같이 내려갔잖아요."

"만일 섬에 가게 되어도 다 갈 수 있을까요. 제가 무슨 말을 하기 전까지 5명으로 해주세요."

"에휴~ 누가 선생님을 말리겠어요. 오늘은 힘들고 내일부터 해둘게요."

"간호사님이 쉬고 싶은데 제가 방해한 건 아니죠?"

"아니에요. 신경과에 뇌전증 환자만 있나요? 일손이 항상 부족한 게 간호사의 일이랍니다. 가끔 논산에 있을 때가 그립답니다."

"하하! 조만간 논산 멤버 뭉쳐서 술 한잔해요."

"좋죠. 식사 꼭 하고 오후 근무하세요."

"당연하죠. 하하! 그럼 낼 봬요."

곧장 직원 식당으로 갔다.

처음에 주로 푸드코트를 이용했는데 어느 순간부터 뭘 먹을지 생각하는 게 귀찮아 매일 메뉴가 바뀌는 직원 식당을 이용하고 있었다.

물론 식판을 들고 아는 얼굴이 보일 때마다 고개를 숙여서 인사를 해야 하는 단점은 있었다.

오늘 따라 '언제 이렇게 많은 사람들을 알게 됐지'라는 생각이

들 만큼 걸음마다 인사를 해야 했다.

"한 선생, 골프 배운다면서 언제 같이 한번 치지."

"여어~ 요즘 안 부른다고 응급실엔 코빼기도 안 보이냐? 다시 예전처럼 불러줘? 농담이고, 언제 술이나 한잔하자."

"지난번에 고마웠어. 다음에 식사 대접할 테니까 시간 되면 연락해."

"예, 옙! 네. 알겠습니다. 그럴게요. 식사 맛있게 드세요. 네네."

냉국에 있는 얼음이 거의 다 녹았을 때 비로소 착석을 할 수 있었다. 하지만 막 한 숟갈 뜨려고 할 때 맞은편에 앉는 이가 있었다.

"인기 좋네요?"

"아, 청하구나."

"…뭐예요, 그 형식적인 인사는."

"오이냉국이 걱정돼서."

"…어디 아파요?"

"아니. 잘 지내지?"

"잘 지내는 것처럼 보여요?"

"글쎄, 일에 파묻혀서 사는 것처럼 보이네."

그녀는 처음 병원에서 봤을 때처럼 피곤에 쩐 얼굴을 하고 있었다.

"연애할 사람이 없으니 일이나 해야죠."

"곧 생기겠지. 누가 널 싫어하겠어."

"싫어하는 게 문제가 아니라 좋아해 줘야죠. 사귀게 되면 오빠한테 보여줄 테니까 정들기 전에 괜찮은지 여부를 말해줘요."

"…마음 아프게 했다면 미안해."

"처음엔 조금 미웠는데 이젠 고마워요. 그딴… 쩝! 뒤에서 욕해봐야 나만 찌질해지니 말을 말죠. 다른 게 아니라 전에 오빠가 한 말에 대답하러 왔어요."

"…말해."

전에 임동환을 용서하라고 한다면 그렇게 하겠노라고 말했었다. 그래서 옥지혜가 녹음해 온 말을 들었을 때 바로 움직이지 않았다.

괜히 실행하고 싶어질까 봐 계획도 세우지 않았다.

"오빠 하고 싶은 대로 해요."

"후회하지 않겠어?"

"전혀요. 어떻게 복수할지 모르지만 가급적 그 인간 눈에서 눈물이 났으면 좋겠어요."

"그것까진 장담을 못하겠다만 최선을 다할게."

"도움 필요하면 말해요."

"괜찮아. 근데 이제 밥 좀 먹을까? 오이냉국에 얼음이… 다 녹았네."

"다시 달라고 해요."

"됐어."

스스로 걸어뒀던 제약이 풀려서 그런지 냉국은 아주 시원하지 않았지만, 그럭저럭 시원하게 먹을 수 있었다.

식사 후, 커피를 마실 동안 어떻게 복수를 할까 고민했다. 그러나 종이컵을 분리수거 통에 넣으면서 복수에 대한 생각도 머릿속 한 귀퉁이에 넣었다.

치료를 할 땐 거기에 집중을 해야 했다.

암센터 센터장에게 전화를 걸었다.

"센터장님, 한두삼입니다."

―자네가 먼저 전화를 주다니, 웬일인가?

"혹시 시간 되시면 잠시 얘기할 수 있을까요?"

―잠시 후 수술 들어가야 하는데… 10분 정도는 괜찮을 것 같군.

"2분 정도면 도착할 겁니다."

전화를 끊자마자 후다닥 센터장실로 뛰어갔다.

"서로 급한 것 같으니 바로 본론으로 들어가지."

"네. 다른 게 아니라 제가 지금까지 색전술을 행했던 환자들을 살펴보고 싶습니다."

"갑자기 왜? 문제라도 있나?"

"그게 아니라 살펴보고 싶은 게 있어서요."

"지영훈 환자의 케이스 때문인가 보군."

"예, 그렇습니다."

"세상에 완벽한 치료법은 없어. 사람마다, 케이스마다 차이가 발생할 가능성은 항상 있는 법이니까."

"그걸 줄이는 것도 저희 일이라고 생각합니다."

"후후! 맞는 말이야. 혹시나 자책하고 있을까 싶어 한 말이었는데, 멀쩡했나 보군?"

"솔직히 자책감을 가지긴 했습니다. 한데 계속 그러고 있기엔 기다리는 환자들이 더 많더라고요."

"하하! 한 선생을 보면 한의사인지 외과의사인지 헷갈려. 한

가지만 더 물어보지. 그냥 살펴보겠다는 건가 아님 새로운 방법이 생긴 건가?"

"추가할 방법이 생겼습니다. 물론 해보고 결과가 나와봐야 제대된 건지 알 수 있겠지만요."

"노력하는 모습 보기 좋군."

그는 더 이상 가타부타 말없이 가지고 있던 테이블 위에 있는 태블릿을 이용해 두삼에게 자료를 건넸다.

"지난주에 나온 한방색전술 시술 환자들의 동향이야. 10명 중 3명은 차도가 없음으로 나오더군."

"항암 치료의 효과가 있을 수 있을 테니 실제 수치는 효과가 없는 사람이 더 많겠군요."

"어? 내가 말 안 했나? 한방색전술을 받는 환자들은 항암 치료를 안 했어. 물론 환자들이 원해서 한 일이고."

"…처음 듣는 얘기네요."

"중간에 누가 제대로 전달을 안 했나 보군. 아무튼 각 과 선생들에겐 바로 얘기해 놓을 테니 확인해 봐. 치료를 했으면 했다고 기록해 두고."

"네. 감사합니다."

"센터를 위해서 일하겠다는데 내가 고맙지."

센터장실을 나와 태블릿을 확인한 후 가장 많이 한방색전술 환자를 보낸 뇌종양과 입원실로 내려갔다.

"실례합니다. 한방색전술 시술을 받은 환자들 보러 왔습니다."

"한두삼 선생님이시죠? 과장님께 좀 전에 연락받았어요. 이 간호사, 안내해 드려요."

"이쪽으로 오세요, 한 선생님."

큰 키의 다소 마른 간호사가 앞장섰다.

"어느 환자부터 보실 건가요?"

"가까운 곳부터 해도 상관없습니다."

"그럼 저기 1호실부터 하시죠. 참! 환자 중 일부는 통원 치료를 받고 있어요."

"네. 진료 기록을 봤습니다."

"저기 창가 쪽에 있는 환자 2명이에요. 옆에 서 있을 테니 필요한 건 언제든 말씀하세요."

"그럴게요. 고마워요."

친절함에 고마움을 표한 후 침대 앞쪽에 붙어 있는 환자의 이름과 병명이 적힌 팻말을 확인했다.

마침 좌측은 색전술의 효과를 보고 있는 환자고 우측이 보지 못하는 환자다.

먼저 좌측 환자에게 다가갔다.

"안녕하세요, 저 기억하시죠? 색전술 해드렸던 의사인데 잠깐 몸 좀 살필게요."

"…그러세요."

두삼은 시술을 할 때처럼 머리를 만지면서 림프를 살폈다.

온몸에 퍼져 있는 림프.

뇌와 같은 중추신경계나 뼈, 일부 근육과 피부엔 존재하지 않는 것으로 알고 있다. 그러나 혈관이 있는 곳이라면 미세 림프관이 뻗어 있을 가능성을 배제할 수 없었다.

'역시 이 사람은 종양 주변에 미세 림프관이 없어.'

한 사람만 보고 기뻐하기엔 일렀다.

몸조리 잘하라는 말을 한 후 시술의 효과를 보지 못한 이에게 갔다.

좌측에 있는 환자에게 했던 것처럼 똑같은 인사를 했는데 반응은 달랐다.

"…그 시술 하나도 효과가 없어서 결국 항암 치료를 받기로 했어요."

당연한 반응이었기에 기분 나쁠 이유는 없었다. 살짝 고개를 숙이며 말했다.

"환자분 말씀처럼 몇 분은 시술로 효과를 못 봤더군요. 그래서 추가적인 방법을 만들었는데 꼭 데이터가 필요합니다. 살펴볼 수 있도록 해주십시오."

"…그러세요."

정중하게 고개를 숙이며 부탁하자 그는 마지못해 허락을 했다.

마찬가지로 붉은색 기운을 이용해 종양 주변을 살폈다. 그리고 종양 주변에 미세 림프관이 감싸듯이 지나가고 있는 것을 확인할 수 있었다.

'막는다.'

미세 림프관 하나 막는다고 사람이 죽는 건 아니다. 하지만 안 막으면 죽을 수도 있다. 그러니 망설일 이유가 없었다.

혈관을 막을 때처럼 기운을 이용해 막아버렸다.

"종양 크기는 전과 크게 달라진 것이 없네요. 다만 추가 방법을 시행해야 하는 케이스 같은데 어떻게 받아보실래요?"

"항암 치료를 받기로 했는데……."

"추가 비용도 없고 침 몇 대만 놓으면 됩니다. 물론 항암 치료 받는데 문제될 것도 없고요."

"추가 비용이 없다면야……. 밑져야 본전이니 하세요."

이미 시술을 완료했지만 형식적으로 머리가 맑아지는 혈에 몇 개 꽂아주고 끝을 냈다.

이후로 계속 환자를 봤다. 그리고 보는 환자의 수가 늘어날수록 혈관을 막은 종양이 미세 림프관을 통해 영양을 공급받는다는 추측은 확신으로 바뀌었다.

*   *   *

"뉴욕 오랜만이네."

고층 빌딩들과 수많은 차들이 거리를 메우고 있는 거리를 추억어린 눈빛으로 보는 이가 있었다.

로레인 밀러, 그녀는 뉴욕 태생이다.

NGO(비정부기구)에서 일할 때 증권사에서 일하는 남편을 만나고 가정을 꾸렸고 뉴욕의 중산층으로 어려움 없이 살았다.

2008년 금융 위기 전까진 말이다.

2008년 금융 위기로 인해 미국엔 수많은 중산층들이 무너졌는데 밀러 부부도 그들 중 하나였다.

둘 다 동시에 실직을 했기에 뉴욕에서 더 이상 살 수 없었던 그들은 뉴욕의 남서쪽에 위치한 플레인필드로 이사를 해야 했다.

한번 무너지고 나자 다시 일어나는 건 힘들었고 생활은 점점 곤궁해져 갔다. 취업을 하려 했지만 50이 넘은 나이와 거의 20년을 넘게 NGO단체에서만 일을 했던 경력으로 할 수 있는 일은 많지 않았다.

더 작고 한적한 곳으로 다시 이사를 해야 하지 않을까 고민하는 중 최근 처음 들어보는 사회봉사 단체에서 직원을 모집한다는 글을 봤다. 이력서를 보냈는데 오랜만에 면접을 보러 오라는 연락을 받고 뉴욕에 온 것이다.

뉴타운 강이 보이는 빌딩으로 들어간 그녀는 9층으로 올라갔다.

"여기네."

구인란에서 보았던 'For the people' 간판이 걸린 것을 보니 제대로 찾아 온 모양이다.

노크를 했다. 그러자 가타부타 말없이 삐리링! 자동문이 열렸다.

"…실례합니다."

누군가 들으라는 듯 소리치며 안으로 들어갔다.

가운데 복도를 사이로 좌우로 사무실과 휴게실이 배치되어 있는 구조.

사람을 찾기 위해 두리번거렸지만 인기척이 전혀 느껴지지 않았다.

오싹한 느낌은 없었다. 깔끔하게 꾸며진 인테리어와 모두 새 것으로 보이는 집기들이 막 새로 시작한 단체라고 말해주고 있었기 때문이다.

'누구 없어요?'라고 막 외치려는데 천상 스피커에서 녹소리가 들렸다.

―괜찮으시면 맞은편 방으로 들어오시겠어요.

혹시 헛걸음한 건 아니라는 생각에 안도의 한숨을 쉬고 안으로 들어갔다. 한데 방 안에는 밖과 인테리어만 되어 있을 뿐, 사람이 없었다.

당황하는 찰나 한쪽 벽에 걸린 TV가 켜지면 웬 동양인 여자의 얼굴이 나타났다.

―안녕하세요, 미세스 밀러. 전 헬렌 우예요. 이렇게 인사드리게 되어 죄송해요. 급한 일이 생겨 갑자기 나와야 했거든요.

"…그럴 수 있죠."

을의 입장에서 안 괜찮다고 할 순 없지 않은가.

―앉으세요. 마실 거 필요하면 냉장고에서 꺼내 드셔도 괜찮아요.

"괜찮습니다."

―그럼 바로 본론으로 들어갈게요. 경력을 봤어요. NGO단체에서 오랫동안 일을 하셨더군요.

"네. 20년 근무했어요."

―활동 지역이 주로 동남아시아, 중국, 한국 등이었네요. 맞나요?

매번 이런 식이다. 예전엔 여러 측면에서 도움이 필요했던 나라들인데 현재는 잘살거나 급속도로 발전을 하고 있어 더 이상 도움이 필요 없는 곳들이다 보니 경력이 어정쩡하게 되어버렸다.

"맞아요. 하지만 봉사 단체의 일이 크게 다르지 않다고 생각해요. 그래서 새로운 일이라고 해도 금방 배울 수 있다고 생각해요. 기회를 준다면……."

─제 말을 오해하셨네요. 우리 단체는 한국을 대상으로 다양한 지원을 하게 될 거예요. 당연히 미세스 밀러의 커리어가 중요하죠.

"한국어라면 서류 검토, 일상 대화는 할 수 있어요!"

─더욱더 잘됐네요. 제가 찾던 사람이에요. 길게 얘기할 것 없이 연봉 얘기를 해볼까요?

"…합격인가요?"

─미세스 밀러를 쓰지 않으면 누굴 쓰겠어요.

"로레인이라 불러주세요."

─그래요, 로레인. 원하는 금액 있어요?

4년제 대학을 졸업한 미국 초년생의 평균 연봉은 대략 5만 불. 거기에 경력이 더할수록 연봉은 높아진다.

물론 NGO단체라 일반 기업과 비교할 순 없다.

그녀가 맨 처음 받았던 월급이 2,300달러, 마지막으로 받은 월급이 4,000달러였다.

'내가 필요하다고 했으니 4,000달러를 불러봐?'

머리가 복잡했다.

4,000달러를 부르자니 구인란에 적혀 있던 3,000달러라는 금액이 마음에 걸렸고, 3,000달러를 부르자니 현재 상황이 너무 좋지 않다.

짧은 순간 수많은 생각 끝에 결론을 내리고 말했다.

"…3,000달러면 돼요. 대신 가능하다면 이번 달만 선불로 줄 수 있나요? 당장 급히 써야 할 일이 있어서."

―선불은 해줄 수 있는데… 다음 달은 어쩌려고요? 전 남을 도우려면 일단 직원이 먼저 안정적인 생활을 해야 한다고 생각해요.

"저녁에 식당에서 서빙을 하고 있으니 그걸로 가능해요. 선불 얘기는 못 들은 걸로 해주세요."

―음, 그럼 이렇게 해요. 사실 제가 바쁘다 보니 단체를 실제로 이끌어줄 팀장이 필요해요. 로레인이 맡아주면 어떨까요?

괜한 얘기를 했다 싶어 다급하게 말했는데 예상 밖의 대답이 돌아왔다.

―월 4,500달러. 차량 제공에 기름값 포함 월 1,000달러의 업무 추진비를 드릴게요.

"당장 '예스'라고 대답하고픈 제안이네요. 한데 어떤 업무를 추진해야 하는 건가요? 기부금을 모아야 하는 건가요?"

사람을 관리하는 일은 이력서에도 적었지만 10여 년을 넘게 해왔던 일이다. 그러나 기부금을 모아야 한다는 건 자신이 없었다.

―호호! 기부금은 지금도 충분해요. 필요하다면 제가 모을 테고요. 제가 말한 업무 추진비 팀장으로서 함께 일하는 팀원들의 사기 진작을 위해 쓰라는 거예요. 함께 식사나 차를 마실 수도 있고 생일인 팀원에게 꽃다발을 선물할 수도 있겠죠.

"할게요! 잘할 수 있어요."

월급도 월급이지만 차량 제공에 기름값까지 준다는데 더 이상 잴 것도 없었다.

—좋아요. 계약서는 팩스로 갈 테니까. 확인하고 사인을 하세요.

말이 끝나기 무섭게 팩스가 도착했다. 혹시나 싶어 꼼꼼히 읽어봤지만 문제될 것은 없었다.

그녀는 사인을 한 후 물었다.

"언제부터 일을 할까요?"

—오늘부터 가능한가요?

"물론이에요."

—함께 일할 직원들 4명을 뽑아주세요. 그리고 한국에 긴급으로 지원을 할 사람들이 있으니 그것도 같이 부탁드릴게요. 참! 계좌번호 불러주세요. 일단 3,000달러 붙여 드릴게요.

면접 보러 왔다가 갑자기 일을 하게 됐지만 로레인은 기쁜 마음으로 업무를 시작했다.

*　　　　*　　　　*

나쁜 일이 있으면 좋은 일도 있는 법.

지영훈. 환자가 세상을 떠나고 일주일이 지난 지금 4명이 퇴원을 하기로 했다. 다 나은 건 아니다. 그저 통원 치료만으로도 충분하다고 판단했기 때문이다.

4명 중에 하병국과 이현종도 있었다. 그들 중 경과 제일 좋은 이는 이현종으로 정기적으로 찾아와 검사만 받아도 된다는 진단을 받았다.

"이렇게 호전되어서 병원을 나실 줄은 꿈에도 몰랐네요. 선생님, 감사해요. 그때 산에서 만나지 못했으면 어찌 됐을지……."

"만날 인연이었던 거죠. 병국이 잘 지내."

"네! 선생님. 고맙습니다."

"그래. 친구들이랑 재미있게 뛰어놀고."

"…뛰는 건 싫어요."

"하하! 그럼 가끔 나가렴. 너무 안에만 있어도 안 좋으니까. 다음 주에 보자."

머리를 쓰다듬어 주고 작별 아닌 작별을 했다. 하병국은 성장기가 겹쳐 오늘 퇴원하는 환자 중에 가장 자주 병원에 와야 했다.

마지막으로 이젠 건강한 청년으로 돌아온 이현종이 예의 환한 미소를 지으며 고개를 숙였다.

"감사합니다! 평생 은인으로 생각하고 살겠습니다."

"평생 건강하게 지금처럼 건강하게 살기 바랄게."

"아프면 선생님께 오면 되죠."

"됐거든. 은인으로 생각하면 오지 마."

"하하! 아프지 말라는 얘기로 듣겠습니다. 정말 선생님 만난 후 좋은 일만 생기네요. 어떤 분이 병원비를 내주시기도 하고, 미국의 자선단체에서 지원금과 변호사를 지원해 주기도 하고요."

2주 전에 돈세탁을 다 했다고 하더니 벌써 지원까지 할 단체까지 만든 모양이다.

"그래? 잘됐네. 그건 날 만나서가 아니라 네가 밝게 살아서 그런 거야."

"전 선생님 덕분이라고 생각해요."

이현종은 마치 알고 있다는 듯 웃었다. 그러나 도둑이 제 발 저린 것이 분명했다.

대수롭지 않게 답하며 시선을 피했다.

"그렇게 생각하든가."

"그럼 한 달 뒤에 뵐게요."

"약간이라도 이상한 느낌 들면 바로 달려오고."

"넵! 근데 선생님 한 번만 안아봐도 될까요?"

"미쳤… 냐."

대답을 미처 하기도 전에 그는 덥석 껴안았다. 그리고 속삭이 듯 말했다.

"살려주셔서… 감사합니다."

밀치려 했다. 그러나 목소리에 습기가 묻어 있는 것 같아서 등을 가볍게 토닥여 줬다.

4명을 퇴원시키고 가벼운 마음으로 한방센터의 진료실로 돌아왔다.

잠시 숨을 돌린 후 유예린이 도착했을 시간이라 특실로 가기 위해 일어섰다. 한데 노크도 없이 문이 열리며 엘튼이 들어왔다.

하늘이 무너진 듯한 표정으로 고개를 숙이고 있었는데 그의 손에 검사지가 들려 있었다.

"검사 결과가 나왔어요?"

"…응."

그가 건네는 시험지의 결과를 확인했다.

혈액 1cc에 남성호르몬은 10나노그램, 여성호르몬은 60피코그램(나노그램의 1,000분의 1)이 들어 있다고 나와 있었다.

남성호르몬은 정상 수치 중 높은 수준이고, 여성호르몬의 경우 2배 정도 많은 수치인데 비율로 보자면 그냥 일반 남성과 비슷한 편이다.

"전엔 어떻게 나왔는데요?"

"…남성호르몬이 3배 이상 늘고 여성호르몬은 2배 이상 줄었어."

"혹시 최근에 헬스 같은 근력 운동 했어요? 아닌데, 그럼 여성호르몬도 증가해야 하는데……."

헬스와 같은 근력 운동은 남성호르몬 수치를 높인다. 한데 남성호르몬 수치가 높아지면 남성성이 강해질 것이라 생각하겠지만 아니다. 방향화 작용이 활성화되며 여성호르몬 역시 증가한다.

특히 과도한 스테로이드제를 복용할 경우 고환이 움츠러들고 여성화가 진행되니 조심해야 한다.

"팔 근육 빼곤 가급적 근육 운동은 안 해. 전 애인이 근육 있는 걸 싫어했거든."

"혹시 별도로 먹는 건요?"

"석류즙만 먹고 있어."

석류는 천연 에스트로겐 성분이 있어 갱년기 여성에게 좋았다.

"음, 이도 아니고 저도 아니면 결국 몸이 자연스럽게 변한다는 뜻인데……. 잠깐 볼까요?"

"또?"

"오후라 달라졌을 수도 있잖아요."

매일 아침 남성호르몬과 여성호르몬이 어떻게 움직이는 살피며 이상이 있는 곳을 찾았지만 특별히 이상을 보이는 곳은 없었다.

"아침이랑 차이가 없네. 아무래도 자연스러운 신체의 변화 같은데요."

"그래? 어쩐다. 여성호르몬 주사를 맞아야 하나?"

"여성호르몬이 분비되길 바라면 제가 도와드릴 수 있어요."

이미 남성, 여성호르몬의 자극점은 찾았다. 원한다면 자극을 해서 몸에서 분비되게 만들 수도 있었다. 하지만 그게 옳은 일일까에 대한 의문이 생겼다.

그에 잠시 말을 멈췄다가 말을 이었다.

"한데 전 몸이 뜬금없이 변화했다고 생각하지 않아요. 물론 일찍 찾아온 갱년기일 수도 있겠지만요."

"…그건 아니거든! 누굴 노친네 취급하는 거야."

"훗! 죄송. 아무튼 현재의 엘튼 선생님이 진정 바라는 게 뭔지 심각하게 고민해 봐야 하지 않을까요? 처음 동성애에 눈을 떴을 때처럼 말이죠."

"……."

"결정되면 말씀해 주세요. 남성호르몬이든 여성호르몬이든 분비시켜 드리죠."

"…이러니 삼촌이 만날 나보고 한 선생을 닮으라고 하지."

"네? 갑자기 무슨?"

"환자를 생각하는 마음. 무슨 말인지 몰랐는데 오늘에서야 보이네."

"하하……. 저야말로 무슨 말인지 모르겠네요."

"고마워. 깊이 생각해 보고 말해줄게."

엘튼은 두루뭉술하게 말하곤 들어올 때와 달리 다소 풀린 얼굴로 방을 나갔다.

두삼은 그가 한 말을 생각해 보다가 쑥스러운지 머리를 긁적거렸다.

새삼 굉장한 칭찬임을 깨달았기 때문이다.

환자를 생각하는 마음.

언제나 할아버지가 말씀하셨던 얘기였고 좋고자 노력했던 일이었다.

그러나 스스로는 안다.

적당히 이기적이고, 적당히 타협하고, 적당히 편협하다는 걸. 악이라고 생각하는 것을 보면 사람을 살려야 하는 의술을 해치는 데 이용하지 않았던가.

"차츰 나아지도록 노력해야겠네."

남들이 그렇게 본다니 실망감을 주지 않기 위해서라도 좀 더 노력해야 할 모양이다.

유예린을 보기 위해 특실로 내려갔다. 그리고 노크 후 문을 열었다.

"……!"

박일홍과 유예린이 자신이 문을 연 것도 모른 채 진한 애무를 하고 있었다.

어차피 치료를 위해 잠시 후에 실컷 할 짓인데 그새를 못 참고 저러고 있다.

적당히 하라고 면박을 줄까 생각하다가 조용히 문을 닫았다. 환자를 너무 위해 병실이 모텔이 되는 건 아닌지 모르겠다.

남자가 여자에게 키스를 한다. 그리고 그의 손은 여자의 성감대를 자극하려고 부지런히 온몸 구석구석을 쓰다듬는다.

보이진 않았다. 그러나 쪽쪽거리는 소리, 달뜬 숨소리, 옷을 스치는 소리로 충분히 알 수 있다.

두삼은 안대를 한 채 여자의 어깨에 손을 올리고 있었다. 누군가가 본다면 마치 변태적인 쓰리썸을 즐기는 것으로 오해하겠지만 치료 중이다.

"가슴을 집중적으로 공략하세요."

하는 입장에서도 그걸 지시하고 듣는 입장에서도 참 난감한 일이다.

의사라고 하지만, 뻔히 다른 남자가 있는데 애무를 한다?

결코 쉽지 않은 일이었기에 처음엔 힘들었다. 박일홍과 유예린의 몸은 뻣뻣이 굳어 있었고 두삼은 안대를 하고 있어도 귀가 뻘게질 정도로 쑥스러웠다.

하지만 이것도 매일같이 하다 보니 익숙해졌다.

변태적인(?) 지시를 내리자 뜨거워지던—오르가즘을 느끼던—유예린의 몸이 일순 차가워졌다.

"절 신경 쓰지 마시고 건강하고 올바른 반응을 하는 육체를 가지게 되는 것에 대해서만 생각하세요."

박일홍의 솜씨가 좋은 건지, 자신의 말을 잘 들은 건지 몰라도 다시 육체의 반응이 하체 부분까지 전달되기 시작했다.

그중 중간에 끊기는 것이 있었는데 그것을 연결하는 것이 두삼의 일이었다.

"하악!"

신음이 나올 때마다 어디를 만지고 있는지, 분비되는 호르몬의 양은 얼마나 되는지, 신경의 흐름은 제대로 가고 있는지, 몸의 변화를 일일이 체크해 머릿속에 기억해 뒀다.

사실 두 사람이 침대에 누워서 성관계를 한다고 해도 거기에 신경 쓸 시간이 없었다.

한 시간 정도 지났을 때쯤 두삼은 손을 떼고 안대를 풀며 말했다.

"여기까지 하시죠."

"……."

"…하아!"

유예린은 부끄러움에 시선을 피했고 박일홍이 긴 한숨을 뱉었다.

같은 사람으로서 그들의 마음이 이해가 됐다.

"수고하셨어요. 마지막으로 고생했다고 생각하세요."

"네? 한 달 정도 걸린다고 하지 않았어요?"

"협조를 잘해주셔서요. 그리고 잠재되어 있는 육체가 깨어나면서 손볼 곳이 많이 없었어요. 앉으세요. 앉아서 얘기하죠."

준비된 의자에 앉아 말을 이었다.

"오르가즘을 느끼는 신경은 몸이 성장하면서 자연스럽게 만들어지죠. 이후 어떻게 하느냐에 따라서 더 발전을 할 수도 있고 퇴보를 할 수도 있죠. 즉, 유예린 환자의 경우 신체의 이상으로 인해 고통 신경이 연결되어 있었을 뿐 오르가즘 신경이 없었던 건 아닙니다. 그래서 빨리 끝났죠."

"무슨 말인지 대충 이해가 가는군요."

"그럼 제가 잊기 전에 부위별 민감도에 대해 말을 끝내죠. 이게 단순한 수학 공식 외우는 것과는 차원이 달라서."

"그러세요."

시선을 유예린에게 돌리며 물었다.

"먼저 귀 근처는 어떻든가요?"

"괜찮았던 것 같은데… 정확하게 기억이 안 나네요."

"그렇겠죠. 남편분의 손놀림이… 흠! 아무튼 제가 보기엔 자극이 강한 것 같기도 한데 조금 약화시킬까요?"

"…굳이 그럴 필요가 있나요?"

"지금 이대로 만족하세요?"

"…네."

"그럼 그대로 두죠. 다음은 가슴인데, 어땠나요?"

"…좋았어요. 사실 가슴이 오르… 큼! 느낌을 좋게 만드는지 최근에야 처음 알았어요. 지금 이대로 괜찮을 것 같아요."

"그럼 다음은……."

"괜찮았어요."

"다음은……."

"딱 좋은 거 같아요."

과하다 싶은 부분을 하나하나 언급했지만 다 괜찮다니 뭐라고 할지 모르겠다.

늦게 배운 도둑질이 무섭다고 온몸이 성감대가 되고 싶은 모양인데 그동안 못 누린 걸 누린다고 생각하면 그대로 둬도 될 것 같다.

"좋습니다. 그대로 두죠. 대신 과하다 싶으면 오세요. 악화된 다음에 오면 그땐 저도 불가능할 수 있으니 시기를 놓치진 마세요."

"그럴게요."

"그리고… 흠! 하체는 집에서 해보세요. 역시 이상하면 찾아오시고요."

아무리 치료가 목적이라지만 하체까지 간섭하긴 부담이 됐다. 그래서 두 사람에게 맡기고 이상이 있다 싶으면 고치기로 했다.

"…그럴게요. 끝난 건가요?"

"네. 이제 두 분이서 만들어 가시면 됩니다. 사실 더 이상 하는 것도 너무 힘들고요."

"선생님은 괜찮은 줄 알았는데 아니었나 봐요? 천국… 마사지는 잘하시잖아요."

"하하……. 미묘해서 뭐라고 할 순 없네요. 아무튼 치료는 오늘까지입니다."

"수고하셨어요. 뭐라 감사를 해야 할지……. 감사합니다."

"행복하게 사세요. 소문 좀 팍팍 내주시고요."

"전에 말해준 것은 이미 파다하게 났으니까 소문 걱정은 마세요. 오히려 이상한 소문이 자꾸 나서 아니라고 말하는 게 더 힘들어요."

"에? 무슨 소문이요?"

"선생님이 불능 아님, 게이라는……."

"……."

천국 마사지—아예 이름을 붙였다—를 할 때 달라붙는 걸 냉정하게 떼어냈더니 그런 말을 하나보다.

자기들끼리 시시덕거릴 것을 생각하니 뭔가 좀 억울한 느낌이지만 한편으론 차라리 잘됐다 싶다. 최근 사회적 문제가 되는 성희롱으로 걸리지 않은 것만으로 만족이다.

"…크게 번진 건 아니에요. 변호를 하고 싶어도 다른 말이 나올까 싶어서……."

"괜찮습니다. 성희롱 소문이 돌지 않는 것만으로도 충분합니다. 보여줄 수도 없는 일이잖아요."

얘기를 마치고 작별 인사를 하는데 유예린이 박일홍을 툭 쳤다. 그러자 박일홍이 명함과 카드 하나를 내밀며 말했다.

"혹시 골프 좋아하세요?"

"골프를 배우곤 있는데 아직 초보라 좋고 말고가 없습니다."

가끔 처음 필드에 나가서 시원하게 공을 날리던 때가 생각나긴 했지만 꼭 나가야지 하는 생각은 아직까지 없었다.

"저희 회사의 모든 골프장과 숙박 시설을 무료로 이용할 수 있는 특별 회원권입니다."

"아닙니다! 병원비도 충분히 비싼데."

"지금까지 누구도 고치지 못했다는 걸 생각하면 싼 편이죠. 그러니 받아주십시오."

사실 원할 때 부킹하기 편하도록 골프 회원권에 대해 알아보기도 했다. 한데 뭐랄까, 이제 시작하는데 너무 유난을 떠는 것 같아서 구매는 하지 않고 있었다.

회원권이 대략 2억 선. VVIP회원권은 혜택에 따라 5억에서 10억 사이. 근데 모든 것이 무료라는 특별 회원권은 도대체 얼마나 할까?

솔직히 부담스럽다.

"골프를 자주 칠 시간도 없는 걸요."

"골프가 싫다면 여행 다닐 때 쓰세요. 전국 각지에 시설 좋은 숙소가 많습니다."

"제가 이런 게 있으면 곧이곧대로 믿는 편이라 매일처럼 이용할지도 모릅니다."

"하하! 저희 회사가 존재하는 한 집처럼 사서도 상관없습니다."

거절하려고 과장되게 말했음에도 그는 끝까지 손에 쥐어줬다.

"염치 불고하고 잘 쓰겠습니다."

그냥 성의를 봐서 적당히 이용하든지, 보관만 해두자는 생각으로 명함과 카드를 받았다.

*　　　　　*　　　　　*

"한 학기 동안 수업 듣느라 고생 많았다. 그러나 유종의 미는 거둬야겠지? 모두 가르친 부분에서 시험을 냈으니까 수업만 제대로 들었으면 어렵지 않게 풀 수 있을 거다."

말을 멈추고 양태일에게 시험지를 배포하라고 신호를 보냈다.

"눈보다 손이 빠른 사람 아니면 컨닝할 생각 하지 마라. 참고로 내 눈은 손보다 빠르다."

경고 겸 긴장을 풀어주기 위한 농담을 끝으로 시험에 집중할 수 있도록 입을 다물었다. 그리고 천천히 강의실을 둘러봤다.

열심히 시험 문제를 풀고 있는 학생들을 보니 문득 첫 수업 때 잔뜩 긴장했던 일이 떠오른다. 처음이라 그런 것도 있었지만 한 학기 동안 아는 바를 최대한 많이 가르쳐야 한다는 생각이 더 컸던 것 같다.

한데 잘 가르쳤는지 의문이다.

개인적으로 바쁘기도 했고 가르치는 스킬이 부족했던 것 같기도 하다.

'끝나고 나니 아쉬운 건 뭔지. 쩝!'

교수로 강단에 섰던 한 학기가 주마등처럼 스쳐 지나가는데 만족감보단 아쉬움이 더 컸다.

2학기엔 수업이 없었다. 내년 신입생들이 들어오면 그때 2학년에게 새로운 수업을 하거나 지금 과목을 신입생들에게 가르치게 될 것이다.

한 학생이 상념을 깼다.

"교수님, 다 하면 나가도 되나요?"

"벌써 다 했냐? 다 한 사람 또 있냐?"

세 명이 추가로 손을 들었다.

"시험을 너무 쉽게 냈나? 뭐, 나중에 보면 알겠지. 그럼 마지막으로 한마디만 하자. 아르바이트를 하든, 열심히 공부를 하든, 신나게 놀든 모두 건강하게 보내고 다음 학기에 보자."

"예! 알겠습니다. 근데 교수님 오늘 저희 마지막 시험인데 작별

주 해야 하는 거 아닙니까?"

"그러고 싶은데 오늘 촬영 있다."

"에이~ 다음 주시잖아요."

"개별 촬영 있거든! 근데 내 스케줄을 너희가 어떻게 알아?"

"술 사달라고 하려면 교수님 스케줄 정돈 알고 있어야죠. 그런데 촬영이 있다니 슬프네요. 교수님과 마시려고 다른 교수님껜 말씀도 안 드렸는데……."

"훗! 술 안 사주면 죽일 놈이 되는 건가? 좋아, 대신 양 조교랑 같이 가라. 물론 카드는 지원하마."

"우와!"

함성이 터져 나오는 거 보니 술값을 내줄 사람이 필요한 게 분명했다.

"시끄러! 아직 시험 시간이거든! 시험 다 푼 사람들은 먼저 나가서 술집 예약해라."

네 명을 시작으로 하나둘씩 시험지를 놓으며 꾸벅 인사를 하고 나갔다.

많지 않은 인원이었기에 일일이 이름을 불러주며 방학 잘 보내라는 인사를 건넸다.

50분 시험에 40분이 지나자 남은 사람은 두 명. 근데 그중에 가장 먼저 나갈 거라고 생각했던 배수진이 구석자리에 앉아 시험지 대신 자신을 뚫어지게 쳐다보고 있는 거 아닌가.

슬쩍 다가가 말했다.

"시험지를 봐야지. 왜 날 보고 있냐?"

"아까 다 했어요."

"시험 다 봤으면 나가도 돼."

"지금 나가면 두 달, 아니, 잘못하면 내년까지 선생님 못 보잖아요. 그래서 최대한 눈에 담아 가려고요."

"…어디서 그딴 닭살스러운 말을 배운 거냐?"

"용기를 낸 거예요. 오늘이 아니면 방학 내내 제 자신이 바보 같다고 생각될 것 같아서요. 전 선생님을……."

"크흠! 콜록콜록! 왜 목이 간지럽냐."

무슨 말이 나올지 눈치챘기에 얼른 기침을 하며 그녀의 말이 들리지 않게 만들었다.

마침 다른 한 명이 시험지를 놓고 밖으로 나갔다. 그래도 양태일이 있었기에 복화술을 하듯이 중얼거렸다.

"은혜를 원수로 갚을 생각이냐?"

"걱정 마세요. 다른 사람 앞에선 티 내지 않아요."

티 나거든!

"알아요. 선생님께 아름다운 연인이 있고, 절 학생 이상으로 보지 않는다는 것도요."

"그런데?"

"좋은데 어쩌겠어요. 후우~ 마음이 바뀔 때까지만 그냥 절 내버려 두세요."

한숨을 내뱉는데 술 냄새가 풍긴다.

"…너 술 먹었냐?"

"용기를 내기 위해 한 잔? 아! 취기가 안 올라와서 네다섯 잔 연거푸 마신 거 같아요."

취했네. 어쩐지 이성적인 애가 갑자기 훅 치고 들어온다 했다.

"알았다. 네가 어쩔 수 없는 네 마음을 난들 어쩔 수 있겠냐. 뭐라고 하지 않을 테니 여름방학 동안에 잘 고민해 봐라. 남자도 만나보고. 그나저나 OMR카드 좀 볼까?"

자극시키는 말은 하지 않았다. 이런 일은 양태일도 모르는 게 나았다.

허락을 받았다고 생각해서인지 배수진은 군말 없이 OMR카드를 건넸다. 다행히 취했어도 시험이라는 생각은 하고 있었는지 제대로 작성을 해뒀다.

OMR카드를 보는 동안 몰려오는 잠을 물리치지 못했는지 배수진은 시험지를 베개 삼아 잠들었다.

OMR카드를 양태일에게 건넸다.

"태일아, 쟤 좀 잠깐 보고 있어라."

"왜요?"

"취했다. 보호자에게 연락해야지."

"헐! 요즘 애들도 이러는군요."

"너도 그랬냐?"

"제 동기들이요. 아침 일찍 공부하러 왔다가 학생회실 남았던 술을 홀짝홀짝 마셔서 3명이 얼굴이 벌게진 채 시험 보러 들어갔었죠."

"교수님이 뭐라 하시든?"

"아무 말씀도 없으셨어요. 대신 친절하게 F학점을 주셨죠. 교수님도 F학점 주실 거예요?"

"아니. 쟨 빨리 졸업하는 게 나아."

F학점을 주면 교양과목이라 재수강을 할 이유가 없지만 쟨 하

고도 남을 애다. 그러니 얼른 졸업시키는 게 나았다.

그녀의 아버지에게 연락을 했다.

다행히 빨리 도착해서 무사히 인계를 한 후 방송 출연을 위해 집으로 향했다.

68. 비 오는 날

아래층 마사지 숍에서 쓰는 화장품은 최근 이진철이 만들고
있었다.

　전신 마사지보다 얼굴마사지를 원하는 사람들이 많았고 전신
마사지도 오일, 혹은 아로마 마사지처럼 피부 관리가 주가 되다
보니 한가해진 것이다.

　"…생각해 봐. 하루가 멀다 하고 TV에서 안마 기기가 나와. 여
기서 마사지받을 돈이면 한 달을 렌트를 할 수 있어. 성능이라
도 나쁘면 말을 안 해. 후우~ 내가 장담하는데 몇 년 안에 마
사지 숍 3분의 2는 문 닫을 거야."

　약초를 고르고 있는 자신에게 이진철은 열변을 토했다. 침은
덤이었다.

　"그래서요? 셔터 맨이 되시려고요?"

"누기! …정 안 되면 학원이라도 다시 가야지."

"몇 년 안에 마사지 숍 3분의 2가 문 닫으면 학원은 괜찮을까요?"

"아! 학원도 망하려나?"

확실히 이 형도 학원 강사 생활을 오래 해서인지 현실감각이 떨어진다.

물론 그의 말은 틀리다는 건 아니다.

폭발적으로 늘어난 마사지 기기 시장 때문에 순수 마사지의 입지는 좁아지고 있었고 앞으로 더 가속화될 가능성이 높았다.

그러나 아무리 불황이라도 잘되는 음식점은 존재하는 법이다.

"뭐 좋은 아이디어 없냐?"

"글쎄요."

솔직히 자신이라면 망하지 않을 자신 있었다. 꼭 의료 마사지가 아니더라도 건강 마사지를 해서 고급화시킨다면 돈을 긁어모을 것이다.

만일 병원에서 나오게 되면 어떤 식으로 돈을 벌 것인지 생각하다 보니 이진철의 일을 늘일 수 있는 방법이 떠올랐다.

"아! 건강."

"응? 뜬금없이 웬 건강? 어디 아파?"

"아니 그게 아니라, 형 손님을 늘일 수 있는 방안이요. 형, 림프 마사지 할 수 있죠?"

"당연하지. 내가 깊이는 몰라도 넓이는 어느 누구에게도 뒤지지 않아. 그리고 보통 마사지를 할 때 림프 마사지도 어느 정도 하잖아."

깊이가 없다니 그건 그것대로 문제인 것 같은데.

아무튼 설명을 이었다.

"혜경이 누나랑 미령인 피부 관리 마사지를 하고 형은 '건강' 마사지를 하는 거예요."

"건강 마사지는 어떻게 하는 건데? 마사지를 받으면 원래 건강해지잖아."

"그렇긴 하죠. 근데 마사지를 건강을 위해 받는다고 생각하는 사람은 드물죠. 그러니 형이 기존에 했던 마사지에 림프 마사지 비율을 높이고 이름을 바꾸는 거죠. 건강 림프 마사지, 혹은 피부 건강 마사지로요."

"하는 건 비슷한데 이름을 바꿔라?"

"그렇죠."

"손님을 왠지 속이는 기분이 드는데."

"과자 봉지에 과자보다 질소가 더 많이 들어가 있는 게 속이는 거죠. 이건 손님이 인지하지 못하고 있는 걸 알려주는 거죠. 마사지를 받으면 건강해져, 라고요."

"…될까?"

"다른 방법이 있으면 하고요. 참! 제가 림프 마사지를 할 때 이뇨 작용을 돕는 차를 만들었거든요. 그것도 손님들에게 제공하면 괜찮을 거예요."

"음……."

이진철이 고민하는데 마당에 방송국용 차량이 들어오는 것이 보였다.

"아무튼 제 생각에 불과하니 결정은 형이 해요. 한약은 다 분

류해 됐어요. 이건 가지고 갑니다."

오늘 문 PD가 온 이유는 마스크 팩 고약을 만드는 과정을 촬영하기 위해서였다.

며칠간 숙성을 시켜야 하는데 촬영장에서 하면 다른 촬영을 할 수가 없었다.

"여기가 한 선생 집이야? 젊은 사람이 너무 예스러운 거 아냐?"

"하하! 제가 좀 올드하거든요. 냉장고에 시원한 차랑 간식 준비해 됐으니까 편하게 꺼내 드세요."

"다들 들었지? 알아서들 먹어. 근데 카메라 설치하려고 하는데 촬영은 어디에서 할 거야?"

"저기 부엌이랑 발코니에서요."

문 PD를 제외하고 10명 가까이 와서 움직이니 준비는 금세 됐다.

"요리 프로그램 하듯이 간단한 설명과 함께하면 돼. 방송에 나가면 안 되는 비법이 있으면 알아서 빼거나 끝나고 말해주면 빼줄게."

"네. 주의할 점에 대해선 말해도 되죠?"

"그럼 좋지. 자, 그럼 스케치북에 적힌 글을 읽으면서 시작해 보자."

방송인이 아니라서 그런지 시작 멘트를 스케치북에 다 적어뒀다.

"안녕하세요! '전설을 찾아서'의 한두삼입니다. 지난번에 고경래 고약을 만들었는데요. 이번엔 그를 응용해서 마스크 팩을 만들어보도록 하겠습니다. 일단 시작하기에 앞서 절대 따라 만들지 마시길 부탁드립니다. 먹어도 될 만큼 안전하고 영양가 좋은 고약이지만, 매운 고추를 얼굴에 바르진 않죠? 아무튼……."

"한 선생, 예를 들어서 말해준 건 잘했는데 일단 만들어보자는 부분까지만 하자. 주의 사항은 만들면서 말하는 걸로."

"아, 네."

"다시 갈게."

본 촬영 때완 달리 문 PD는 마음에 들지 않는 부분은 재촬영을 했다.

"여기 보이는 게 오늘 만들 고약 마스크 팩에 들어갈 한약재입니다. 많죠? 피부에 양보해 보죠."

"컷! 웃기려 하지 마. 안 웃겨."

"…네."

"컷! 왜 이렇게 눈동자가 불안해?"

"…어느 카메라를 봐야 할지 몰라서."

"가운데 메인 카메라만 봐도 돼. 혹시 다른 곳을 보더라도 눈동자만 제대로 하면 알아서 편집해 줄게. 다시."

전엔 다른 사람들에게 카메라가 가겠지 생각해서 자연스러웠는데, 오늘은 자신 혼자밖에 없으니 실수 연발이다.

다행히 문 PD가 잘 이끌어줘서 30분쯤 지나자 실수는 현저히 줄었고 다소 여유가 생겼다.

면포에 든 한약재를 큰 솥에 넣고 불을 켰다.

"이 상태로 약불로 다섯 시간 정도 끓입니다. 그럼 1단계가 완료됩니다."

"컷! 잘했어. 끓여놓은 거 있다고 했지?"

"네. 발코니에 있어요."

"그럼 잠깐 쉬었다가 그 부분부터 시작하자."

"휴우~ 세상에 쉬운 일 없다고 방송도 보통 일이 아니네요."

두삼은 냉장고에 있는 시원한 음료수를 꺼내 마시며 고개를 절레절레 흔들었다.

"어렵지. 5년 전 방송 봐봐. 그들 중 남아 있는 사람이 몇 명이나 되나. TV에 잠깐 나오지도 못하고 그만 두는 사람이 태반인 게 이 바닥이야. 그러니 기회가 생기면 죽기 살기로 하는 거 아니겠어?"

"쩝! 죽기 살기로 안 한다고 말하시는 것 같아서 찔리네요."

"한 선생은 죽기 살기로 하면 오히려 역효과야. 그러니 힘 빼고 해. 그리고 내가 사람을 잘 보는데 5년 뒤에도 한 선생은 TV에서 볼 수 있을 것 같아. 물론 본인이 원해야 하지만 말이야."

"오늘 해보니 제 길은 아닌 것 같아요. 실수하는 거 보셨잖아요."

"카메라 들이댔을 때 그 정도면 잘한 거야. 수십 번을 말해도 못하는 사람이 얼마나 많은데. 오늘 사실 밤샐 각오를 하고 왔는데 지금처럼만 하면 2시 전에는 끝날 것 같아."

"너무 띄우시네요. 야식이라도 시켜드려요?"

"그런 건 묻지 않고 하는 거야. 근처에 족발 잘하는 곳 많지 않나?"

"하하! 바로 주문하겠습니다."

족발을 주문하고 나자 문 PD가 얇은 서류를 건넨다.

"뭡니까?"

"다음 주 촬영 시나리오."

"의료봉사처럼 하는 거 아니었어요?"

"의료봉사는 이미 나갔는데 그대로 하기엔 조금 밋밋한 것 같아서. 몇 가지 시나리오를 만들어봤는데 한 선생 실력을 정확히 모르니 제대로 만들었는지 알 수가 없어."

"고칠 수 있는 범위를 묻는 거라면… 글쎄요. 그곳에서 할 수 있는 일이 한정적이라 뭘 할 수 있다 없다는 꼭 집어서 말씀드릴 수가 없네요. 원래 계획대로 이가한의원에서처럼 간단한 처방 위주로 하는 게 좋을 것 같습니다."

종합병원은 환자에게 맞는 최상의 의료 서비스를 제공하기 위해 만들어졌지만 의사가 오롯이 환자의 치료에 전념할 수 있게 서포트하는 역할도 한다.

두삼이 안에서 할 수 있는 일은 많지만 병원을 나오면 치료 범위가 확 줄어든다.

슬픈 얘기지만 선의가 악의로 돌아오는 경우가 종종 있었기에 조심해야 했다.

"그래? 작가들이 피부 미용만으로는 아무래도 임팩트가 약할 것 같다고 해서 말이야."

아직 4회 방송밖에 되지 않았지만 매회 다소 돌발적인 장면이 나왔다.

1회 버스에서의 막내 작가 치료, 2회 이가한의원에서의 치료, 3회 의료봉사 중의 깡패 사건, 4회 부동산에서의 방광암 진단.

그 장면이 나올 때마다 분당 시청률이 최고에 이르렀고 클립

영상의 조회수는 웬만한 유명 프로그램 못지않게 높았다.

기획부터 잔잔함을 강조하던 문 PD는 의식하려 하지 않으려했다. 그러나 연이어 들어오는 광고와 회가 거듭될수록 높아지는 시청률에 주위에서 난리를 치니 신경이 쓰일 수밖에 없었다.

방송국에서도 생각보다 출발이 좋다며 제작비를 넉넉하게 줘서 돈을 모으면 해야지 했던 일도 멀지 않아 진행할 수 있게 되니 더욱 욕심이 났다.

병원에서 봤던 왜소증 환자와 같은 이가 TV에 나온다면 더욱 효과가 좋을 것이다.

그러나 두삼이 허락할 리가 없었다.

'그래도 혹시 모르니…….'

"참! 전에 봤던 마연지 선수는 어떻게 됐어?"

"치료가 끝났어요. 아직까진 더 자란다는 얘기가 없는 거 보니 잘된 것 같아요."

"대단하네. …그 왜소증 환자는?"

"자라긴 했는데 아직까진 많이 부족해요. 얼마 전부터 새로운 방법을 쓰고 있는데 지켜봐야죠."

엘튼의 호르몬을 살펴보다가 불현듯 떠오른 것이 과연 성장호르몬이 혼자만 움직일까라는 생각이었다.

이치열이 아이라는 생각에 남성호르몬 역시 성장에 영향을 미침을 망각하고 있었던 것이다.

그래서 성장호르몬과 남성호르몬을 통해 갑상샘을 자극해 갑상샘 호르몬을, 췌장을 자극해 인슐린을 분비되게 만들었다. 그야말로 성장과 관련된 대부분의 인자들을 동시에 자극한 것이다.

그 때문인지 이치열의 식사량이 폭발적으로 늘었다. 다만 그 것이 올바르게 반응할지는 미지수였다.

"그 앤 혹시 TV에 나오고 싶은 생각 없대?"

"⋯⋯"

"⋯왜 그런 눈으로 봐. 다른 프로그램에서 특이한 병을 가진 환자를 찾기에 그 애 생각이 나서 물어보는 것뿐이야. 참! 옛 얘 기를 잘 안다는 그 친구는 어떻게, 출연한대?"

두삼이 실눈을 뜨자 그는 얼른 말을 돌렸다.

"아직 고민 중인 것 같은데 할 것 같아요."

"하하하! 잘됐네. 다음 목적지에 갈 때 데려가면 좋겠다. 그렇 지? 하하하!"

실없는 사람처럼 웃는 문 PD를 내버려 두고 손에 든 서류로 시선을 돌렸다.

"그나저나 임팩트라⋯⋯."

두삼은 작가들이 작성한 서류를 읽어봤다.

환자에게서 임팩트를 찾는 건 마음에 들지 않았다. 그러나 어 찌되었던 프로그램에 출연해서 돈을 받고 있으니 노력하는 척이 라도 해야 했다.

아까 들은 작가들이 의학적 지식도 없고, 자신의 실력에 대해 아는 것이 없다는 말이 사실이었다.

별의별 황당한 내용들이 많았는데 가장 압권은 암 환자를 섭 외해서 치료를 하자는 의견도 있었다.

"하하⋯⋯. 이거 그냥 만드신 거죠? 이 정도면 의학 드라마 수

준인데요."

"…그렇지?"

"이대로 하면 한 명만 입을 잘못 놀려도 프로그램 폐지하게 될 것 같은데 아닌가요? 암 치료는 얼마나 걸릴지 모르는데 어설프게 건드리는 것도 우습고요."

"작가들이 그냥 써본 거야. 신경 쓰지 마."

옆에 있던 작가가 눈초리를 보내며 입을 삐죽 내미는 걸 보니 작가들의 생각만은 아닌 모양이다.

그의 마음을 이해는 하지만 장단에 춤을 춰줄 생각은 없었다.

'가만! 어쩌면 임동환 그 자식에게 한 방 날릴 수 있을지도 모르겠는데……'

옥지혜의 발을 빼게 한 후에 작업을 시작하려 했는데, 그 전에 가볍게 한 방 날리는 것도 괜찮을 것 같다.

그러나 곧 그 생각을 지웠다.

입맛에 맞는 환자가 자신의 마음대로 온다는 보장도 없었고, 환자를 이용하긴 싫었다.

"그럼 그냥 원래 계획대로 하실 거죠?"

"쩝! 별 수 없잖아."

"애써 준비한 건데……. 죄송해요."

"아냐. 차라리 잘된 거야. 지금 생각하니 괜스레 자극적으로 만들었다간 뒷감당이 안 될 것 같아. 광고 몇 편에 들떠서는……."

방금 전까지 욕심에 번들거렸던 눈빛이 원래 담담한 눈빛으로 돌아오는 걸 보니 다행이라는 생각이 들었다.

딩동!

때마침 족발이 도착했나 보다.

두삼은 지갑을 들고 1층으로 내려갔다.

*   *   *

비구름을 잔뜩 머금은 태풍이 북상을 하면서 지난 사흘 내내 폭우가 쏟아졌다.

촬영 날까지 쏟아지면 촬영하기 사납겠다 싶었는데 다행히 아침이 되자 부슬비만 부슬부슬 내린다.

"이슬비 내리는 이른 아침에♬ 우산 셋이 나란히 걸어갑니다.♪"

구시가지엔 주차할 곳이 마땅치 않았기에 맞은편 주차장에 주차를 한 후 동요를 흥얼거리며 고가한의원 쪽으로 향했다.

"빨간 우산, 노란 우산, 찢어진……!"

맞은편에서 민소매 티에 짧은 청바지를 입은 아주 핫해 보이는 여성이 다가오고 있었는데 도끼 자국(?)이 아주 선명하게 보였다.

'헐~ 저런 옷을 잘도 입고 다니네. 그나저나 저 여자 음기가 왜 저렇게 강해?'

봉긋한 가슴, 잘록한 허리, 탄탄하고 항아리 같은 힙. 걸을 때마다 음의 기운이 넘친다. 웬만한 남자들은 옆에만 있어도 기운이 쭉쭉 빠질 것 같다.

아침부터 눈 호강을 시켜줘서 고맙긴 한데, 한편으론 참 민망하다. 자신감이 넘쳐도 니무 넘친달까.

아무튼 뒤를 돌아보면서까지 보는데 갑자기 위에서 큰 소리가 들려왔다.

"이봐요, 조심해요!"

깡! 까가가강!

잠깐 한눈을 파는 사이 낡은 건물을 리모델링하는 공사장에서 쇠파이프가 떨어진 것이다.

안전막을 했음에도 허술한 틈을 뚫은 모양이다.

제법 멀찍이 떨어져 있었지만 하마터면 머리에 직격당할 뻔했다는 생각에 섬뜩하다.

안전모를 쓴 중년 남자가 나와 쇠파이프를 챙기며 사과했다.

"미안합니다. 괜찮으세요?"

"놀라긴 했는데 괜찮습니다. 근데 이런 날 공사하면 위험하지 않습니까?"

"기한이 촉박하다 보니… 조금 미끄럽긴 한데 익숙합니다. 그럼."

당사자들이 괜찮다는데 어쩌겠는가.

대수롭지 않게 넘기고 공사 중인 건물을 멀찍이 다시 걸음을 내딛었다.

출연자 중 유민기가 제일 먼저 와 있었다.

"어서 와. 근데 뭘 그리 들고 오냐?"

"오늘 영업할 때 쓸 고약."

"난 또, 먹을 건지 알았네."

"먹어도 되긴 하는데 맛은 장담 못 한다."

"됐다. 커피나 한잔해라. 라테 좋아하지? 방금 사 온 거라 시원하다."

"고마워."

인원대로 사뒀는지 여러 개의 커피 중 라테를 꺼내 줬다. 툇마루에 앉아 처마에서 떨어지는 빗방울을 보며 커피를 마신다.

오래된 고택에서 나는 나무 냄새와 커피 향, 빗소리가 더해져 꽤 멋진 정취를 만들어낸다.

그에 자신도 모르게 중얼거렸다.

"분위기 좋네."

"그라냐? 난 지겹다. 어제 거제도에 행사 있어서 갔는데 비 쫄딱 맞았다."

"그래서 그렇게 퀭한 얼굴을 하고 있었구나. 많이 피곤해 보인다."

"그건 아니고……. 근데 두삼아 혹시 거기에 좋은 한약 같은 거 없냐?"

"거기? 어디?"

"아~ 있잖아. 남자한테 좋은 거."

"아하~ 난 또 뭐라고. 많지."

"비아그라 같은 것도 있냐?"

"…그런 건 몸 상해. 내부의 힘을 태워가면서까지 꼭 해야 할 만큼 약하냐?"

"약하긴 무슨! 내가 얼마나 강한데."

"이미 강한데 왜 거기에 좋은 게 필요해?"

"그게… 다른 게 아니고……."

그는 주위에 사람이 있는지를 확인한 후 낮은 목소리로 말했다.

"어제 지방 행사 끝내고 집으로 올라오는데, 집에 들렀다 다시 여길 오려면 시간이 어정쩡하더라고. 그래서 이쪽으로 바로 와서 호텔을 잡았어. 근데 막상 침대에 누웠더니 잠이 안 오대. 그래서 술이나 한잔하자는 생각에 호텔 아래 있는 나이트를 갔어."

그는 장황하게 어제 있었던 일을 설명했는데 간단히 요약하자면 나이트에 가서 마음에 드는 여자를 만나 원나잇을 했다는 얘기였다.

"근데 그 여자 완전 명기야, 명기. 길게 하려고 멈추잖아? 그럼 그냥 안이 막 움직여. 그래서 도저히 참을 수가 없어."

상쾌한 아침에 질퍽한 얘기를 잘도 한다.

근데 왜 갑자기 오면서 봤던 여자가 생각날까.

"혹시 여자랑 조금 전에 헤어졌냐?"

"너 혹시 나 좋아하냐?"

"미쳤냐? 뜬금없이 개소릴……."

"질색하는 거 보니 아닌데 내가 여자랑 좀 전에 헤어진 걸 어떻게 알았어?"

"좀 전에 이쪽으로 오는데 본 여자가 생각나서. 가슴 부근에 Boom이라고 적힌 하얀색 민소매 티를 입고 짧은 청바지 입지 않았어?"

"어! 맞아. 째끈하지?"

"응. 예쁘더라."

"성격은 더 화끈해. 다음에 또 보기로 했는데 어떻게, 괜찮은 한약 좀 지어줘라."

"한약 지어주는 건 문제없는데 웬만하면 그 여자랑 오래 사귀진 마라."

"…왜? 니가 꼬시려고?"

"으이구! 생각하는 거 하곤. 나, 여자 친구 있거든? 그리고 다 널 생각해서 하는 말이야. 그 여잔 태양인이고 넌 소음인이라 상극 궁합이야. 물론 궁합이라는 건 확률에 불과하니 꼭 상극이라곤 할 수 없겠지. 근데 그 여자 기운이 너무 강해."

"나도 강하거든."

"그 여자에 비해서 말하는 거야. 한쪽의 기운이 너무 강하면 한쪽이 그 힘에 눌려 힘을 못 쓰게 돼. 아마 네가 제대로 힘도 쓰지 못하고 방사했던 것도 그런 이유에서야."

"첫 번째는 너무 오랜만이라… 아무튼 두 번째는 제대로 했어!"

약하다고 해서 자존심이 상했을까, 아님 그 여자와 만나지 말라고 해서일까. 유민기는 발끈해서 말했다.

더 말했다간 자칫 의 상하겠다.

'일단 언급은 해뒀으니 이상하다 싶으면 멈추겠지.'

여자를 정확하게 진맥을 한 게 아니니 자신이 틀렸을 수도 있었다. 그래서 얼른 사과했다.

"미안. 네가 걱정돼서 한 얘기니까 기분 나빠하지 마. 대신 힘 쓰는데 좋은 한약이랑 침 놓아줄게."

"…진짜? 그런 침도 있어?"

"그럼. 다만 침의 경우 니처럼 기본적인 체력이 뒷받침이 돼야 해."

"하하! 내가 체력 하나는 자신 있지."

약간의 아부를 더하자 기분이 풀렸는지 다시 원래의 그로 돌아왔다.

라테를 다 마셨을 때쯤 신석호, 이경철, 전철희가 차례로 들어왔다. 그리고 커피를 마시며 잠시 숨을 돌린 후 촬영이 시작됐다.

"오늘은 지난주에 말씀드렸듯이 영업을 할 겁니다. 이제부터 2팀으로 나눠 한 팀은 홍보를 하고, 한 팀은 영업 준비를 하세요."

"영업은 어디까지 해야 합니까? 할 수 없는 사람이 오면 곤란하잖습니까."

"혹시 모를 상황을 대비해서 119 구급대에 협조를 구해놨으니 몸이 좋지 않은 사람은 아무나 괜찮아요. 물론 고가한의원이 배경이니 고약을 쓸 사람들이 우선이겠죠."

"아무나 본다면 편하죠. 두삼이 안에 있어야 하니 제가 민기랑 경철이랑 홍보를 하고 올게요. 철희가 두삼이 도와줘라."

손석호가 정리를 하자 곧바로 진행됐다.

"쯧! 다시 비 굵어진다."

홍보를 하러 나가는 이경철이 가볍게 혀를 찼다. 그러나 딱 거기까지였다. 비가 올 땐 돌아다니기 힘들긴 하지만, 카메라와 조명을 시종일관 들고 다녀야 하는 촬영감독과 스태프들보단 덜 힘들었기 때문이다.

세 사람이 나가고 나자 전철희가 물었다.

"뭐부터 해야 하냐?"

"지난번에 만들어둔 고약을 가져다주시고 방에 매트리스를 사이를 두고 깔아주세요."

"오케이!"

그가 고약을 가지러 간 사이에 챙겨왔던 마스크 팩용 고약과 병원에서 챙겨온 1회용 침과 의료 기기들을 꺼내 정리했다.

개업하는 것이 아니었기에 준비는 30분도 되지 않아 끝났다. 전철희는 가만히 앉아 있기 심심했는지 일거리가 없느냐고 물었다.

"더 할 거 없냐?"

"네."

"밖에서 홍보하는 사람들한테 왠지 미안하네."

"나중에 환자들 왔을 때 더 움직이면 되죠. 그나저나 이렇게 멍하니 있지 말고 뭐라도 하죠."

"환자도 없는데 뭘 해?"

"마스크 팩하는데 무슨 환자가 필요해요. 피부 안 좋은 사람만 있으면 되죠."

"아하~ 피부 나쁜 사람들 여기 많네. 자자! 한두삼 선생의 특별 마스크 팩을 할 용자 없습니까?"

전철희는 금세 말을 알아듣고 장난스럽게 말했다. 한데 사람들이 꺼려하면서 피할 거라는 예상과 달리 작가들이 동시에 손을 들었다.

"뭐야? 이럼 재미가 없잖아."

"재미는 철희 씨가 뽑으세요. 한 선생님 어떻게 하면 되죠?"

"이길로 깨끗이 세안 후에 방에 가서 누우세요. 목도 할 거니까 씻으세요."

재미 걱정은 안 해도 괜찮을 것 같았다. 세 작가가 마당 한편에 있는 수돗가로 가서 줄줄이 씻는 모습이 꽤나 우스꽝스럽다.

"메인 작가 누나부터 할게요. 팩을 하기 전에 얼굴의 혈과 피부를 자극해서 혈액순환이 원활이 되게 하면 더 좋은 효과를 볼 수 있어요. 이건 흔히 파는 얼굴마사지 크림인데 노폐물을 제거해 주는 역할을 하죠."

얼굴에 크림을 바른 후 손가락을 이용해 이마부터 목까지 혈을 자극하며 마사지를 했다.

"이야! 마치 피아노를 치는 것 같아."

"저는 혈의 자국하고 얼굴 림프를 따라 마사지를 하지만 집에선 부드럽게 이런 식으로 자극만 시켜주셔도 충분합니다."

촬영을 하다 보니 설명을 더했다.

마사지를 끝낸 후 크림을 닦아냈다. 그리고 드디어 마스크 팩 고약을 얼굴에 펴 발랐다.

"큭큭큭! 숯 팩과 비슷하네."

까만 팩이 얼굴을 뒤덮자 우스꽝스러운지 전철희가 큭큭 댔다. 그러자 메인 작가가 인상을 쓴다.

"마스팩 할 때 인상 쓰면 주름 생겨요. 무표정이 가장 좋지만 아니라면 온화한 표정을 지으세요."

말이 끝나기 무섭게 펴지는 표정.

전철희는 그 모습에 다시 키득거렸지만 '나중에 봐요'라는 메인 작가의 싸늘한 목소리에 웃음을 멈췄다.

이어서 두 명의 작가에게도 똑같이 했다.

"끝! 이대로 20분만 있으면 돼요."

말하고 일어서는데 킥! 큭! 하는 웃음이 동시다발적으로 터졌다.

까만 얼굴 팩을 한 세 여자가 나란히 누워 있는 모습이 웃기긴 했다.

사람들이 웃든 카메라를 들이밀며 촬영을 하든 세 여자는 얼굴에 주름이 져서는 안 된다고 생각하는지 눈을 감은 채 묵묵히 누워 있었다.

잠깐 쉬는 시간 문 PD에게 물었다.

"그나저나 비가 점점 굵어지는데 오늘 촬영 이대로 괜찮은 거예요?"

"오늘 안 되면 내일 빡세게 촬영해서 2주 분 만들어봐야지. 그것도 안 되면 추가 촬영해야 하고."

"추가 촬영하게 되면 가급적 주말에 부탁드려요. 평일엔 빼기 힘들거든요."

"추가 촬영 스케줄 맞추는 것도 보통 일이 아닌데……. 그건 나중에 생각하고 일단은 잘되길 기도하자고."

그의 기도가 통했는지, 아님 홍보 팀이 잘한 건지 잠시 후 막내 연출이 손님이 왔다는 신호를 보냈다.

연세 지긋한 할머니가 한쪽이 휘어진 우산을 쓰고 안으로 들어왔다.

"여기 침 잘 놓는 의사 양반이 있다고 해서 왔어요."

"이쪽으로 올라오세요."

"예진에 여기서 일했던 양반 손주예요?"

"아닙니다. 그저 그분을 생각하자는 의미에서 방송국에서 하는 일입니다."

"그래요? 기특한 일이네요. 근데 돈은 안 받는다는데 맞아요?"

"네, 무료예요. 할머니 어디가 불편해서 오셨어요?"

"불편한 거야, 여기저기 다 불편하죠."

"가장 불편한 곳은 어디예요?"

"요 며칠 비가 와서 그런지 허리가 쑥쑥 쑤셔."

"그러시구나. 진맥해 볼게요, 할머니."

연세가 든 사람의 몸은 불편하지 않는 부분을 찾는 게 더 빠르다. 연골이 닳고, 젊었을 때 입었던 상처 부위가 쑤시고, 근육이 사라지면서 뼈가 삐걱대고, 신체 기능이 다 떨어진다.

그 모든 걸 감안한다면 할머니의 몸은 나쁘지 않았다. 고통을 호소하는 허리 역시 어쩔 수 없는 고질병 같은 것이었다.

진맥 결과 현재 할머니에게 해줄 수 있는 최선은 일시적으로 고통을 경감시키고 개운하다는 느낌이 들게 하는 것뿐이었다.

"할머니, 침이랑 안마를 해드릴게요."

"그거면 돼."

당신의 몸에 대해 어느 정도 알고 있는지 치료에 대해 수긍했다.

할머니가 시작이었다. 허리에 침을 놓고 팔다리를 주무르고 있는데 반백의 할아버지 한 분이 들어왔다.

"종기가 생겼는데 고약을 있다는 얘길 듣고 왔소."

"잘 오셨네요. 이쪽 방으로 들어오세요."

할아버지의 엉덩이에는 엄지손가락만 한 큰 종기가 잔뜩 성이 난 채 있었다.

딱지 있는 것을 보니 손을 댔다가 커진 게 분명했다.

"할아버지, 이거 손으로 만지셨죠?"

"응. 전엔 내가 짜도 괜찮았는데 이번엔 아니더라고."

"이 정도면 고약이 아니라 칼로 째서 짜내야 할 것 같은데요."

"으~ 싫어. 병원에서도 그러자고 했는데 그냥 왔어."

나쁜 기억이라도 있을까 할아버지는 질색을 했다.

깊숙이 박혀 있는 종기의 핵을 빼내려면 정말 강하게 짜야 한다. 근데 그 고통이 상당해 앞이 하얘질 정도라니 질색할 만하다.

"알겠어요. 일단 고약을 붙여드릴게요. 그래도 안 되면 그땐 병원으로 가세요. 꼭이에요."

"알았어."

"앞으론 손으로 만지지 마시고요."

"젊은 친구가 잔소리가 많은 거 보니 의사 맞구먼. 알았으니까 고약이나 붙여줘."

"네네."

"살살! 아파."

"그럼 진즉에 병원을 갔어야죠. 이 정도면 제대로 앉아 있기도 힘들었을 텐데. 다 됐습니다."

"아얏!"

두삼은 두툼하게 고경래 고약을 붙인 후 할아버지의 엉덩이를 가볍게 툭 치며 기운을 이용해 내부에 있는 핵을 터뜨려 버렸다.

*　　　*　　　*

비가 와서 사람이 오지 않을 거라는 걱정은 기우에 불과했다. 공짜 팩과 건강검진(?)을 받겠다는 이들이 우르르 몰려들었다.

알고 보니 홍보 팀이 진의모 때 영상과 암을 찾는 영상을 보여주면서 건강검진 받는 셈치고 가보라고 호객 행위(?)를 한 것이다.

임동환에게 한 방 먹일 환자가 오지 않는 건 아쉬웠지만 어찌되었건 손님이 몰려와 추가 촬영은 하지 않아도 된 것은 홍보 팀의 성과였다.

"아, 글쎄 계속 살이 찌는 것 같아서 다이어트를 하자 결심하고 요가 학원을 가게 됐어요. 근데 다이어트를 한다고 생각해서인지, 아님 요가를 해서인지 자꾸 음식이 당기는 거예요. 그러서 평소보다 쬐~끔 더 먹었거든요."

"정확하게 말씀하셔야 합니다."

"…두 공기쯤?"

아주머니는 손가락 두 개를 수줍게 폈다. 그러고는 다시 씩씩하게 말을 이었다.

"그랬더니 남편이 뭐라고 했는지 알아요?"

"글쎄요? 뭐라고 하셨는데요."

"튼튼한 뚱보가 되겠다지 뭐예요."

"하하……! 쿨럭! …죄송합니다."

웃긴 얘기를 하지 말든가. 웃겨놓고 웃으니 눈을 흘기는 건 뭐람.

저기 봐요. 다 웃잖아요.

겨우 웃음을 참고 있는데 아주머니가 물었다.

"어떻게 해야 해요, 선생님?"

"대답하기 전에 먼저 물어볼게요. 맛있는 거 끊을 수 있겠어요?"

"음……."

"솔직히 말씀하세요. 그래야 명확한 진단을 해드릴 수 있어요."

"솔직히 힘들지 않을까 싶어요. 다이어트를 해야겠다고 마음을 먹는 순간 갑자기 먹고 싶은 게 많아져요."

"운동은 지속적으로 할 수 있어요?"

"할 수 있어요. 젊었을 땐 꾸준히 운동했거든요."

"아침은 드세요?"

"다이어트한다고 안 먹고 있어요."

"스트레스는요?"

"잘 안 받아요. 저희 남편이 그런 말을 하고도 살아 있는 거 보면 모르겠어요?"

"…저도 잘못했으면 죽을 뻔했군요."

얘기를 재미있게 하고 일견 활달한 아주머니다. 한데 스트레스를 받지 않는다고 했지만, 두삼이 보기엔 의외로 스트레스에 약한 타입이다.

두삼은 자기가 느낀 바를 얘기했다.

"네? 제가 스트레스에 약한 타입이라고요? 그런 소린 처음 들어요."

"회피에 능하셔서 그것 자각하지 못해서 그런 거예요. 스쳐지나 가는 스트레스는 피해 버리면 되지만, 다이어트의 경우 지속적이다 보니 감당을 못 하는 거죠. 그래서 심리적 허기를 느끼는 겁니다."

비만클리닉을 하다 보니 다이어트에 대해서는 일가견이 있었다.

"…그런가?"

"두 가지 방법이 있습니다. 한 가지는 끌어줄 곳을 만나는 것이고, 또 다른 건 운동을 끊고 식이요법으로 살을 빼는 겁니다."

첫 번째 방법은 병원을 찾으라는 말이었다. 방송인데 괜히 병원 얘기를 꺼내면 한방센터 클리닉을 광고한다는 오해의 소지가 있었다.

추가 설명을 요구하면 어떻게 하나 했는데 다행히 이해력이 좋았다.

"다이어트를 전문으로 돕는 곳은 조금 부담스럽네요. 식이요법은 어떻게 해야 하죠?"

"포만감을 느끼게 하는 잡곡밥을 드세요. 그리고 율무, 도라지차를 물처럼 드시고요. 이왕 맛있는 것 먹을 때 콩류, 견과류, 쇠고기, 우유로 만든 음식이 좋겠네요. 닭고기와 돼지고기는 피하시고요."

"두삼아, 천천히……."

두삼이 쭉 읊자 처방전을 담당하는 전철희가 제대로 받아 적질 못했다. 그래서 다시 한번 천천히 말해준 후에야 처방전을 아주머니에게 건넸다.

"체질을 개선해서 살을 빼는 게 가장 좋은 방법이에요. 아주머니는 태음인이세요. 그러니 운동은 걷기 운동을 하되 이렇게 양손을 깍지를 낀 채 배를 문지르면서 걸으세요."

"걷기 운동만 해요?"

"일단은 그렇게 하세요. 그러다 식욕이 생기지 않는다 싶으면 수영, 배드민턴 같은 유산소 운동을 본격적으로 하세요."

"그렇게 할게요. 감사해요. 참! 근데 저 별다른 이상은 없나요? 속이 더부룩한 것이 혹시 위에 문제가 있나 싶어서요."

빨리도 묻는다.

갑자기 살 얘기가 나와서 멀리도 돌아왔다.

두삼은 가까이 와보라는 듯 손짓을 했다. 그러자 아주머니의 표정은 대번에 심각하게 변했다.

아무래도 심각한 병이라고 지레짐작한 것 같다. 하지만 그 때문에 오라고 한 것이 아니다. 재미난 얘기를 하는 바람에 쏠린 사람들의 이목 때문이었다.

"변비입니다. 제가 가볍게 장을 자극하는 손의 반사구를 주물러 드릴 테니 신호가 오면 아무 말 마시고 화장실로 가세요."

"에이~ 뭐예요. 깜짝 놀랐잖아요. 변비인 걸 뭘 그리 심각하게 말하세요. 호호호!"

"……."

조용히 말한 보람도 없이 그녀는 다른 사람들이 다 들을 수 있을 정도로 큰 소리로 말했다.

　큭큭큭! 킥킥킥! 깔깔깔!

　사람들의 웃음이 터지자 아주머니는 그제야 주변을 돌아보더니 얼굴이 붉어졌다.

　대부분 동네 주민인데 한동안 변비 얘기로 재미있게(?) 지낼 것 같다.

　그녀의 손을 잡고 장에 관련된 손바닥 밑을 기운을 이용해 쭉쭉 문질렀다.

　3분쯤 주물렀을까 갑자기 안절부절못하는 표정을 짓더니 손을 뺐다. 그리고 자신에게 꾸벅 인사를 하곤 문 PD를 향해 말했다.

　"감사해요, 선생님. 그리고 PD님 아까 제가 소리쳤던 부분은 편집해 주세요. 꼭이에요."

　"하하! 죽기 싫으면 그래야죠. 참! 남편 얘기는 써도 되죠?"

　"그건 마음대로 하세… 요. …전 이만……."

　신호가 급하게 왔는지 그녀는 엉거주춤한 자세로 화장실로 향했는데 그 모습을 보고 사람들은 다시 웃음을 터뜨렸다.

　"훗! 끝까지 웃음을 주시네. 다음 분 이리 오세요. 어디가 안 좋아 오셨어요?"

　"지난달에 건강검진을 했는데 제대로 됐는지 받아보려고요."

　"그러시군요. 잠깐 누워보세요."

　손님이 눕자 두삼은 그를 주무르며 내부를 살폈다.

　오늘 고약 팩을 받는 사람들을 제외하면 대부분의 손님은 지금처럼 건강검진을 받으러 온 이들이었다. 물론 그렇다고 해서 불만이 있거나 하진 않았다.

공짜 치료를 하겠다고 한 건 우리 쪽이었고 그들은 그저 온 것뿐이니 말이다.

다만 조금 아쉽다.

마취를 시켜야 하는 환자가 오면 방송을 통해 제대로 보여줘서 임동환 그가 최초이고 최고라고 생각하는 한방 마취가 사실상 자신이 만든 것이라는 사실을 알려주고 싶었다.

병원에서 또 다른 마취 방법을 선보이거나 민규식 원장의 입을 빌려 알려도 상관없지만, 그보다는 이쪽이 훨씬 더 충격적이고 효과적일 것이다.

게다가 자신이 최초, 혹은 최고라고 우겨준다면 그보다 좋은 일이 있을까.

'아쉽긴 하지만 기회가 있겠지.'

알리려고 했던 것이 아닌데 어쩔 수 없이 알려졌네요, 라는 식의 가증스러운 모습을 보여줄 생각이다.

"특별히 이상이 있는 건 없습니다. 다만 식도염와 위장 장애가 있으니 늦은 식사는 삼가시고, 규칙적인 운동을 하시면 되겠네요."

"다른 이상은 없는 거죠?"

"건강검진이나 제가 하는 검사가 완벽한 건 아닙니다. 다만 의심하면 끝이 없으니 좀 더 마음을 편하게 가지세요. 걱정하면 없던 병도 생깁니다."

"내 친구 놈 중에 한 명이 건강검진에서는 아무 이상이 없었는데 나중에 보니 암이었더라고."

"안타까운 일이네요. 하지만 운이 없다 생각해야지, 아님 아저씨만 힘들어지세요."

건강검진은 완벽하지 않다. 오류도 있고, 인간의 실수도 있다.

모조건 믿으라는 말이 아니다. 완벽하지 않음을 인식하고 스스로의 몸에 주의는 하되 안심하라는 뜻이다.

아저씨는 여전히 의심을 지우지 못한 얼굴로 머리를 긁적거리며 말했다.

"…그런가?"

"제가 아저씨께만 특별히 말씀드릴게요. 크게 이상 없이 건강하세요. 그러니 조금 전에 말씀드린 것만 주의하세요."

"허허허. 그리 말해주니 왠지 믿음이 가는군요. 고맙습니다."

아저씨는 약간 밝은 표정으로 일어섰다.

플라시보 효과를 기대하고 한 자신의 말을 믿는지 안 믿는지는 모르겠다. 다만 믿어줬으면 하는 바람이다.

아저씨가 가고 나자 전철희가 나지막이 말했다.

"와~ 너 오늘 보니 의사 맞구나."

"…뭔 소리래요? 언젠 의사가 아니었어요?"

"평소엔 딱히……. 후후! 농담이고, 방금 말을 하는데 믿음이 팍팍 가서 하는 말이다. 뭐랄까, 노회한 의사 같다고나 할까."

"노회한, 이라니……. 칭찬으로 들을게요."

"적당한 단어가 생각나지 않아서 그렇지 칭찬이야!"

"네네. 그렇게 믿는다고요. 저 방에 팩 시간 끝났으니까 씻고 오라고 해주세요."

그가 뭘 말하려는지 안다. 그저 낯이 뜨거워 모른 체한 것이다.

고약 팩을 끝낸 이들이 얼굴을 씻고 우르르 왔다.

"어쩜 피부가 이래요? 윤이 나는 것 같지 않아요?"

"그러게. 난 어때?"

"언니는 10년은 젊어 보여요."

"호호호! 자기도 10년은 젊어 보여."

다들 팩의 효과에 만족을 하는지 환하게 웃으며 수다를 떨었다. 두삼은 그들이 하는 양을 지켜보며 그대로 놔뒀다.

평소라면 다 됐으니 가라고 하면 되지만 방송이니 그들의 모습을 카메라에 담아야 했다. 한데 그중 한 아주머니가 두삼에게 얼굴을 들이밀며 물었다.

"한의사 선생, 어떻게 좀 나아진 것 같아?"

"윽! 눈부셔서 눈을 뜰 수가 없네요."

"호호호홍! 젊어서 그런가 재치도 만점이네. 어떻게 이제 끝난 거야?"

카메라 감독을 흘낏 보니 충분히 찍었다는 듯 고개를 끄덕였다.

"네. 다들 깨끗하게 씻은 거 같으니 가셔도 됩니다. 참! 가시기 전에 저기 조연출에게 가면 영양 크림 있으니까 마무리로 바르세요."

"호홍! 좋은 건 발라야지. 수고했어요, 의사 총각! 참! 내일 또 와도 돼?"

"글쎄요. 내일 손님이 많지 않으면 그러서도 되는데 많으면 어떻게 될지 모르겠네요."

"그럼 다시 와도 된다는 소리네. 그럼 내일 봐."

"……."

해석을 주관적이고 단순명료하게 하는 분이었다.

한바탕 폭풍우처럼 손님들이 지나간 후에 드문드문 오던 손님도 오후 4시경 비가 점점 거세지자 끊겼다.

마지막 손님이 가고 나자 보조를 하던 전철희는 대청마루에 누우며 기지개를 폈다.

"아구구! 힘들어라."

"고생했어요, 형."

"너야말로 팩하랴, 검진하랴 고생했다. 평소에 병원에서도 이렇게 바쁘냐?"

"더 바쁘죠. 예약 환자가 안 오거나 하면 모를까 퇴근 전까진 쉴 틈이 거의 없어요."

"특진비 주고 진료받는데 5분도 안 하고 끝낸다고 욕할 건 아니구나? 전에 울 아들 아플 때 와이프가 병원에 갔는데 글쎄 '폐렴의 위험성이 있네요. 입원하세요' 딱 그 말만 하더란다."

"하하……."

가재는 게 편이지만 이 부분에 대해선 도저히 실드를 못 쳐주겠다.

5분간 어떤 의사가, 어떤 진료를 하느냐가 문제지 사실 당연히 욕먹어도 된다고 할 정도로 대충인 경우도 허다했다.

물론 아이를 담당했던 의사로서는 검사 기록을 보고 나름 판단을 내리고 말한 건지는 모른다. 그러나 환자, 혹은 환자의 보호자를 안심시키는 것 또한 의사로서의 역할이다.

재미있는 건 유명할수록 예약된 환자가 많은 의사일수록 더 상세하고 설명하고 친절하다는 것이다.

　어쩌면 그런 사람이니 환자가 많은 건지도.

　민망함에서 구해준 건 조연출이었다.

　"한 선생, 철희 씨 점심 식사 하세요."

　"아, 네! 형, 식사하러 가요."

　"이렇게 늦게 식사하는 거, 건강에 문제가 되는 거 아니냐?"

　전철희는 조연출 들으라는 듯 투덜댔다. 그러나 조연출의 편인 문 PD가 있었다.

　"남의 돈 먹기 쉬운 줄 알아? 한 끼 정도 늦게 먹는다고 아플 몸이면 그냥 집에서 쉬든가. 쉬게 해줘?"

　"…하하! 건강에 문제가 없다는 얘기죠. 두삼아, 먹으러 가자."

　점심은 도시락이었는데 각방에서 일을 하던 출연진들도 막 젓가락질을 하고 있었다.

　"배고플 텐데 어서 먹어라."

　"네, 석호 형. 맛있게 드세요."

　손석호가 건네는 도시락을 받아 그의 옆에 앉았다. 가격이 좀 나가는 도시락인 건지 상당히 먹을 만했다.

　"어째 비가 장마 때보다 더 오냐."

　"홍보하느라 힘드셨죠?"

　"말도 마라. 비가 와서 그런지 길에 사람이 없어서 집집마다 찾아다녔다. 다행히 통장 아주머니가 나서줬기 망정이지 아니었으면 몇 명 없었을 거다."

　"그래요? 미리 말씀해 주셨으면 더 잘해 드렸을 텐데."

"아까 보니 잘해주던 것 같던데. 화장실에 갔다 오면서 나한테 쌍엄지척을 하고 갔어."

"아! 남편분이 튼튼한 뚱보 된다고 하셨던."

"그래. 그 아주머니 참 재미나더라. 하하하!"

"하하하! 그러게요. 웃음 참느라 혼났……."

쿵! 쿠구쿵!

웃고 떠들고 있는데 갑자기 들리는 소리에 다들 젓가락질을 멈췄다.

"하늘이 미쳤나? 천둥소리가 왜 이래?"

"…이거 천둥소리가 아니라 뭔가 무너지는 소리 같은데요."

아니나 다를까 밖에서 손님이 오는지 대기하고 있던 스태프가 뛰어들어 오며 외쳤다.

"요 앞 건물 공사 하는 데가 무너졌어요!"

잠깐의 침묵.

침묵이 끝나기 전에 두삼은 도시락을 놓고 밖으로 나갔다. 아까 공사 현장에서 일하던 사람들이 생각나 우산을 쓸 생각도 못 했다.

"……!"

쏟아지는 빗줄기를 뚫고 도착한 공사장은 아까의 모습은 온데간데없다. 안전막과 그를 지탱하던 파이프는 흉물스럽게 구겨져 나뒹굴고 있었고, 건물은 사라지고 콘크리트 벽돌 더미들뿐이었다.

다 파묻혔는지 사람의 흔적이 보이지 않는다.

"이, 이게……."

"폭삭 주저앉았잖아! 119! 119!"

"연락하고 있어요!"

금방 모여드는 사람들. 세차게 퍼붓는 빗소리와 사람들의 웅성거리는 소리에 정신이 없었지만 두삼의 뛰어난 청각에 신음 소리가 들리는 듯했다.

귀를 기울였지만 사람들의 목소리가 방해가 됐다.

"다들 조용히 해보세요!"

"……."

빗소리를 뚫고 들리는 쩌렁쩌렁한 소리에 사람들은 일순 조용해졌다. 그리고 순간 신음 소리가 확실하게 들렸다.

"이쪽이에요!"

두삼은 문이 있었던 쪽으로 가서 부서진 콘크리트 벽돌을 들어 사람이 없는 쪽으로 던졌다.

두삼의 갑작스런 행동에 잠시 멍하니 있던 유민기가 눈치를 채고 얼른 붙었다.

"아래 사람 있어. 또 무너지면 안 되니까 위에서부터 차근차근 걷어내."

"그 정도 상식은 나도 있어! 끙차!"

두 사람이 열심히 치우자 사람들은 일제히 붙어서 벽돌 더미를 치우려 했다.

두삼은 그 모습에 위험하다고 소리치려 했다. 한데 문 PD가 먼저 외쳤다.

"남자들 몇 명만 붙으세요. 밑에 사람이 있을 수 있으니 2차 붕괴가 되지 않도록 서두르지 마시고요."

그의 진두지휘 아래 서너 사람이 더 붙어서 치우기 시작하자 잠시 후, 머리가 깨져 피투성이가 된 남자의 얼굴이 보였다.

"사람이다!"

피를 봐서인지 유민기가 잔뜩 흥분해서 외쳤다. 하지만 두삼은 침착하게 남자를 바라봤다.

"침착해."

"으, 응!"

피투성이 남자는 정신이 없는지 짧은 신음 소리만 규칙적으로 내고 있었는데 얼굴만 나와 있을 뿐 가슴부터 하체까지는 널찍한 돌에 깔려 있었다.

"…으. ……으."

"혹시 제 말 들리세요? 들리시면 살짝 고개를 끄덕여 보시겠어요?"

"…으. ……으."

"정신이 없는 것 같은데?"

"그런 것 같다."

혹시 일하고 있던 이들이 몇 명인지 물어보려고 했는데 물어볼 상황이 아니었다.

두삼은 하얗게 빛나는 손을 남자의 머리에 댔다. 그리고 검사를 하려는데 아까 건강검진을 받았던 동네 아저씨가 물었다.

"의사 양반, 이 사람 꺼내야 하는 거 아냐?"

"위급한 상황이 아니라면 아무런 장비 없이 꺼내는 건 위험합니다. 생명의 지장이 없다면 추가 붕괴가 일어날 수도 있으니 119가 도착할 때까지 기다리는 게 더 낫습니다."

"듣고 보니 그러네. 방해해서 미안허이. 난 저쪽에서 잔해를 치우겠네."

"수고하세요."

멀티태스킹이 가능했기에 딱히 방해가 되지 않았다. 이미 기운이 돌며 남자의 몸을 스캔하고 있었다.

'머리는 살짝 금만 가고 다행히 두피만 다쳤네.'

출혈량에 비해 머리는 큰 문제가 아니었다. 굵직한 혈관만 막거나, 기운의 파이프를 만들어 연결시켜 준 후 아래로 내려갔다.

'갈비뼈 4개, 위험하진 않고, 골반에 금이 갔지만 괜찮아. 무릎은……. 완전히 꺾였어. 게다가 동맥이 끊어졌어. 위험해!'

살짝 꺾인 상태에서 무거운 벽돌 더미에 깔려 버린 게 분명했다.

'일단 동맥을 잡으면 괜찮을 것 같은데…….'

팽팽하던 혈관이 끊어지면 거리가 벌어진다. 그래서 기운을 파이프처럼 만들어 연결해 놓는 경우가 많은데 오늘처럼 긴 경우는 처음이다.

'될까?'라는 생각을 하기도 전에 기운은 이미 파이프를 만들어 끊어진 동맥과 동맥 사이를 잇는다.

'됐……! 젠장!'

연결이 되자마자 남자를 누르고 있는 큰 벽돌 더미의 압력을 버티지 못하고 팍! 하고 터져 나가 버렸다.

기운을 소모해서 더 강력하게 만들어봤지만 압력을 이기기엔 부족했다.

두삼은 항상 차고 다니는 허리춤의 침을 꺼냈다. 그리고 밖으로 니와 있는 그의 머리와 목에 침을 꽂았다.

"뭐 하는 거야?"

문 PD가 물었다.

"혈류의 속도를 줄이고 전신마취를 시키는 겁니다."

"…그게 침으로 가능해?"

"가능하죠. 여러 가지 방법이 있는데 현재 쓰는 방법은 조금 위험합니다."

바라던 전신마취의 기회가 이런 식으로 오게 될 줄이야. 달갑지 않다.

"설명은 나중에 하고 119 구급대는 아직 멀었습니까?"

"차가 막혀서 빨라야 15분이래. 왜? 많이 안 좋아?"

"동맥이 끊어졌어요. 이대로 두면 과다 출혈로 위험합니다. 아님 다리 한쪽을 포기하던지 해야 하고요. 돌을 치워야겠어요."

"다 치우기엔 15분 안에 무리일 것 같은데……."

"몇 분만 도와주세요. 들어보죠."

"들어? …가능할까?"

문 PD가 보기엔 절대 불가능할 것 같았다. 위에 겹겹이 쌓인 무게가 상당해 보였다.

"해봐야죠. 민기 넌 들린다 싶으면 환자의 양 옆구리를 잡고 끌어내. 조심해야 해. 현재 오른 무릎이 반대편으로 어긋난 상태야. 그리고 철희 형."

"으, 웅!"

"환자가 빠지면 고일 돌 몇 개만 구해주세요. 사람 빠지면 바로 돌을 안으로 밀어 넣어주시고요."

"알았어."

적당히 긴장하고 있어서인지 일사분란하게 움직였다.

조명 팀과 카메라 팀의 덩치 좋은 이들이 벽돌 더미를 들기 위해 나섰다.

환자를 사이에 두고 좌우로 세 명씩. 미끄럼을 방지하기 위해 고무로 코팅이 된 장갑을 끼고 모두 자리를 잡았다.

"셋! 할 때 함께 쓰는 겁니다. 하나, 둘, 셋!"

끙! 읏!

다들 숨을 멈추며 힘을 썼다. 하지만 두삼이 힘을 주는 쪽만 약간 움찔할 뿐 움직이지 않았다.

"헉헉! 이거 움찔하는 게 단데요."

가장 힘이 좋은 조명 팀 스태프가 말했다.

"한 번 더 해보죠. 후우~"

두삼은 한숨을 뱉곤 자세를 잡았다. 그리고 몸에 있는 기운을 빠른 속도로 돌리기 시작했다.

임독양맥이 뚫리고 기운을 얻은 후 지금껏 제대로 힘을 쓴 적이 한 번도 없었다. 오백 원 동전을 구부릴 때도 약간 기운을 더했을 뿐이다.

'풀 파워로 들어본다.'

그래도 안 되면 무릎 아래는 포기를 하고 혈관을 막아버려야 했다. 환자는 어떻게 생각할지 모르지만, 목숨을 잃는 것보단 한쪽 다리를 잃는 게 나았다.

"다시 시작합니다. 하나, 둘, 셋!"

으득! 어금니를 악물고 단전에 힘을 준 채 기운을 팔로 보냈다.

"어……! 어! 드, 들린다!"

문 PD의 놀란 목소리가 아니더라도 조금씩 들리는 것이 느껴졌다.

좀 더! 좀 더!

의지는 곧바로 반영되었다. 몸속의 기운이 일제히 팔로 전달되는 듯한 느낌과 함께 서서히 허리가 펴졌다.

환자를 뺄 수 있는 수준까지 들어 올린 것 같은데 놀라서 넋이라도 빠진 건지 유민기는 물론 어느 누구하나 환자를 빼지 않는다.

'빠, 빨리 좀 빼라, 인간들아!'

소리치고 싶은데 입을 열면 힘이 빠질 것 같아 속으로만 간절히 외쳤다.

"미친……. 아! 민기야, 철희야 빨리!"

"…아, 네네!"

정신을 차린 유민기는 얼른 환자의 옆구리를 잡고 당겼고 환자가 빠지자마자 전철희가 적당한 크기의 돌 여러 개를 던져 넣었다.

"됐어! 이제 셋 하면 내려놔. 놓자마자 뒤로 빠지고."

올릴 때보다 내릴 때 조심해야 했다.

"하나, 둘, 셋!"

쿵! 땅을 울릴 정도로 묵직한 소리가 났다. 다행히 전철희가 넣은 돌이 제 역할을 해서 추가로 무너지진 않았다.

"헉헉!"

3분의 2가량의 기운이 단숨에 사라져 버렸다. 그래서인지 허탈감과 함께 기운이 사라진 손이 덜덜 떨렸다.

두삼은 떨림을 없애기 위해 손을 쥐었다 폈다를 반복하며 환자를 찾았다.

"환자 어디 갔어요?"

"저기. 비를 맞힐 순 없잖아."

각박한 세상이라고 하지만 위급한 순간에 남을 돕는 이들은 어디든 있는 모양이다. 무너진 건물 맞은편 집의 아저씨가 자신의 거실을 내놓은 것이다.

환자의 밑에는 깨끗한 이불이 깔려 있었고 아주머니는 수건으로 환자의 몸에 묻은 흙을 닦고 있었다.

"욱욱!"

유민기는 끄집어낼 땐 몰랐다가 이제야 역으로 꺾여 너덜너덜해진 다리를 봤는지 헛구역질을 하고 있었다.

"고생했다. 나가서 숨 좀 돌려."

"…괘, 괜찮아. 네 가방은 석호 형한테 말해서 갖다놨다."

기특하다는 듯 그의 등을 툭 치고 두삼은 안으로 들어갔다.

"지저분한데 실례합니다."

"개의치 마쇼. 지저분해지면 청소하면 되는데 그나저나 피가 계속 나는데… 괜찮겠소?"

"괜찮게 만들어야죠."

두삼은 대번에 바지를 찢어버리고 다리를 잡아 살짝 비틀었다.

으득! 하는 소리와 함께 다리가 제자리를 찾았다.

물론 어긋난 뼈만 제자리만 찾았을 뿐 파괴된 연골과 근육은 어찔 수 없었나.

그다음 바로 기운을 넣어 끊어진 동맥 사이에 기운의 파이프를 만들었다.

압력이 없는 상태에서 거리가 좁혀지자 어렵지 않게 피가 돌기 시작했다. 거기에 멈추지 않고 작은 동맥, 정맥들도 연결할수 있는 건 연결을 하고 나서야 손을 뗐다.

"허어~ 신기하군. 어떻게 손을 댔다 뗐을 뿐인데 피가 거의 멈춰 버리네."

"제 일이니까요. 아저씨 깨끗한 물 좀 주시겠어요?"

"씻기려고 그러는 거지? 시원한 물도 괜찮으면 생수를 주고."

"네. 생수로 주세요."

아저씨는 냉장고에서 2리터 생수를 여러 개 갖다줬다. 그에 감사를 표하며 부어도 되냐고 물으려는 찰나, 먼저 부어도 된다고 했다.

물을 부어 깨끗이 씻긴 후 차근차근 침을 꽂았다. 119 구급대가 오면 병원으로 갈 텐데 상처 부위를 제대로 확인하지 못하면 조치 또한 못 할 게 분명했다.

그에 침을 뽑으면 기운으로 막아뒀던 부위가 풀리게 해둘 필요가 있었다.

가장 좋은 방법은 자신이 가는 건데 무너진 건물 잔해 속에 몇 명이 있을지 모르니 자리를 지켜야 했다.

조치를 거의 끝냈을 때 '와아!' 하는 소리가 빗소리를 뚫고 들려왔다. 작업 중이던 사람들이 새로운 사람을 찾아낸 모양이다.

"다른 환자를 찾은 모양인데 다녀오겠습니다."

"주민들이 데리고 올 텐데 기다리지, 왜?"

"함부로 옮기다 위험해질 수도 있거든요."

"그럼 안 되지. 얼른 가보시구려."

참으로 인간미 넘치는 부부였다.

밖으로 나가자 역시나 사람을 찾았나 보다. 몇 명이 위태롭게 위에 올라가 벽돌 더미들을 한쪽으로 던지고 있었다.

벽돌을 치웠는지 잔뜩 지저분해진 이경철이 와서 말했다.

"두삼아, 두 명 찾았어."

"그래요? 잘됐네요. 어디에 있어요?"

"저기 밑에. 벽이 교차하면서 공간을 만들었나 봐."

"근데 저렇게 올라가서 일하다가 무너지기라도 하면 어쩌려고 요?"

"한 사람이 위독하대. 아버지랑 아들인데 사고 순간에 아버지가 아들을 보호하려다가 많이 다쳤나 봐."

"어디가 얼마나 아픈데요?"

"글쎄다. 피가 많이 나고 의식이 없대."

"제가 직접 물어봐야겠네요. 어디예요?"

"저기 구멍."

그는 팔 하나 들어갈 정도로 작은 구멍을 가리켰다. 거의 바닥에 붙어 있어서 엎드려야 대화가 가능했다.

엎드리자 젊은 남자의 흐느끼는 소리가 들렸다.

"제 말 들려요?"

"…훌쩍! 드, 들립니다."

"제가 한의사인데 아버님 상태가 어떠세요?"

"머리에서 피가 많이 납니다. 의식이 없으시고요. 제발 좀 살려주세요! 선생님!"

젊은 남자는 애원을 하듯이 소리쳤다.

안타깝긴 하지만 이럴 때일수록 자신까지 흥분하면 안 됐기에 담담하게 말했다.

"진정하세요. 머리를 다쳤을 때 피가 나지 않는 것보다 나는 것이 차라리 나아요. 숨소리는 어때요?"

"그, 그런가요?"

케이스 바이 케이스지만 일단은 그렇다.

"고르진 않지만 숨 쉬고 계세요. 한데 점점 약해지는 것 같아 불안해요."

"혹시 제가 손을 뻗으면 닿을 거리에 계신가요? 손이든 발이든 어디든 상관없어요."

"…글쎄요?"

"제가 손을 뻗어볼… 퉤!"

손을 구멍에 넣으려고 바닥을 기다시피 하다 보니 땅에 튄 빗물이 입으로 들어오고 눈을 뜨기가 힘들다. 그때 손석호가 얼른 다가와 우산을 씌워줬다.

"미안, 진즉에 씌워줬어야 하는데 생각을 못 했다."

"아니에요. 고마워요."

손석호 덕분에 편해진 두삼은 구멍 속으로 손을 넣었다. 한데 팔뚝에서 턱 하니 걸린다.

"…이 정도면 어때요?"

"한 30센티 정도 부족해요. 잠깐만요. 제가 아버지를 밀어볼게요."

잠시 후 그가 다시 소리쳤다.

"20센티 정도요. 뭐가 걸리는지 더 이상은 안 돼요."

"그럼 무리하지 말고 그대로 놔두세요."

말을 한 후 두삼은 이를 악물고 팔에 힘을 주고 쭉 뻗었다.

날카로운 것이 팔뚝을 베는 듯한 느낌을 들었지만 큰 상처는 아니었다.

"이제 어때요?"

"아! 닿겠어요. 오른쪽으로 조금 옆에… 네. 거기요!"

거칠고 주름진 손이 잡혔다.

잡자마자 기운을 밀어 넣었다. 환자의 몸이 머릿속에 서서히 그려지기 시작했다.

견갑골골절, 경추손상, 후두부손상. 그 외 사소한 상처들. 다행히 목의 신경과 인대는 크게 다치지 않아서 생명에는 지장이 없었다.

'무너지는 건물의 잔해에 부딪친 것치곤 운이 좋아. 아들을 살리려 했던 마음 부정이 만든 기적인가.'

조금만 더 강했으면 후두부 함몰과 척추손상으로 즉사였다.

"…어때요?"

"생명엔 지장이 없을 것 같아요."

"정말이요!"

"하지만 경추손상이 있으니 이제부터 절대 움직이게 하지 마세요."

"알겠습니다!"

"참! 오늘 이곳에서 일한 사람이 모두 몇 명이죠."

"그게… 여덟, 아니, 일곱이요. 한 분은 급한 일이 있다고 오전 근무만 하고 가셨거든요."

아직 4명이나 더 있다니 마음이 무거웠다.

그러나 빗소리를 뚫고 들리는 은은한 사이렌 소리가 무거운 마음을 조금은 가볍게 해준다.

69. 좋은 사람

"주민 여러분, 고생하셨습니다. 그러나 추가 붕괴로 다칠 우려
가 있으니 이제부터 저희에게 맡겨주시고 조심히 안전 라인 밖
에서 물러나 지켜봐 주시면 감사드리겠습니다."

　구급대장의 말에 벽돌 더미를 치우던 주민들은 별말 없이 지
시를 따라 서서히 안전선 밖으로 이동했다.

　골목이 좁아 차량과 장비는 들어오지 못했지만 인원은 주민
들이 보기에도 충분해 보였기 때문이다.

　좀 전까지 사고 현장을 컨트롤하던 문 PD는 119 구급대가 도
착하자 가장 먼저 뒤로 물러났다.

　"휴우~"

　몸에 맞지 않은 옷을 입은 듯했던 자리였기에 안도의 한숨을
뱉고 난 그는 조연출에게 다가가 물었다.

"촬영 제대로 하고 있지?"

"물론입니다. 사고 현장에서 이런 말하면 안 되는데, 그림이 예술입니다."

"내가 따로 얘기해 놓은 건?"

"고가한의원에 전송만 누르면 되게 준비해 뒀습니다."

"오케이! 이제부터 중요해. 119 구급대원들이 구조하는 장면 놓치지 마. 한 선생과 출연자들 쉬는 것까지 놓치지 말고 찍고. 특히……."

"한 선생 집중 촬영하라는 말씀이시죠? 이미 3대의 카메라가 쉴 새 없이 찍고 있습니다. 환자를 치료하는 모습을 봤는데 소름이 돋더라고요."

"보면 반짝반짝 빛나는 인간들이 있어. 그런 부류는 카메라에 담기만 해도 그림이 되는 법이야."

"에이~ 그건 좀 오버다. 오늘 자신 분야의 일을 하니까 그런 거죠."

"쯧! 그래서 넌 아직 조연출인 거야. 100명의 의사를 이런 현장에 갖다놔 봐. 누군가를 소름 돋게 만드는 사람이 몇 명이나 있나. 아무튼 이 얘긴 나중에 하기로 하고 잘하고 있어. 전화 좀 하고 올게."

문 PD는 고가한의원으로 갔다.

사고 현장을 봤을 때 문 PD의 머릿속에 가장 먼저 떠오른 건 사고를 당한 이들에겐 미안한 말이지만 '이건 제대로만 찍으면 대박'이라는 생각이었다.

그래서 통제에 앞서 촬영에 대한 지시를 조연출에게 다 내려

났었다.

'내가 본 것의 절반만이라도 카메라에 담았다면 두 번 다시 나오기 힘든 명장면이야. 만일 시청률이 저조하다면 그건 내 능력이 부족한 거야.'

문 PD를 아는 사람들이라면 그가 만드는 프로그램마다 승승장구할 수 있는 이유가 재미없는 장면조차 재미있게 만드는 편집 능력이라고 할 것이다.

하지만 그 자신이 생각하는 성공 요인은 따로 있었다. 현 세대가 원하는 사람을 볼 줄 안다는 것과 프로그램에 대한 이슈를 만들 줄 안다는 점.

고가한의원에 도착한 그는 수건에 스마트폰과 손을 대충 닦고 채널H 보도국 최 PD에게 연락을 했다.

─여어~ 문. 웬일이냐?

"형님한테 싸가지 없이 문이 뭐냐?"

─생일은 네가 꼴랑 두 달 빠르지만 입사일은 내가 1년 이상 빠르다는 건 잊었냐?

"쫓겨나서 옮긴 놈이 무슨 선배."

─얌마! 내가 스스로 나온 거라니까!

매번 전화할 때마다 인사처럼 하는 대화는 아직 많이 남아 있지만 다 떠들기엔 시간이 없었다.

"됐고. 내가 소소한 특종 하나 줄 테니 술 사라."

─일단 들어보고.

"인천에서 공사 중이던 건물 무너진 얘기 들었냐?"

─가만… 아! 방금 인천 관할 기자한테 연락이 와서 지금 사

고 현장으로 기고 있을 거야. 그게 특종이라는 건 아니겠지?

"소소하다고 했잖아. 현재 내가 촬영하고 있는 곳에서 1분 거리야. 무너지는 소리까지 똑똑히 들었거든."

─목소리가 들뜬 것이 괜찮은 영상이 나왔나 보네. 그럼 네가 쏴야 하는 거 아냐?

"싫으면 관둬. 그래도 친구 생각해서 너한테 주려고 했는데. 한 PD는 맛깔나게 특종으로 만들려나?"

─재수 없게 그 새끼 얘긴 왜 해? 안 그래도 지금 그 자식이랑 승진 명단에 같이 올라서 짜증나는데. 일단 영상 보내. 확인은 해야지.

"우리 프로그램 언급하고 술 한잔."

─…소주다.

"오케이! 확실하게 홍보해 주라."

─네 방송인데 그래야지. 기본적인 상황에 대해선 보냈지? 기자 도착하면 잘 설명해 줘.

"응. 변화가 있는 대로 메시지 보내줄게."

거래를 끝내고 다시 사고 현장으로 갔다. 경찰들이 도착해서 주변을 통제하고 있었다.

문 PD가 다가가자 우비를 입은 경찰이 막아섰다.

"위험합니다. 물러서십시오."

"저기 안에 있는 촬영 팀 PD입니다."

"아! 그러시군요. 안 그래도 저희 과장님이 PD님을 찾았습니다."

"무슨 일로요?"

"촬영 때문에요. 이쪽으로 오시죠."

안내하는 경찰을 따라 폴리스 라인을 넘어 안으로 들어갔다.

그 순간, 와아! 하는 소리가 들려서 돌아보니 아까 구하고 있던 아버지와 아들을 구급대원들이 꺼내고 있었다. 확실히 전문가들이라 구출 속도가 달랐다.

환자가 나오자마자 두삼과 촬영 팀이 달려가 붙는 것이 보였다.

문 PD는 그 모습을 상당히 못마땅하다는 듯 보고 있는 사람에게로 안내됐다.

"과장님, 이분이 지금 촬영하고 있는 방송 팀의 PD라고 합니다."

"그래? …안녕하세요. 인천 미추홀 경찰서 교통과의 양봉익 과장입니다."

"채널H의 문찬승 PD입니다. 절 찾으셨다고요?"

"네. 다른 게 아니라… 원칙적으로 사고 현장에서의 촬영은 폴리스 라인 밖에서 하는 건 아시죠?"

"보도국은 아니지만 그 정돈 알죠."

"근데 사고가 나자마자 돕던 이들을 내보낼 수도 없고. 게다가 의사 선생이 있어서……. 참 곤란하군요. 이게 방송이 되면 문제가 될 수 있어서……."

말꼬리가 늘어지는 부정확한 말이었지만 문 PD는 그가 무엇을 말하려는 건지 정확히 알았다.

경찰에 문제가 일어나는 것도 싫고, 언론사가 소유한 채널H와 척을 지기도 싫다는 얘기였다.

사실 90년대까지만 하더라도 경찰서 출입 기자가 되면, 술을 잔뜩 먹고 담당 경찰서로 가서 행패를 부리는 전통이 있었다.

신문사로 들어간 동기들의 얘기를 들어보면 귀싸대기를 때렸다는 둥, 조인트를 깠다는 둥 듣기 거북한 얘기도 많았다. 그 정도로 언론사들은 경찰을 우습게 알았고, 경찰은 언론사를 꺼려 했다.

하긴 기사 한 줄에 경찰서장까지 옷을 벗을 수 있으니 고깝더라도 기자들의 비위를 맞출 수밖에 없었을 것이다.

지금은 시대가 달라져 그런 행패는 사라졌다고 하지만 언론사의 파워는 여전했다.

아무튼 아무리 파워가 언론사 쪽으로 기울었다고 해도 저쪽에서 저렇게 나오는데 가만히 있으면 촬영에 지장이 생길 수 있었다.

"이해합니다. 한데 저희 프로그램은 예능입니다."

"에? 예능이요?"

"다소 진지한 예능이죠. 오늘 5회가 방송되는데 시간되시면 보시죠. 어쨌든 약속하건대 고생하시는 경찰과 119 구급대 분들에게 누가 되는 일은 없을 겁니다."

"음 …보도국에 촬영분이 넘어가진 않겠죠?"

"절대 없습니다. 그리고 저기 보시면 알겠지만 국민을 위해 희생하는 모습을 담고 있지 않습니까."

비 내리는 구출 현장에서 열심히 일하는 119 구급대원의 모습을 카메라로 찍고 있었다.

"저런 모습을 보고 누가 손가락질을 하겠습니까."

"…그렇군요."

한데 구급대원들이 열심히 구출 작업을 하는 모습을 보는 과장은 살짝 아쉽다는 표정이다.

이유를 알 것 같았다. 구급대원들에 비해 현장 정리를 하는 경찰이 아무래도 노는 것처럼 느껴졌으리라.

얼른 말을 덧붙였다.

"날이 점점 어두워져 작업하기가 어렵겠네요. 조명을 빌려 드릴 테니 경찰관 몇 분이 현장을 비추는 건 어떻습니까?"

다행히 말귀가 어둡진 않았다.

"듣고 보니 날이 많이 어둡군요. 곧 조명이 도착하겠지만, 그러기까진 시간이 필요할 테니 경찰이 나서야겠습니다. 그럼 조명을 부탁드려도 될까요?"

"물론이죠. 그럼, 잠시만."

조연출에게 가서 상황을 얘기하고 조명 몇 개와 촬영 팀 한 명 붙여주라고 했다.

경찰까지 해결하고 난 후에야 환자를 보고 있는 두삼에게 갔다. 마침 치료를 마쳤는지 이마에 맺힌 땀을 닦고 일어났다.

"환잔 괜찮아?"

"네. 안 그래도 찾으러 가려던 참인데 잘 오셨어요."

"힘들어? 그럼 그만해도 괜찮… 어? 팔은 왜 그래?"

"약간 긁힌 거예요."

"긁힌 정도가 아닌데. 의사라는 사람이 자기 다친 건 신경 쓰지 않고, 언제 다친 거야?"

두삼에게 묻는데 구급대원들이 들 것을 가지고 와서 환자 이

송을 할 준비를 했다.

"이건 제가 알아서 할게요. 다른 게 아니라 환자들을 따라 PD님이 응급실로 가셨으면 합니다."

"내가?"

두삼은 말이 길어질까 얼른 말을 이었다.

"현재 환자들에게 침을 놨는데 그걸 마구잡이로 뽑으면 위험할 수 있거든요. 구급대원에게 말해두긴 했는데 아무래도 불안해서요."

"그러니까. 응급실 의사가 멋대로 하려고 하면 막으라는 말이지?"

"정확하게 인지시키라는 거죠. 제가 여기에 환자의 상태, 침을 뽑기 전에 해야 할 일, 뽑는 순서를 적어뒀으니까 보여주시고요. 사실 제가 가야 하는데 아직 구조되지 못한 이가 4명이나 남아서 갈 수가 없네요."

하긴 막내 PD나 조연출을 보내면 제대로 말을 할 수도 없을 것이다. 촬영장을 떠나야 하는 게 약간 불안했지만, 목숨을 잃으면 촬영한 것을 내보내지 못할 가능성도 있었다.

"알았다. 내가 가서 확실하게 전달할게. 김 감독, 나랑 같이 가지."

혹시 몰라 촬영감독 한 명과 함께 움직였다.

운전기사에게 구급차를 따라가도록 해두고 축축이 젖은 옷을 갈아입었다. 의사가 말을 잘 들으면 좋겠지만 아니라면 설득이든 협박이든 해야 했다. 한데 비 맞은 생쥐 꼴을 하고 말을 하면 잘 먹힐 리가 없었다.

"휴우~ 팬티까지 흠뻑 젖었네. 김 감독, 괜찮은 장면 많이 나왔어?"

"최곱니다. 워낙 좋은 장면이 많아서 편집하려면 애 좀 먹을 겁니다."

"안 되면 3주로 내보내지, 뭐. 한번 볼까?"

촬영감독 옆에 앉은 그는 카메라를 조작해 녹화한 파일을 플레이시켰다.

보다가 거대한 벽돌 더미를 올리는 장면을 보곤 주먹을 불끈 쥐었다.

"크~ 이 장면. 보는데 가슴이 뜨거워지더라. 김 감독도 함께 들었지?"

"네. 근데… 좀 이상했어요."

"뭐가 이상해? 멋지기만 하고만."

"그 말이 아니라 이게 들린 게 이상했다고요. 사실 힘을 주곤 있었지만 제 힘으로 든다는 느낌이 없었어요. 뭐랄까, 그냥 들리는 물건에 손을 대고 있는 느낌이랄까."

"별소릴 다 하네. 그럼 누가 들어? 귀신이?"

"아뇨. 제가 느끼기엔 한 선생이 아닐까 싶어요."

"킥! 한 선생 그 마른 친구가 혼자 이걸 들었다고?"

두삼이 이소룡 같은 근육을 가지고 있다는 건 알고 있다. 그러나 외국 TV에서 무거운 걸 끌고 당기고 옮기는 '강한 사나이'라는 프로그램을 보면 마른 사람은 아무도 없듯이 힘을 제대로 쓰려면 기본적으로 덩치가 있어야 했다.

"이거 한번 보세요. 한 선생이 있는 곳만 들리잖아요. 옆에 세 사람이 힘이 더 센 애들인데요."

들고 영상을 보니 정말 그랬다. 그러나 상식은 절대 불가능한 일이라고 속삭였다. 그보다는 차라리 기적이라는 게 더 설득력이 있어보였다.

"위기의 상황이라 기적적인 힘이 일어났나 보지. 그래서 큰 벽의 잔해물이 스펀지처럼 느껴졌을 수도 있고."

"그런가? 하긴 한 선생이 아무리 힘이 좋아도 이건 무리겠죠?"

"당연하지. 위기의 순간에 기적의 힘이라……. 편집할 때 써먹어야겠다."

다음으로 두삼이 환자를 치료하는 모습을 보고 있는데 갑자기 차가 급정거를 했다.

끼이익!

"야! 운전 똑바로 안 해? 우리도 보낼 생각이냐!"

"…차가 끼어드는 바람에 죄송합니다."

"조심하자. 하여간 조금 빨리 가려고 구급차 뒤쫓아 가는 얍삽한 놈들 참 많아."

"어? 어!"

"왜?"

"구급차는 가는데 앞차가 안 가는데요?"

"젠장! …어쩔 수 있냐. 어느 병원으로 가는지 알지? 최대한 빨리 가."

"바로 앞이니까 금방 도착할 겁니다."

하지만 비 오는 날 퇴근 시간이라 짧은 거리임에도 10분이나 늦게 도착했다.

차에서 내리자마자 문 PD는 부리나케 응급실로 들어갔다.

"도무지 무슨 말인지 모르겠군요. 침을 제거하지 않고 어떻게 치료를 합니까! 아무튼 여기선 제가 결정합니다. 신 간호사 침 뽑아!"

"네. 선생님!"

위기일발의 순간.

문 PD는 미안함과 부끄러움을 무릎 쓰고 소리쳤다.

"안 됩니다!!!"

"하아~ 또 뭡니까?"

"하악하악! 채널H의 문찬승 PD입니다."

"…그런데요? 여기선 촬영 금지입니다."

PD라는 말과 카메라를 보곤 살짝 표정이 변하긴 했지만 귀찮다는 말투는 여전했다.

"침을 놓은 한의사의 부탁을 받고 왔습니다. 여기 그가 적은 내용이 있는데 한번 읽어보시죠."

종이를 건넸지만 젊은 의사는 흘낏 눈길만 한 번 준 후 짜증스럽게 말했다.

"아니, 그렇게 잘하면 직접 고치지 왜 우리 병원으로 보낸 겁니까?"

"한번 읽어보면……."

"진짜 계속 그러시면 경비원 부릅니다. 당장 환자를 치료해야 하는데 댁들 때문에 치료를 못 하고 있잖아요! 환자가 잘못되면 댁들이 책임질 겁니까!"

고압적인 외침에 문 PD의 표정이 굳어졌다.

자신들이 어떻게 구해서 데리고 온 환자인데 길지도 않은 글조차 읽으려 하지 않다니. 화가 났다.

　좋게 말하면 듣는 사람이 있고, 무시하려 드는 사람이 있는데 눈앞의 의사는 후자라고 생각하고 강하게 나가기로 했다.

　"좋습니다. 선생님 마음대로 하세요."

　"진즉에 그럴 것이지……."

　"단! 침을 뽑을 때 어떤 일이 벌어질지에 대한 쪽지도 전달했고 주의도 줬음에도 독단적으로 행동한 것에 대한 책임은 선생님이 지셔야 할 겁니다."

　"…네?"

　"증인은 많습니다. 여기 구급대원 분들도 계시고, 저희도 있으니까요. 그리고 장담컨대 이번 일에 대해선 방송을 제작해서라도 끝까지 갑니다."

　"…지금 협박하시는 겁니까?"

　"제가 드린 종이에 적힌 작은 테스트도 하지 않고! 독단적으로 행동해서! 환자를 위험에 빠뜨린다면! 협박이 아닌 행동으로 보여드리죠."

　"……."

　생각대로 강자에겐 약한 스타일이었다. 화를 참는 듯 의사는 얼굴은 붉으락푸르락해졌지만 시선은 두삼이 적어놓은 쪽지로 향했다.

　[…제 말이 믿기지 않는다면 다리를 심하게 다친 환자의 턱관절 밑에 꽂힌 침을 뽑아보세요. 현재는 멈춰 있는 머리의 출혈이 시작될 겁니다.

그래도 믿지 못하겠다면 다음은…….]

글을 읽어봤지만 가관도 아니었다.

침으로 출혈을 막고, 전신마취를 시켰고, 끊어진 동맥을 연결시켜놨다니 소설도 이런 소설이 없었다.

'빌어먹을! 어떤 사이코인지 모르지만 만일 아니기만 해봐라. 무슨 일이 있더라도 개망신시켜 줄 테니까.'

정말 하기 싫었지만 눈앞에 문 PD 때문이라도 해야 했다.

"…신 간호사, 유동석 환자 턱관절 밑에 있는 침 뽑아봐요."

"하나만 뽑아요?"

"그래요."

"네, 선생님."

간호사는 주삿바늘 뽑듯이 침을 뽑았다. 어떻게 되나 지켜보는데 아무 일도 일어나지 않는 것 같아 화를 내려 할 때였다.

"서, 선생님! 머리의 상처에서 피가 나옵니다."

"…보, 보고 있어요. 다음은 어깨에 있는 침 세 개를 뽑아 봐요."

간호사는 침을 뽑았다. 그러자 이번엔 종이에 적힌 대로 환자가 깨어나 낮은 신음 소리를 냈다.

"……!"

의사는 도저히 믿기지 않는다는 표정으로 종이를 꼼꼼히 읽기 시작했다.

*　　　　*　　　　*

눈을 떴다. 평소와 달리 온몸이 나른해서 이불 속에서 한참을 꼼지락거리다 물었다.

"루시, 지금 몇 시야?"

—7시 30분이에요.

"열두 시간이나 잤는데 아직 찌뿌듯하네."

—아뇨. 24시간 잤어요. 오전 7시 30분이에요.

"……"

붕괴된 건물에서 마지막 사람을 구한 시간은 12시가 넘어서였다.

구조가 조금만 늦었어도 주검으로 발견되었을 만큼 위급한 상황이라 15분을 넘게 손을 쓴 후에야 겨우 숨을 붙여 병원으로 보낼 수 있었다.

지칠 대로 지쳤지만 바로 쉴 수가 없었다. 엉망인 상태로 인터뷰를 하고, 다시 씻고 인터뷰를 하고 나서야 첫날 촬영이 끝났다.

다음 날 촬영을 위해 눈을 붙이려 할 때 문 PD가 병원에서 돌아왔다. 그는 마지막 환자가 무사히 수술을 마쳤다는 얘기를 전했고 곧바로 촬영을 접기로 결정했다.

그에 집으로 돌아와 잠을 청했는데 하루가 지났을 줄이야.

"그나저나 24시간이나 잤는데 몸이 정상이 아닌 것 같은데, 왜 이러지?"

지금까지 그제처럼 체력적으로 힘든 날이 없었던 것은 아니다. 기운 역시 완전히 사라질 때까지 사용하고 다시 충전해서 또 다시 빌 때까지 사용한 날도 있었다.

그때도 일곱 시간 정도 자고 나면 멀쩡했었다.

눈을 감고 내부를 관조했다.

'어라! 기운이 꽉 차 있을 줄 알았는데 평소의 90퍼센트밖에 차 있지 않네?'

처음 겪는 일이라 당혹스러웠지만 차분히 이렇게 된 원인을 생각해 봤다. 평소와 달랐던 건 벽돌 더미를 드느라 무리하게 기운을 사용했던 것밖에 없었다. 아마 그때 몸에 무리가 갔던 것이 분명해 보였다.

'음, 처음 겪는 일이다 보니 어떻게 해야 할지 모르겠다. 아무튼 앞으론 절대 쓰지 말아야 할 것 같은 느낌이네.'

이미 벌어진 일을 어쩌겠는가. 한동안 몸 상태를 지켜보기로 하고 넘길 수밖에.

─하란 님이 지시한 대로 육류 위주의 식사 준비해 뒀어요. 얼른 씻고 드세요.

"10분만 더 누워 있을게."

─약속 있잖아요.

"…헉! 맞다."

24시간 잤다는 얘기를 듣고도 내일이라고 생각하고 있었다. 벌떡 일어나 씻고 부엌으로 갔다.

해물갈비찜이 준비되어 있는데 큰 문어와 주먹만 한 전복이 가득이다.

"문어랑 전복을 사놓은 기억이 없는데……."

─주문하면 문 앞까지 배달해 주잖아요. 하란 님이 미국에서

주문하셨어요.

"하란인 지금 뭐 해?"

—자고 계세요. 전화하지 못한 이유를 알고 있으니 미안해하지 않아도 된대요. 그리고 준비한 건 다 먹고 나가라고 했어요.

"어떻게 알았지?"

—두삼 님이 분투하는 걸 보셨어요.

"네가 알려준 건 아니고?"

—특이 사항은 알려야 하거든요. 그리고 전화를 안 받았잖아요. 걱정하시기에 제가 실시간 중계를 해드렸죠.

워낙 급박하게 돌아가서 전화를 제대로 하지 못했다는 것도 이제야 생각났다.

"근데 이거 다 먹지 않으면 보고할 거냐?"

—녹화 중이에요. 일어나 식사하면서 볼 거예요.

"험! 직접 하진 않았지만 정성이 담긴 음식을 버릴 순 없지. 하란아, 잘 먹을게."

—그쪽 방향엔 카메라가 없어요.

"……."

방향을 물으니 자신이 앉는 식탁 맞은편에 카메라가 있었다. 다시 하란에게 고마움을 표한 후 식사를 했다.

처음에 과연 절반은 먹을 수 있을까 싶었는데 하루를 굶어서인지, 기운을 많이 써서인지 먹다 보니 잘도 들어갔다. 그리고 깔끔하게 솥을 비웠을 때는 좀 더 있었으면 하는 마음까지 들었다.

"하란아, 덕분에 잘 먹었어. 깨면 언제든 전화해. 다녀올게."

카메라를 향해 손을 흔든 후 곧장 병원으로 향했다.

여름 휴가철이 되면서 토요일의 한강대학병원은 평소보다 훨씬 조용했다.

본관 8층에 있는 회의실로 가기 위해 엘리베이터를 기다리는데 고웅섭 센터장이 다가왔다.

"안녕하세요, 센터장님."

"오! 한 선생. 뉴스에 한 선생이 나와서 깜짝 놀랐어. 고생 많았지?"

"…뉴스에 제가 나왔습니까?"

"인천 건물 붕괴 사고로 뉴스에 나왔더만. 몰랐어?"

"제가 정신없이 쉬느라 뉴스를 못 봤습니다."

"멋지게 나왔더군. 게다가 병원 이름까지 알리고. 민 원장님도 아주 흡족하겠어. 타지."

"…네."

도대체 어떤 식으로 나왔는지 궁금했다. 그래서 엘리베이터에 오르자마자 스마트폰을 꺼내 확인했다.

'인천 건물 붕괴'라는 단어를 치자 곧바로 수많은 영상이 나왔다. 그중 하나를 클릭했다.

처음 무너지고 난 후 구조 활동을 하는 모습이 나왔는데 벽돌 더미를 들어 올리는 장면과 응급처치 하는 장면이 연속적으로 나왔다.

게다가 친절하게 한쪽에 사진과 함께 [한강대학병원 한방센터 H 선생, 현재 '전설을 찾아서'라는 프로그램 출연 중]이라는 자막까지 보였다.

다음으로 벽돌 더미를 들어 올리는 장면을 반복적으로 보여주면서 패널과 말을 주고받는 모습을 보는데 고웅섭이 말했다.

"근데 그 큰 돌을 들어 올릴 때 기분이 어땠나?"

"…네?"

"그 때문에 말이 많거든. CG라는 사람들도 있고, 기적의 힘이라는 사람들도 있고, 운이 좋아 들기 편하게 되어 있었다는 사람들도 있고. 자네는 들었으니까 확실히 알 것 아닌가."

"하하… 글쎄요. 워낙 긴박한 상황이라 저도 뭐가 뭔지 모르겠네요. 아마도 제일 후자가 맞지 않을까요?"

"그랬구먼. 허허허! 내가 자주 가는 카페에 댓글이라도 달아놔야겠군."

"무슨 카페인데요?"

"물사랑이라고, 물고기를 사랑하는 사람들의 모임이야. 거기에도 들어 올리는 영상이 올라왔더라고. 혹시 물고기에 관심 있으면 말해. 내가 비싼 놈으로다가 분양해 줄 테니까."

"키우게 되면 말씀드리겠습니다."

"한번 키워봐. 자식 키우는 재미완 또 다른 재미가 있다네. 어항을 가만히 지켜보는 것만으로도 위안을 얻는달까."

엘리베이터에서 내려 회의실까지 가는 동안 물고기 키우기의 장점에 대해서 들어야 했다.

오늘 회의는 탁동인과 옥지혜의 논문을 심사한 후 정식 교수로 임명하는 자리였다.

이런 자리에 자신이 왜 와야 하는지 모르겠지만 민규식 원장이 잔말 말고 나오라고 해서 나온 것이다.

회의실에는 이미 몇 명의 남녀가 앉아 얘기를 하고 있었는데 민규식을 제외하곤 처음 보는 얼굴들이다.

민규식이 반갑게 맞이해 줬다.

"고 센터장님, 어서 와요. 한 선생, 어서 오게."

"네, 원장님. 잘 지내시죠?"

"덕분에 즐겁게 보낸다네. 허허허!"

의미심장한 말이었지만 곧장 즐거운 이유가 나왔다.

"그제 뉴스는 잘 봤네. 어떻게 자네 주변에는 사건, 사고가 끊이질 않는 것 같아?"

"그러게 말입니다. 조용히 살고 싶은데 그게 잘 안 되네요."

"하늘이 그만한 능력을 준 건 바쁘게 살라는 의미 아니겠나. 허허허! 아무튼 사적인 얘기는 나중에 하고 인사하지. 이분들은 한의사협회에서 오늘 심사를 위해 온 분들이네."

"안녕하세요, 한두삼입니다."

"한의사협회에서 나온 문학사요."

"협회장님께 얘기 들었어요. 반가워요."

간단히 인사를 한 후 두 개의 논문이 놓여 있는 제일 끝자리에 앉으려 했다. 민규식은 자신의 뒤에 있는 테이블을 가리키며 말했다.

"거긴 고 센터장 자리네. 자넨 이쪽으로 와서 앉게."

"아, 네."

고웅섭에게 살짝 고개를 숙인 후 심사 테이블과 동떨어진 자신의 자리로 가서 앉았다.

"자! 올 사람들은 다 온 것 같으니 바로 심사로 들어가기로 하죠. 앞에 놓인 두 개의 논문을 보시고 심사 기준에 맞게 점수를 주시면 됩니다."

"심사 기준은 여기에 적혀 있는 대로 하면 됩니까?"

"그렇습니다. 융합학과 논문에 적절한가, 참신한가, 학술지 투고 규정에 적합한가, 연구에 대한 문제 제기와 결과 분석 과정이 타당한지 등을 살피면 됩니다."

"알겠습니다."

심사 위원들의 심사가 시작되고 나자 민규식은 조용히 일어나 두삼의 자리로 와 앉았다. 그리고 나지막이 속삭였다.

"팔은 왜 그래?"

"구조하다가 조금 다쳤습니다."

"허어! 조심하지 않고. 얼마나 다쳤는데?"

민규식이 걱정스레 묻는 모습에 살짝 뭉클하다. 마치 가족이 걱정하는 모습 같달까.

"살짝 긁혔습니다. 별거 아니니 너무 걱정 안 하셔도 됩니다."

"가장 미련한 의사가 스스로를 몸을 망쳐가며 환자를 돕는 사람이야. 왠지 알아?"

"…하하. 글쎄요."

"미래에 살릴 수 있는 환자에 대해선 생각하지 않고 눈앞의 환자만 보거든."

"……!"

잊고 있었는데 할아버지도 전에 비슷한 말을 하셨다.

자신을 희생하면서까지 하는 치료는 절대로 해선 안 된다고. 그땐 무슨 말인지 몰랐는데 민규식의 말을 듣고 나니 이해가 됐다.

'그러고 보니 봉래 아저씨가 할아버지께서 일찍 돌아가신 이유가 젊었을 때 너무 무리하셔서 그랬다고 한 것 같은데.'

문득 아침에 90퍼센트밖에 차지 않던 기운을 떠올리며 생명력이 소진되었다는 생각을 하자 소름이 돋았다.

의사로써 사명감이 없진 않다. 그러나 의사를 하는 이유가 오직 환자를 치료하기 위해서는 아니다.

솔직히 잘 먹고 잘 살기 위해서가 90퍼센트고 사명감이 10퍼센트라고 하는 것이 맞을 것이다.

근데 생명력이 깎인다?

얼마나 깎였는지 알 수 없다. 하루 이틀이 깎였다면 억울하긴 하지만, 사람의 목숨을 건진 것으로 위안을 삼을 수 있다.

근데 1년이라면?

'내가 두 번 다시 무리하나 봐라!'

막상 위급한 사람을 보면 어떻게 될지 모르겠지만 일단은 절대로 무리하지 않겠다고 다짐했다.

자신의 삶 1년의 무게는 사명감 따윈 발로 뻥 차버릴 정도로 중요했다.

"왜? 내 말이 이상하게 들리나?"

"…아, 아닙니다."

"이상하게 들린다고 해도 꼭 기억하게. 설령 오늘 한 사람을 잃어도 훗날 100명을 살릴 수 있도록 스스로를 망가뜨리진 말게."

"예! 명심하겠습니다!"

"물론 그렇다고 일을 설렁설렁하라는 말은 아니야. 오늘의 환자도 중요하니 게으름 피울 생각은 말게. 허허허!"

무리하지도 말고 게으름을 피우지도 말라니, 다소 상반된 말이었지만 이해하기 어려운 얘기 아니었다.

"그나저나 뉴스에서 나온 내용이 TV로 방영되면 좀 바빠질 거네."

"다른 방송 출연이나 인터뷰는 거절할 생각입니다."

"그것 말고 일적으로 말일세. 그러니 현재 하는 일 말고 더 늘리진 말게. 지금까진 내가 막고 있었는데 자네 실력이 만천하에 공개되어 버렸으니…… 쩝!"

"무슨 일인데요?"

"나쁜 일은 아닌데 조금 번잡한 일일세. 정확한 건 나중에 결정되면 말해주겠네."

무슨 일인지 궁금하긴 했다. 한데 빨리 알아봐야 좋을 것이 없는 일인 듯 말하니 일단은 접어두기로 했다.

"알겠습니다. 근데 원장님, 제가 오늘 여기서 할 일이 무엇입니까?"

"왠지 불퉁한 말투군?"

"그럴 리가요. 그저 제가 이곳에서 할 일이 있나 싶어서요."

"허허! 농일세. 다른 건 아니고 잠시 후 저들의 궁금증을 풀어주라는 의미에서 불렀네."

"아!"

옥지혜의 논문은 자신이 준 데이터에 기반을 한 논문이었다. 자연 학설이나 이론이 아닌 현재 이행되고 있는 의술에 관련된 것. 처음 보는 이들이라면 실제 실시되고 있는지 궁금할 것이다.

"자네 옥지혜가 교수가 되길 바라고 있지? 그녀가 예뻐서인가?"

"아닙니다! 그저······."

"그게 아니라면 탁동인의 더러운 짓 때문인가?"

"···알고 계셨습니까?"

"알다마다. 그의 교수직을 임시로 돌린 게 난데 모를 리가 없지. 그래서 교수직에 들러리로 올라온 옥지혜 역시 임시 교수로 만들어 논문 대결을 하도록 시켰네."

얼핏 짐작은 했었다. 하지만 민규식이라면 탁동인을 바로 쳐냈을 거라 생각했기에 확신은 못 했었다.

"왜 탁동인을 바로 쳐내지 않았나 궁금한가 보군?"

"포커페이스라도 배워야 할 모양이네요."

"자네를 자주 보니 대충 알겠더군. 날 과대평가하고 있다는 것도 말이야."

"···네?"

"내가 좋은 사람이라고 생각하나?"

뜬금없는 질문이라 잠깐 생각을 해야 했지만 대답하는데 오래 걸리지 않았다.

"제가 생각하는 원장님은 그런 분이세요."

"솔직히 아니네. 무척 계산적인 사람이지."

민규식은 씁쓸하게 대답 후 말을 이었다.

"탁동인의 뒷조사를 한 후 마음에 들진 않았네. 그러나 그렇다고 해서 옥지혜가 마음에 든 것 아니야. 내가 알아본 바에 의하면 피해자이지만 충분히 벗어날 기회는 있었어. 그녀의 선택이었던 거지. 사실 두 사람 다 마음에 들지 않았어. 그리고 마음에 들지 않는 두 사람 중 한 명을 선택해야 한다면 탁동인이 교수가 되길 바랐다네. 그의 능력과 인맥이 한강 대학 한의학과에 더 도움이 된다고 생각했거든."

"원장님이 논문 대결을 제안했다는 사실은 몰랐지만 제안자의 저울이 탁동인 교수에게 기울어져 있다는 건 알고 있었습니다."

제자의 아이디어를 빼앗고 논문을 대필시켰다곤 하지만, 20여 년 교수직에 있었던 탁동인이 그의 조교 생활을 했던 옥지혜에게 질 확률은 거의 없었다.

"하지만 그렇다고 해도 전 여전히 원장님께선 좋은 분이라고 생각합니다. 한 번의 기회를 주셨잖아요. 그리고 제가 여기 있는 이유를 생각해 보면 저울이 반대편으로 기울었다는 얘기일 테고요."

"…자네라는 추가 옥지혜의 저울에 올라가니 가울 수밖에."

"하하! 누군가 올라가길 바란 건 아니시고요?"

"허어~ 아니라도 그러네. 아무튼 너무 사람이 좋으면 안 돼."

민규식은 조금 전 건강을 해치면서 일하지 말라고 충고했듯이, 호구 같은 삶을 살지 말라고 충고하기 위해 스스로 좋은 사람이 아니라고 말한 것 같았다.

그래서 솔직히 말했다.

"저도 그리 좋은 사람은 못 됩니다. 옥지혜 교수의 사정을 들었을 때 안타깝긴 했지만, 저 역시 그녀를 도울 생각은 없었습니다."

"그런데?"

"원장님이 옥지혜 교수에게 기회를 줬듯이 기회를 달라던 사람이 있어서요. 원장님이나 저나 좋은 사람은 못 되나 봅니다."

"허허허! 그런가 보네."

두런두런 얘기를 하는데 심사 위원 중 한 명이 손을 들며 CRPS에 대해 물었다. 그에 두삼이 나서서 질문에 대한 답을 했다.

*　　　　*　　　　*

누군가에게 기쁜 소식을 전하는 것은 그 자체만으로도 기쁜 일이다. 특히나 대상이 잘되길 바라던 이라면 기쁨은 배가 될 것이다.

두삼은 기뻐서 어쩔 줄 몰라 할 옥지혜를 상상하며 그녀의 논문이 채택되었다는 말을 전했다. 그리고 폴짝거리며 좋아한다면 기꺼이 함께 기뻐해 주겠다고 생각했었다.

"흑흑! 고마워. …고마워. 흑!"

"…아, 아니에요. 누나가 잘한 건데요."

한데 예상했던 반응과 너무 다르니 조금 당황스럽다.

소식을 전하자마자 옥지혜는 자신을 부둥켜안고 펑펑 울고 있었다.

한여름이라 옷도 얇게 입고 있어서 몸의 굴곡이 고스란히 느껴지니 참 곤란하다.

'하란이는 이럴 걸 알고 있었을까.'

사실 옥지혜의 논문이 채택되고 그녀가 정식 교수가 된다는 얘기를 가장 먼저 들은 사람은 하란이었다. 심사가 끝난 후 통화를 했는데, 그때 알려줬다.

자신의 일처럼 기뻐하던 그녀는 끝에 오늘만 봐주겠다는 뜻 모를 얘길 하고 전화를 끊었던 것이다.

아무래도 옥지혜가 이렇게 울지 예측하고 있었던 것이 분명했다.

하란이 허락을 했다고 하지만 계속 이러고 있는 건 자신이 불편했다.

"기쁘면 웃어야지. 이렇게 울고만 있으면 어떻게 해요. 자자! 진정해요."

등을 토닥이며 진정시키려 했다. 그러나 그녀는 어떤 말에도 울음을 멈추지 않았다. 결국 울 만큼 울어야 한다는 걸 깨닫고 그저 토닥여 줬다.

그녀는 15분 정도 더 울고 나서야 울음을 멈췄다.

"…미안."

"미안하면 이제 웃어요. 방학이기에 망정이지 학기 중이었으면 제가 무슨 짓을 했는지 알고, 누나 좋아하는 학생들이 벌 떼처럼 달려들었을 거예요. 아무튼 다시 한번 축하드려요."

"…그, 그래."

"이런! 축하한다는 말만 하면 울려고 하네요. 축하 인사를 안 해야 할까 봐요."

"…그러게. 기쁜데 주책없이 자꾸 눈물이 나네."

"정식 발표는 종강회식 전날 나올 거예요. 그러니 마음의 준비를 하고 참석해요. 지금처럼 엉망이 되면 두고두고 망신살 뻗힐 거예요."

"무슨······. 악! 마, 말 좀 해주지 그랬어."

거울을 꺼내 엉망진창인 얼굴을 보더니 그제야 호들갑을 떨며 새 단장을 했다.

울보 못난이가 순식간에 섹시한 여교수로 바뀐다. 물론 아무리 화장을 해봐야 토끼 눈처럼 붉어진 눈동자는 가리기엔 무리가 있었지만 말이다.

"이제야 조금 봐줄 만하네요. 웬만하면 남자 앞에서 울진 말아요. 있던 정도 떨어지겠어요."

"···자꾸 놀릴래?"

"놀리는 게 아니라 진담인데······."

"이익!"

결국 한 대 맞고 나서야 농담을 멈췄다. 그리고 농담 덕분인지 그녀의 눈에 습기가 완전히 사라졌다. 그래서 진짜 본론을 꺼냈다.

"간절히 바라던 교수가 되었으니 이제부터 누나 인생 살아요."

"응! 그럴 거야. 근데 왠지 선을 긋는 느낌이다?"

"인간관계의 선을 긋는 게 아니라, 이제 제 일에서 빠지라는 얘기예요."

"도움만 받고 쏙 빠지면 사람의 도리가 아니지. 끝까지 도울게."

"누난 이미 충분히 도왔어요. 그리고 괜스레 저를 향해야 하는 화살이 누나한테 가는 건 바라지 않고요."

"널 위해서라면 기꺼이 맞을 수 있어!"

"그럼 날 위해서 멈춰요. 그게 제가 원하는 거예요."

"……"

옥지혜는 한참을 말없이 바라봤다. 그러다 담담한 자신의 눈빛을 보곤 눈동자가 살짝 흔들렸다. 사라졌던 습기가 살짝 번진다. 아까와 달리 들키기 싫었을까 고개를 숙이며 한숨을 푹 쉰다.

"후우~ 네가 그러길 원한다면……. 근데 어떤 식으로 빠져나오게 할 건데?"

"임동환이 누날 피해자로 생각하게 하면 돼요."

"내가 피해자가 된다고?"

"네. 방법은 어렵지 않아요. 물론 저랑 사이가 좋지 않다는 약간 이상한 소문이 돌 수도 있어요."

"소문뿐이라면 상관없어."

"임동환이 학교를 그만둘 때까진 거리를 두고 지내야 할 테고요. 어차피 2학기 땐 제가 학교에 올 일이 없으니 불편한 건 없을 거예요."

"…어쩔 수 없지."

"전에 누나랑 얘기했던 것에 살을 붙여봤는데 그대로만 하면 임동환과 완전히 결별할 수 있을·거예요."

두삼은 자신이 세운 계획을 조곤조곤 설명했다.

*　　　　*　　　　*

한 학기 동안 신입생들과 함께 생활하느라 고생했다는 의미에서 교수 종강 파티가 계획됐다. 오늘이 바로 그날로 장소는 한강대학교에서 멀지 않은 곳에 위치한 호텔의 컨벤션 센터였다.

시작 시간은 6시.

한데 옥지혜는 1시간 30분전 호텔과 멀지 않은 커피숍에서 임동환을 기다리고 있었다.

어제 정식 교수가 되었고 날이 날이니 만큼 몸매가 드러나는 오프숄더 원피스로 멋을 냈다. 야한 느낌보다는 우아함을 강조한 드레스였지만 다른 사람들이 보기엔 그렇지 않은지 카페에 있는 이들은 연신 그녀를 흘끔거리며 소곤댔다.

"야! 저기 저 여자 기품이 있는 것 같으면서도 굉장히 섹시하지 않냐?"

"그러게. 허리에서 힙으로 떨어지는 라인이 예술이다, 예술."

"어머머! 저 여자 여기가 미국인지 아나 봐. 저 꼴을 하고 다니고 싶을까?"

"딱 보니 술집 출신 같은데. 싸 보이잖아."

옥지혜는 소곤대는 소리가 들리지 않는 양 커피를 마시고 있었으나 모든 걸 듣고 있었다.

'다행히 생각대로 보이나 보네.'

두삼은 계획을 위해 정숙하지만 섹시함이 느껴지는 옷을 입길 바랐다.

하지만 조교 생활할 때 거의 야한 옷을, 지난 학기 땐 얌전한 옷을 입었던 그녀에게 두 가지가 동시에 느껴지는 옷은 없었다.

그에 어쩔 수 없이 쇼핑몰에 가서 수백 벌의 옷을 입어본 후에야 지금 입고 있는 옷을 선택할 수 있었다. 힘들게 선택했는데

야하지 않으면 어쩌나 했는데 남녀의 내화 내용을 보면 제대로
입은 모양이다.

"옥 교수님, 일찍 오셨네요."

"아! 왔어요?"

임동환이 도착했다.

"정식 교수 된 거 축하드립니다."

"어머! 웬 꽃이에요? 고마워요. 임 교수님 덕분에 잘된 건 같
아요."

"제가 한 게 뭐가 있다고요. 어차피 될 사람이 된 거죠. 참!
탁동인 그자는 어떻게 됐습니까?"

"훗! 공고가 붙기 전까진 실컷 비웃다가 공고에 내 이름이 있
자 도망치듯이 떠나더군요."

"한마디 해주지 그랬어요."

"해줬죠. 탁동인 전! 교수님 잘 가라고요. 호호호!"

"하하하! '전'을 강조했군요. 근데 욕이라도 할 줄 알았는데 용
케 참으셨군요? 저라면 개 같은 놈이라고 말해줬을 겁니다."

원래 온갖 욕과 조롱을 해줄 생각으로 전날 인터넷으로 욕을
찾아서 달달 외웠었다. 그러나 심사 결과에 충격을 받아 일그러
지는 얼굴을 보니 그것만으로도 막혀 있던 속이 뻥 뚫렸다.

"꼬랑지를 내리고 도망가는 꼴을 보고 있자니 욕을 할 필요도
없었어요. 제 입만 더러워지잖아요."

"하긴 아름다운 지혜 씨가 욕을 하는 것도 좋은 모습은 아니
겠네요."

'우웩! 무슨 말을 저렇게 느끼하게 해. 게다가 시선으로 온몸

좀 훑지 마! 간지러워 죽겠어!'

오늘로 끝을 낸다고 생각하자 임동환의 시선을 견디는 것이 평소보다 더 힘들었다.

그에 그의 시선을 분산시킬 요량으로 본론을 꺼냈다.

"아무래도 오늘쯤 한 선생이 작업을 걸어올 것 같아요. 어제부터 계속 오늘밤에 뭐 하냐고 문자를 보내고 있다니까요. 이것 봐요."

옥지혜는 자신의 스마트폰을 보여줬다.

[옥 교수님, 내일 종강 파티 끝나고 뭐 해요? 시간되면 따로 얼굴 좀 볼까요?]

[대답이 없으시네요. 확인하면 연락주세요.]

[…교수되셨다고 벌써 안면 몰수 하는 거예요? ㅋ 설마 제가 논문 도와준 거 잊은 건 아니죠?]

[방 예약해 둬야 하는데……. 내일이 안 되면 모레는 어때요?]

[노크 노크! 안 계세요?]

[…바쁜 일이 있나 보군요. 내일 얘기하기로 하고 일단 예약은 해둘게요.]

임동환은 꼼꼼히 읽으며 중얼거렸다.

"꽤 조급해 보이는 문자군요."

"이번 학기 끝나면 수업이 없으니 몸이 달은 거죠."

"…그래서 하려고요?"

"탁동인을 해결하고 나니 한두삼 그 인간도 얼른 처리하고 편해지고 싶어지네요. 게다가 애써서 작전을 짤 필요도 없잖아요?"

"그렇죠. 내가 봐도 다시없을 기회 같군요."

그동안 차일피일 미뤄서 슬슬 짜증이 나려던 찰나에 '해볼까요?'라는 연락이 온 것이다. 그래서 임동환은 적극적으로 그녀의 말에 동조했다.

"근데 오늘 준비가 되겠어요?"

"저야 명망 있는 사람과 함께 들어가기만 하면 되는 건데 준비하고 말 것도 없죠."

"누구랑 들어오시려고요?"

"한방내과 황오열 과장에게 말해뒀습니다. 마침 오늘 파티에도 참석하니 옥 교수님만 결정하면 바로 가능합니다."

"황 교수님이라면 충분하겠네요."

"그럼… 오늘 하는 걸로?"

"해요!"

"잘 생각하셨어요. 이런 일은 기회가 왔을 때 해치우는 게 좋죠. 어떤 식으로 할 거예요?"

"자신이 제 교수 임용에 도움을 줬다고 생각하니 일단 가서 잘해줘야죠. 그러면서 잔뜩 술을 먹일 생각이에요. 어느 정도 취했다 싶으면 이번엔 적당히 튕기며 몸이 달아오르게 만들 생각이에요."

옥지혜는 커피로 입을 축인 후 말을 이었다.

"그다음엔 싫은 티를 적당히 내면서 그를 따라갈 거예요. 혹시 오늘 파티가 있는 호텔이 아닐 수 있으니 잘 따라와야 해요."

"한시도 눈을 떼지 않을 테니 걱정 마세요."

"꼭 그래줘요. 연극은 괜찮지만 임 교수님도 아니고……. 흠! 어쨌든 실제로 당하는 건 죽기보다 싫거든요. 아무튼 방에 도착을 해서 분위기를 봐서 메시지를 보낼게요. 아무것도 안 하고 있는데 들어와 봐야 소용이 없잖아요."

옥지혜의 묘한 말에 심장이 두근거린다. 같이 호텔로 갈 듯하면서도 언제나 그냥 가버리는 바람에 얼마나 애가 탔던가.

"…메시지가 없으면요?"

"그럼 보낼 수 없는 상황이니까 최대한 서둘러야죠. 어때요, 할 수 있겠어요?"

"간단하군요. 근데 방 호수와 키는 어떻게 할 생각입니까? 쫓아간다고 해도 같은 엘리베이터를 탈 순 없잖아요."

"아! 그걸 생각 못하다니……. 임 교수님 아니었으면 큰일 날 뻔했네요. 음, 방 번호는 들어가기 전에 보낼게요. 그럼 임 교수님이 데스크에 말해서 키를 받아오거나 직원을 데리고 올라와요."

"그러죠."

사정을 얘기하면 직원과 함께 올라가는 건 가능할 것 같았다.

"더 고쳐야 할 것이 있을까요?"

"글쎄요."

20분 정도 더 얘기를 하며 세밀하게 다듬어보지만 워낙 간단한 계획이라 얘기가 맴도는 수준에 불과했다.

임동환이 할 일은 메시지를 보고 호텔 방을 급습하거나 아니다 싶으면 가만히 있으면 끝이었다.

시계를 흘낏 본 옥지혜가 말했다.

"계획은 세워진 것 같으니 이만 일어날까요?"

"그러죠. 근데 옥 교수님, 우리 이 일 끝나고 술 한잔하는 거 어때요?"

"축하주는 당연히 마셔야죠."

임동환의 제안에 싱긋 웃으며 답하는 그녀. 그러나 축하주는 마실 일이 없다는 걸 알고 있었기에 하는 빈말이었다.

옥지혜는 택시를, 임동환은 자가용을 타고 따로 호텔에 도착했다.

교수들을 위한 종강 파티인지라 컨벤션센터 입구는 꽤 화려하게 꾸며져 있었다.

옥지혜가 입구로 들어가자 막 화장실에서 나오던 성지숙이 그녀를 보고 다가왔다.

"옥 교수, 정교수 된 거 축하해."

"언니도 참, 어제 전화로 축하해 주셨잖아요."

"축하는 얼굴 보고 해야지. 어제 찾아가려고 했는데 본격적인 휴가철이라 바빴어. 그나저나 오늘 누굴 유혹하려고 이렇게 예쁘게 입고 온 거야?"

"언니야 말로 아름다우세요. 근데 안마과 이 선생님은 같이 안 오셨어요?"

"그 사람 바빠. 물론 한가하다고 해도 안 데리고 왔겠지만. 다른 과 교수들도 제법 온 것 같으니 멋진 남자 꼬셔볼까? 호호호!"

"호호호! 그래요. 들어가죠."

파티 시작 10분 전임에도 파티장 안엔 이미 많은 이들로 북적이고 있었다. 한의학과 교수들만 부르면 썰렁할 것을 염려해서인지 다른 과 교수들도 부른 것이다.

파티장을 두리번거리자 성지숙이 물었다.

"누굴 찾기에 그렇게 두리번거려?"

"한 교수요. 누가 뭐래도 제가 교수로 임용되는 데 가장 큰 도움을 줬잖아요."

"저기 있잖아."

"어디… 아!"

파티장 안에서 사람들이 잔뜩 모여 있는 곳이 있었는데 자세히 보니 그 중앙에 두삼이 있었다.

"도착하자마자 계속 저래. 스타가 따로 없다니까. 가봐. 다른 과 교수들이랑 인사도 좀 하고."

"네, 언니."

두삼에게로 천천히 다가가는 옥지혜.

가까워지자 사람들 틈으로 얘기를 하면서 웃고 있는 두삼의 모습이 보였다.

깔끔한 여름 정장 차림에 다소 거칠어 보이는 투 블록 헤어스타일을 하고 있었는데 평소와 달리 아우라가 보이는 듯한 착각이 들었다.

'하아~ 심장아, 그만 나대렴. 그가 내게 관심이 없다는 걸 알고 있잖아.'

언제부턴가 두삼만 보면 심장이 두근댔다. 그러나 함께할 수 없음을 알기에 포기하려는데 그게 생각처럼 쉽지 않았다.

내색할 마음은 없었다. 그저 바라보다가 마음이 정리되면 지금처럼 누나, 동생 하는 사이로 남고 싶었다.

"어! 옥 교수님."

그녀를 발견하고 방긋 웃으며 반겨주는 그.

다른 사람에겐 어떨지 모르지만 그녀에겐 설레면서도 가슴 아픈 미소다.

"저희 옥지혜 교숩니다. 옥 교수님, 여기 있는 분은 국문학과의 주도훈 교수님, 여기 있는 분은……."

두삼은 그녀의 대학 생활에 도움을 주려는 듯 자신의 주변에 있는 이들을 일일이 소개해 줬다. 그리고 자신의 옆으로 당긴 후 다른 교수들과 대화를 할 수 있는 기회를 만들어줬다.

20분쯤 정신없이 떠든 후에야 겨우 둘만의 시간을 가질 수 있었다.

"후~ 정신없어."

"저도 마찬가지예요. 이런 일은 도통 익숙하지가 않아서요. 그래도 노력은 해야죠. 한의학과라는 틀에만 있기엔 캠퍼스는 넓잖아요."

"괜히 파리만 꼬이는 거 아닌지 모르겠다."

"파리면 쫓아버리면 되죠. 그나저나 저기서 이쪽을 뚫어지게 쳐다보는 파리완 얘기가 됐어요?"

미련하게 돌아보는 짓은 하지 않았다.

"응. 네가 하라는 대로 다 말해놨어. 다행히 내가 전부터 지어서 한 얘기랑 비슷해서 의심은 안 하더라."

"그럼 이제 미끼를 물기만 기다리면 되겠네요?"

"그렇지. 내가 너 술 많이 먹인다고 했으니까 술이나 실컷 마셔."

"크~ 그런 얘기 왜 했어요?"

"연기는 디테일이 생명이잖아. 그러니 술 먹고 얘기하는 척하면서 내 몸을 슬쩍슬쩍 터치해."

"그건 좀……."

"네가 음흉한 사람들을 잘 모르는 모양인데 그런 인간들은 대부분 그런 식이야. 이왕 하는 거 한 번에 끝내야 하지 않겠어?"

"…다른 계획을 짤 걸 그랬네요. 아무튼 사심은 없음을 알아주세요."

"…알아. 사심 없다는 거."

현재 그녀의 등 쪽이 간질간질했다. 그러나 두삼을 바라보고 있는 앞은 어디에도 간지럽지 않았다.

"그래도 오늘은 좀 음흉한 눈빛으로 봐."

"이렇게요?"

"…혹시 나한테 원한 있니? 도끼눈은 왜 떠. 오늘밤 호텔에 데리고 가서 눕히겠다는 눈빛. 설마 여자랑 자본 적도 없어?"

"…많거든요! 그럼 이렇게요?"

"이제 좀 낫네. 그 상태로 눈이 아닌 아래쪽을 흘낏흘낏 봐."

"주문도 참 많네요."

"남자의 본능 아냐?"

"네네. 본능에 충실하죠."

두삼은 얘기를 하면서 진짜 음흉한 사람처럼 그녀의 가슴과 몸매를 흘끔거렸다.

근데 여전히 간지럽지 않았나.

그게 또 서운한 그녀다.

'저, 저! 개새끼가……!'

음흉한 눈빛으로 연신 주위를 살피며 은근슬쩍 옥지혜의 어깨, 팔, 허리를 만지는 두삼을 보고 있자니 욕이 나왔다.

자신의 여자를 뺏기는 기분이랄까.

당장 달려가 손을 비틀어 버리고 싶지만 그렇게 하면 오늘 계획은 완전히 물 건너갈 터.

'나중에도 그렇게 웃을 수 있나 보자!'

더 보고 있으면 속이 뒤집힐 것 같아 시선을 돌려 황오열을 찾았다.

최근 안마과와 무슨 일이 있었는지 안마과 얘기만 나와도 인상을 쓰며 성토를 하는 그라면 이번 일을 확실하게 크게 만들어 줄 것이다.

황오열을 찾았을 때, 그는 친한 두 명의 교수들과 얘기를 나누고 있다가 화장실을 가는 중이었다.

평소 선생이라는 단어보다 교수라는 단어를 더 좋아했기에 '황 교수님!'이라 부르며 다가갔다.

"오~ 임 선생. 파티는 잘 즐기고 있어?"

"보기 싫은 얼굴이 있어서 그냥 조용히 있었습니다."

"그럴 만도 하겠어. 요즘 TV에 나온다고 어지간히 설치고 다니더군."

"…그렇더군요. 하지만 오늘 그 실체가 까발려질지도 모르겠습니다."

"…전에 했던 얘기 말이지?"

황오열은 주변을 훑어본 후에 조용히 물었다.

"네. 오늘 아무래도 수상하다면서 옥 교수가 도움을 청해 왔습니다."

함정에 빠뜨린다는 얘기를 하진 않았다. 그저 옥지혜가 이러저러해서 도움을 청해왔는데 어떻게 해야 하나 조언을 구하는 식으로 말했었다.

"젊은 사람이 조금 인기를 얻었다고 동료 교수를, 그것도 강제로 취하려 하다니. 쯧쯧!"

"그러게 말입니다. 제가 혼자 가면 아무래도 잡아뗄 가능성이 큽니다. 그래서 함께 갈 사람을 찾다가 전에 교수님께서 도와주겠다는 말이 생각나서 왔습니다."

"안마과 놈들은 어떻게 제대로 되어 먹은 놈들이 한 명도 없는 건지. 잘 찾아왔어. 내가 도와줄게."

"감사합니다, 교수님! 그럼 제가 지켜보고 있다가 수상하면 바로 교수님께 도움을 청하러 가겠습니다."

"그렇게 해. 난 그럼 화장실이 급해서."

다소 황급한 발걸음으로 화장실로 향하는 황오열을 보며 임동환은 됐다는 듯 주먹을 불끈 쥐었다.

행사나 진행이 없이 그저 편하게 즐기는 파티인지라 차분한 분위기에서 시간이 지나갔다. 그리고 드디어 두삼과 옥지혜가 움직이기 시작했다.

'움직인다!'

지루하고도 짜증 나는 시간이었다. 하지만 곧 찡그릴 놈의 얼굴을 생각하니 약간 흥분이 됐다.

두삼이 약간의 실랑이를 벌이며 그녀를 끌고 파티장 밖으로 나가자마자 황오열에게 신호를 보냈다.

"시작됐어?"

술을 먹어서인지, 아니면 임동환처럼 두삼을 엿 먹일 생각을 해서인지 그는 다소 상기된 얼굴로 물었다.

"예. 천천히 뒤따라갈 테니 교수님은 저보다 조금 뒤떨어져 따라오십시오."

"그러지."

두 사람은 거리를 두고 두삼을 뒤쫓았다.

다행히도 두삼은 멀리 가지 않고 호텔 엘리베이터를 타고 위로 올라갔다.

"제가 키를 받아올 테니 잠시만 기다려 주세요."

"그사이에 무슨 일이 일어나진 않겠지?"

"옥 교수가 시간을 끌 겁니다."

황오열의 말에 자신 있게 말했지만 일이 벌어지려면 순식간에 벌어질 수 있었다. 그에 조급해진 그는 서둘러 데스크 앞으로 가서 문자가 오길 기다렸다.

띠링!

[1505호]

번호를 확인하자마자 데스크 직원에게 말했다.

"실례합니다. 1505호 보조키 받을 수 있을까요? 한두삼 이 사람은 쉬라고 방을 잡아놓고 방 열쇠를 주지 않으면 어쩌자는 건지."

"1505호 말씀인가요? 잠시만 기다려 주시면 확인해 드리겠습니다, 고객님."

직원은 방 번호와 예약자를 살펴본 후에 말했다.

"예약자분과는 관계가 어떻게 됩니까?"

"오늘 컨벤션센터에서 파티를 열고 있는 한강대학병원의 선배이자 직장 동료입니다. 술 먹고 잠깐 쉴 수 있도록 방을 잡아두라고 했는데, 글쎄 잡아두고 방 열쇠를 주지 않지 뭡니까."

"아! 한강대학병원 의사세요? 잠시 예약자분께 전화를 해봐도 될까요?"

"그러세요. 한데 연락이 안 될 겁니다. 제가 이미 여러 번 해봤거든요. 여기 보세요."

전화해서 만에 하나 두삼이 받게 되면 산통이 깨지게 된다. 그래서 조급한 마음을 숨기며 태연하게 자신의 스마트폰의 통화 목록을 보여줬다.

지루하게 기다릴 때 혹시나 해서 만들어둔 것이다.

전산 기록에 적혀 있는 번호와 임동환의 전화 기록이 일치하는 것을 확인한 직원은 잠시 고민하다가 전화기를 놓고 1505호 카드키를 새로 만들어 임동환에게 건넸다.

"기다리게 해 죄송합니다. 여기 있습니다."

"아! 그냥 주시는 거에요? 고맙습니다. 혹시 문제가 생기면 여기로 전화 주세요. 제가 처리하겠습니다."

임동환은 명함을 건넨 후에 카드를 받아 태연한 척 엘리베이터로 왔다.

"키는?"

"받았습니다. 1505호라니 올라가시죠."

엘리베이터에 오르자 황오열이 물었다.

"근데 얘기하고 있는데, 우리가 들어가는 거 아냐?"

"별일 아니라면 메시지를 주기로 했으니 그런 걱정은 안 하셔도 될 겁니다."

"다행이군. 설령 그렇다고 해도 동료 교수를 위해서 왔다고 하면 뭐라 못 하겠지. 도착했군."

15층이다. 이제부터는 특히 조심해야 했다. 걸리면 쪽팔린 건 둘째 치고 앞으로 극도로 조심할 터.

벽에 붙은 안내판을 보고 천천히 1505호로 향했다. 그리고 마지막 코너를 돌기 전에 멈췄다.

"여기서 잠시 기다리시죠."

"바로 들어가야 하는 거 아냐?"

"메시지가 5~10분 안에 오지 않으면 바로 들어갈 겁니다."

"미적거리다 큰일 당하는 건 아닌지 모르겠군."

옥지혜가 두삼에게 당한다는 상상은 끔찍했다. 그러나 문득 옥지혜의 피해가 크면 클수록 효과 역시 더 클 것이라는 생각이 들었다. 그래서 자신도 모르게 5분에서 10분으로 시간을 늘린 것이다.

'그래! 옥지혜보다 두삼을 망가뜨리는 게 우선이야.'

마음을 독하게 먹기로 한 그는 시계를 보며 10분이 지나길 기다렸다.

1분… 3분… 7분, 8분, 9분.

'9분이 지났어. 이 정도면 들어가도 되겠어.'

호주머니에 넣어둔 스마트폰이 진동하지 않는 걸 보면 메시지는 없었다.

"가시죠."

황오열에게 나지막이 말한 그는 코너를 돌아 곧장 1505호로 다가갔다. 그리고 카드키를 댔다.

철컹!

문이 열리는 소리가 유독 크다.

심호흡할 틈도 없이 손잡이를 돌리며 문을 열었다. 스위트룸인지 제법 긴 현관 복도를 지나며 소리쳤다.

"한두삼! 너 도대체 무슨 짓을……!"

"한 선생! 교수라는 사람이……!"

거실을 본 두 사람은 걸음을 멈추고 말을 멈출 수밖에 없었다.

두 사람이 아니라 네 사람이었고, 상상하던 일이 아닌 소파에 앉아 얘기를 나누고 있었다.

"……!"

"……!"

놀라긴 룸 안에 있던 네 명─민규식, 고웅섭, 두삼, 옥지혜─도 마찬가지.

그중 가장 먼저 정신을 차린 건 상석에 앉아 있던 민규식이었다. 그는 상황을 짐작한 듯 눈을 좁히며 물었다.

"…두 사람은 여기 무슨 일입니까?"

"워, 원장님……."

"내가 원장인 건 나도 알아요. 그 말을 듣고자 하는 게 아니라 왜 두 사람이 여기에 들어왔느냐는 겁니다. 한방센터의 황 선생이죠? 말해봐요."

"그, 그게… 한 선생이 옥 교수를 데리고 호텔로 올라가는 것을 보고… 혹시나 무슨 일이 벌어질까 싶어 따라왔습니다."

"음, 그렇게 생각했을 수도 있겠군요?"

"그, 그렇습니다! 임 선생이 목격한 후 도움을 청하기에 따라왔습니다."

황오열은 민규식이 이해한다는 듯이 말하자 용기를 내어 큰소리로 답했다. 그러나 이어지는 민규식의 말에 다시 움츠러들 수밖에 없었다.

"근데 말이에요. 들어올 때 외치는 모양새를 보니 꼭 그런 것 같지는 않군요."

"…네? 그게 무슨 말씀인지……."

"마치 한편의 잘 짜인 연극을 보는 느낌이랄까요. 동료가 험한 일을 당하고 있다고 생각하면 나라도 훨씬 긴박했을 것 같은데요."

"저, 절대 아닙니다! 임 선생, 아니라고 말씀드려."

낭패를 본 듯 인상을 구기고 있는 옥지혜를 바라보던 임동환은 황오열의 말에 정신을 차리고 대답했다.

"아닙니다. 한 선생이 싫어하는 옥 교수를 데리고 가는 모습을 보고 쫓아온 겁니다."

"그래? 한 선생 그랬나?"

'그걸 저 자식에게 물으면 어떻게 해! 거짓말할 게 빤하잖아!'

임동환은 민규식이 멍청한 질문을 한다고 생각했다. 한데 두삼의 답은 의외였다.

"놀라게 해주고 싶어 제대로 설명을 하지 않고 데리고 오느라……. 죄송합니다."

"쯧! 이곳이 호텔이라는 걸 생각했어야지. 저 사람들이 오해했을 수도 있었겠군."

"생각이 짧았습니다. 죄송합니다."

두삼의 말에 조금 전까지 매섭던 분위기가 한결 누그러졌다. 그러나 이어지는 말에 황오열과 임동환은 사색이 될 수밖에 없었다.

"한데 그래도 약간 석연치 않아. 호텔 CCTV를 살펴보면 결론이 나겠지."

"……!"

CCTV까지 생각하지 못했던 임동환은 아찔함을 느껴야 했다.

*　　　　*　　　　*

"…어쩔 거야?"

"…죄송합니다."

황오열의 원망 어린 말투에 임동환은 고개를 숙이며 사과했다.

"지금 이게 죄송하다는 말로 끝낼 문제야? 원장이 CCTV를 확인하면 임 선생이랑 난 좆되는 거야. 도대체 복도에서 10분을 기다린 이유가 뭐야!"

"……."

말을 안 했을 뿐이지 두삼을 찍어내기 위한 작업이라는 걸 황오열이 몰랐을 리가 없다. 근데 이제 와서 발을 빼겠다고 난리다.

할 말은 많았지만 현 상황이 믿기지 않는 임동환은 그저 죄송하다는 말을 반복할 수밖에 없었다.

"아무튼, 이 일은 임 선생이 책임져야 할 거야. 그렇지 않으면……."

'그렇지 않으면 뭘 어쩌겠다고? 이 인간아. 네가 당신 라인이라도 된다고 생각하는 거야?'

"각오해야 할 거야."

'각오는 무슨. 기껏해야 하찮은 라인에서 나가는 것뿐이겠지.'

입을 다문 채 속으로 타박타박 반론을 제기했다. 그러나 제기를 하면 할수록 비참함도 커졌다.

자신이 멀쩡할 때야 꼴 같지 않은 반센터장파에서 떨어져 나가는 건 문제가 되지 않지만, 오늘 일로 입지가 좁아진 상태에서 쫓겨나면 2개의 파벌밖에 없는 한방센터에서 아웃사이더가 되는 건 시간문제였다.

물론 일만 하다고 생각하면 큰 문제도 아니다. 그러나 과장이되고, 센터장이 되고, 병원장까지 해보겠다는 생각은 접어야 했다.

"에휴~ 후배 발끝도 따라가지 못하는 인간을 믿은 내가 병신이지."

벽을 보고 얘기하는 기분이 들었을까 황오열은 들으라는 듯 큰 소리로 욕설을 뱉곤 휑하니 가버렸다.

대책을 마련하려 가는 것이리라.

몸이 부들부들 떨릴 정도의 모욕적인 언사.

당장에라도 사라지는 그의 등 뒤에 욕설을 퍼붓고 싶었다. 그러나 아직 그를 원망스럽게 쳐다보는 이가 남아 있어서 참아야 했다.

"밖에서 떠들 일이 아니니 저기 카페에서 얘기해요."

황오열과 달리 옥지혜는 이성이 남아 있는 듯한 목소리로 말했다. 그러나 싸늘하긴 마찬가지다.

1층에 위치해 있지만 뭐가 문제인지 아무도 없는 카페에 들어서 창 쪽 자리에 마주 앉았다.

두 사람은 한참 동안 말이 없었다.

옥지혜의 눈빛에 녹아버릴 것 같아 입을 열려할 때 그녀가 먼저 입을 열었다.

"한 가지, 아니, 두 가지만 물어볼게요. 첫째! 왜 메시지를 확인하지 않은 거죠?"

"그건……."

처음 호텔을 나설 때만 하더라도 화를 낸 사람은 임동환이었다. 황오열이 있어서이기도 했지만 정말 화가 많이 나서 쪽팔림 따윈 생각지 않고 버럭버럭 소리를 질렀다.

'메시지를 보냈다고요!'

'보냈으면 도착을 해야지! 여길 봐! 메시지가 와 있는지 보란……! 어, 어떻게…….'

자신 있게 꺼낸 스마트폰에는 두 개의 메시지가 와 있었다.

'둘만의 자리가 아니에요. 원장님, 센터장님이 함께 있어요.'

'화장실에 들어와서 남겨요. 축하 겸 병원에서 일하는 것에 대해 상의하는 자리네요. 끝나고 봐요.'

도착 시간을 확인하니 복도에서 기다릴 때였다.

그때부터 상황은 역전됐다. 간단한 메시지조차 확인하지 못한 인간이 무슨 말을 할까.

"스마트폰을 진동으로 해놨는데… 울지 않았어요."

"하아~ 연락이 오지 않았다. 메시지가 도착을 하지 않았다. 참 편한 변명이네요."

"…정말입니다."

"설령 스마트폰이 떨리지 않았다고 하더라도 들어오기 전에 확인을 해봐야 하는 거 아니에요?"

"……."

"그런 간단한 일도 제대로 하지 못해서야……. 휴우~ 좋아요. 이미 벌어진 일 어떻게 하겠어요. 두 번째 질문을 하죠. 조금 전에 황 교수가 한 말은 뭐예요?"

"네……? 무슨……."

"밖에서 10분 기다렸다는 얘기 말이에요."

"……!"

생각지도 못한 질문. 창피함 때문에 변명 따윈 생각나지 않고 머릿속이 하얘졌다.

"메시지가 오지 않으면 5분이라고 말했을 텐데요. 설마 그것도 잊어버린 건가요? 아님……."

잠시 말을 멈춘 옥지혜는 분노로 한껏 얼굴을 일그러뜨리며 말을 이었다.

"내가 당하고 있길 바란 건가요?"

"…아, 아닙니다. 절대……."

"변명 말아욧! 그럼 메시지를 못 받았다고 하면서 10분간 밖에서 기다린 저의가 뭐죠?"

"……."

"내가 당하고 있으면 한 선생이 더 처참하게 무너질 거라 생각했나요?"

"아닙니다!"

임동환은 발악하듯 소리쳤다. 그러나 옥지혜의 눈빛은 그 어느 때보다 싸늘했다.

"제 추측이 맞나 보군요. 훗! 당신이라는 사람 참 무섭네요. 자신의 목적을 위해 동료마저 기꺼이 희생시키려 하다니……."

"……."

"훗! 귀찮게 한다고 한 선생을 망가뜨리려 했던 내가 당신을 탓해봐야 내 얼굴에 침 뱉기겠죠. 앞으로 아는 척하지 말아요. 이번 일에 대한 것은 각자 해결하기로 하죠."

옥지혜는 더 이상 말을 섞기 싫다는 듯 일어났다.

임동환은 한꺼번에 너무 많은 일이 터져 혼란스러웠지만 옥지혜를 지금 놓쳐선 안 된다는 생각이 퍼뜩 들었다.

그녀를 사랑한다는 감정 따윈 아니었다. 위기 상황을 벗어나기 위해 말을 맞춰야 했고 희생양 역시 필요하다는 생각 때문이었다.

그래서 팔을 잡으려 손을 뻗었다.

짝!

한데 닿기 전에 매서운 손이 그의 손등을 때렸다.

"더러운 손 대지 말아요. 당신보다 차라리 본능에 충실한 한 선생이 백배 나아요."

옥지혜는 다시 한번 비수를 심장에 꽂고 가버렸다.

혼자 남은 공간.

커피는 언제 주문할 거냐는 눈빛으로 보고 있는 카페 직원의 따가운 눈초리조차 느끼지 못할 정도로 패닉에 빠진 그는 나지막이 욕설을 뱉었다.

"…씨발……."

*   *   *

임동환에게서 옥지혜를 떼어내려 벌일 때 도와줄 사람으로 본래 이방익과 성지숙을 생각하고 있었다. 한데 어떻게 알았는지 민규식과 고응섭이 도와주겠다고 나섰고, 그 결과 떼어내는 것은 물론 임동환에게 큰 타격을 입혔다.

차근차근 밟아주려 했는데 발짓 한 방에 녹다운을 시켜 버렸달까.

호텔 CCTV 영상은 확보한 상태. 이제 어떻게 처리할지만 고민하면 됐다.

아무튼, 지금 제정신이 아닐 임동환을 생각하니 기분이 날 듯이 기쁘다.

'루시가 잔소리하기 전에 집중하자.'

머리에서 임동환을 비우고 채를 휘둘렀다.

따악!

공이 시원하게 하늘을 가른다.

원하는 방향에서 살짝 벗어났지만 바람의 영향인지 루시의 잔소리는 없었다. 대신 박수 소리와 함께 '나이스 샷!'이라는 말이 들렸다.

"이야! 두 번째 필드에 나온 실력이라기엔 믿기지 않는데?"

홍성학이었다.

"아부는 저기 계신 과장님께나 하세요."

"아부가 아니라 칭찬인데? 그리고 난 아부 안 해. 진심이 담긴 칭찬이랄까."

그 말 자체가 아부라고 말하려다가 그저 피식 웃고 말았다.

대부분의 사람이 먹고 살기 위해 아부든, 진심이 담긴 칭찬이든 한다. 그건 두삼도 마찬가지였다.

오늘 골프는 홍성학의 부탁으로 마련한 자리다. 안마과의 약품 선정권만으론 부족했는지 다른 과 사람을 소개시켜 달라고 했다.

그에 현재 분위기가 흉흉한 한방센터는 제외하고 가장 만만한 신경과의 김영태 교수에게 얘기를 했더니 자신은 임상 시험으로 바쁘다며 제자를 소개시켜 줬다.

"주 교수님, 타십시오. 공까지 편안하게 모시겠습니다. 한 선생도 타."

캐디를 고용하지 않아 카트 운전을 맡은 홍성학은 공이 떨어진 곳까지 운전을 했다. 그러면서 주현국 과장에게 연신 말을 걸었다.

"날씨가 더워서 걱정했는데 구름이 끼어서 다행입니다, 교수님."

"그러게요."

"말씀 편하게 하세요, 교수님. 제가 영업하느라 조금 늙어 보이지, 아직 젊습니다."

"천천히 하죠."

"하하하! 편하신 대로 하십시오. 참! 이번 홀이 끝나면 그늘집이 있으니 거기서 시원한 냉면 한 그릇 하시죠. 이곳 그늘집 상당한 맛집입니다."

영업 사원 홍성학과 자신이 아는 홍성학은 차이가 있었다.

대학교 때 그는 리더십이 강하고 활동적이며 유머러스한 이였다. 당시 미래의 그는 대기업의 팀장, 혹은 드라마에서 카리스마 넘치는 역을 맡는 배우가 될 거라고 믿어 의심치 않았다.

그러나 현실은 냉엄하다고 했든가.

영업 사원인 그는 주현국의 말 한마디에 간이며, 쓸개며 내줄 것처럼 행동하고 있었다. 두 홍성학의 괴리감에 문득문득 불편하다는 느낌과 안쓰럽다는 생각이 들긴 했지만, 절대 나쁘게 보이진 않았다.

오히려 삶에 충실한 모습에서 과거의 그보다 현재의 그가 더 크고 멋지게 보일 때가 있었다.

두삼은 두 사람의 대화에 딱히 끼어들진 않았다. 어설프게 도우려 하면 그게 오히려 독이 될 것 같았기 때문이다.

9홀을 끝내고 그늘집에서 간식을 먹은 후 나머지 9홀을 돌고 라운딩을 마쳤다.

"2차로 시원한 수제 생맥주 어떠십니까? 물론 다른 주종을 원하시면 말씀하시고요."

"아뇨. 난 됐어요. 내일 새벽부터 일해야 해서 집에 가서 쉬어야겠어요."

"하긴 내일이 월요일이니. 그럼 과일은 어떠십니까?"

"아아~ 괜찮아요. 집에 과일 많은데……."

"이곳 골프장 과일이 맛 좋습니다. 드셔보세요. 다음엔 토요일에 모실 테니 그땐 같이하시죠."

홍성학은 다른 곳에 비해 상당히 비싼 골프장표 과일을 사서 주현국의 차에 실었다.

"그럽시다. 한 선생, 병원에서 봐요."

"예, 선생님 들어가세요."

"들어가십시오. 교수님."

가볍게 목례를 하는 자신과 달리 홍성학은 머리가 땅에 닿을 정도로 떠나는 차를 향해 인사했다.

차가 완전히 떠난 다음에 고개를 든 그는 그제야 민망한지 씨익 웃는다.

"좀 그렇지?"

"뭐가요?"

"내 행동 말이야."

"별소릴 다 하네요. 그렇게 안 사는 사람이 어디 있어요. 저도 불과 3년 전까지만 하더라도 고시원에서 생활했어요. 그것도 힘에 겨워 고향까지 내려갔고요."

"니가? 어쩌다가?"

"얘기하기엔 좀 그래요. 그나저나 왜 약에 대해선 일언반구도
안 한 거예요?"

길게 얘기해 봐야 좋을 것이 없었기에 얼른 화제를 돌렸다.

"처음 만나서 '우리 약 써주세요' 하면 써줄 것 같아? 그랬으면
영업 사원들 다 부자 됐겠지."

"가장 가능성이 높은 사람이에요."

"알아. 그랬으니 네가 소개시켜 줬겠지. 근데 널 봐서 마지못
해 계약하면 오래가지 못해. 사람마다 사정이라는 게 있잖아.
만약 주 교수 친척 중에 영업하는 사람이 있으면 어떻게 될까?"

"쩝! 영업도 쉬운 게 아니네요."

"내가 영업을 해서 하는 말이 아니라 가장 기본이면서 어려운
분야가 아닌가 싶어. 영업 잘하면 어디 가도 굶어 죽지 않거든."

"하긴 세상에 영업 없는 직업은 드물긴 하죠."

의사도 영업한다.

환자가 넘치는 곳이라고 해도 병실을 채워야 하고, 의료보험
이 되지 않는 치료를 권유해야 한다. 그렇게 매출을 늘려야 제대
로 월급을 받을 수 있다.

개인 병원이라면 모를까, 병원에서 보자면 의사도 영업 사원이
나 다름없다.

"일 얘긴 그만하고 맥줏집으로 가자. 한 잔 먹고 얼른 들어가
야지. 애들이 아빠 얼굴 잊어버리겠다."

"하하! 애들한테도 접대 좀 하세요."

"후후! 그러고 싶은데 그게 잘 안 된다. 곧 휴가니 그때 와이프랑 애들한테 제대로 접대를 해야지. 주소 보내줄 테니까 따라오다가 놓치면 찾아와."

주소를 보내려고 타자를 치는 그를 보다가 문득 아빠라는 직업이 가장 힘든 직업이 아닐까 하는 생각이 들었다.

'아이들 얘기를 할 때 행복한 표정을 짓는 걸 보니 꼭 그런 것만은 아닌 것 같고.'

하란과 가정을 꾸리고 아이를 키우는 상상을 해본다. 절로 미소가 떠오른다.

"뭘 생각하기에 쪼개고 있냐? 안 가?"

어느새 차에 올라 출발하려는 홍성학이 말했다.

얼른 상상을 지우고 차에 올라 수제 생맥줏집으로 향했다.

*   *   *

"선생님! 저 1.7㎝ 또 컸어요."

이치열은 변성기가 시작되어 걸걸해진 목소리로 말했다. 처음 봤을 때의 귀여운 소년은 더는 없었다. 시키는 대로 운동을 하는지 몸도 제법 다부져 보인다.

150㎝를 돌파한 지가 사흘 전이었는데 그새 또 큰 모양이다.

"잘됐네. 먹는 건?"

"헤헤! 요즘 먹고 나면 바로 배가 고파요."

"다섯 끼도 부족한가 보구나."

이치열의 경우 특실 요리사 아주머니가 고영양, 고단백질로 하루 다섯 끼를 챙기고 있다. 그런데도 배가 고프다니 성장의 절정에 이른 모양이다.

두삼은 지갑을 꺼내 지폐 몇 장을 건넸다.

"6시 이후에 배고프면 뭐라도 사 먹으렴."

"아, 아니에요. 참을 수 있어요."

"형으로서 주는 거니까 고맙습니다 하고 받아. 1㎝라도 더 크려면 아끼지 마. 참! 운동도 빼먹지 말고."

"…고맙습니다, 선생님."

"오냐. 누워라."

근육이 붙어가는 이치열의 몸을 주무르며 내부의 호르몬을 살폈다.

성장호르몬과 대표적 남성호르몬인 테스토스테론이 적절한 균형을 이룬 채 구석구석을 돌며 성장하라는 신호를 보내고 있었다.

'이제 굳이 자극할 필요는 없겠어.'

자극하지 않아도 계속해서 만들어지고 있는 두 호르몬이다. 내일이라도 당장 멈출 수 있지만, 지금으로서는 검증되지 않은 자극을 계속하기보단 신체가 스스로 균형을 찾길 바라는 게 나았다.

성장판이 있는 팔다리 위주로 주물러 준 후에 손을 뗐다.

"운동이 부족해. 낮엔 병실에만 있지 말고 대학교 운동장에 가서 농구나 달리기, 철봉 같은 운동 좀 해."

"그럴게요. 수고하셨어요."

"그래. 모레 올 테니까 영양제, 밥 잘 챙겨 먹어라. 그리고…

아니다. 모레 보자."

두삼은 치료가 끝나면 보육원으로 돌아가게 되느냐고 물으려다 말을 삼키고 돌아섰다. 답이 빤히 정해진 질문을 해서 뭐할까.

길어야 두 달, 빠르면 2학기가 시작되기 전 퇴원을 시켜야 하는 인연이 생겨서인지 그냥 보내기가 마음에 걸렸다.

'그냥 조용히 후원하는 게 낫겠지?'

데리고 살 수도 없는 일. 남몰래 후원하는 것으로 헤어질 때의 서운한 마음을 달래기로 했다.

병실에서 나와 암센터로 향하는데 진동이 울렸다.

모르는 전화번호.

최근 유독 모르는 번호로 전화가 많이 왔다.

소외계층에게 의료를 지원하는 단체인데 진료를 해줄 수 있느냐는 전화도 오고, 좋은 여자를 소개해 주겠다는 전화도 오고 별의별 전화가 다 왔다.

받을까 말까 고민하다가 만에 하나 중요한 전화를 놓칠까 받았다.

"여보세요."

─안녕하세요. 혹시 한두삼 선배님 전화 맞나요?

앳된 여자 목소리. 그리고 선배님?

"맞는데요. 실례지만 어디시죠?"

─여긴 경해대 한의학과 사무실입니다. 다름이 아니라 이번 주 토요일에 있는 한의사의 밤에 참석해 주십사 하고 연락드렸어요.

한의사의 밤은 1년에 한 번씩 모이는 과 동문회였다.

"…글쎄요. 그날 약속이 있어서 바쁠 것 같은데요."

약속? 없다. 가기 싫을 뿐이다.

―갑작스럽겠지만 연락처를 이제야 알게 되어 연락드려요. 많은 선배님이 참석하세요. 선배님이 오시길 기대하는 분들도 많으시고요.

"미안해요, 후배님. 도저히 시간이 안 날 것 같네요. 이만 환자를 치료하러 가봐야겠어요."

―선배님! 잠시만요. 진짜 전화번호가 바뀌어 겨우 알아내서 전화한 거예요. 그러니 정성을 봐서라도 참석 부탁드릴게요.

지난 방송 때문인가? 전화번호가 바뀌었는데도 알아내서 전화하다니 말이다. 하지만 그 얘기를 들으니 더 참석하기 싫었다.

이름이 알려지지 않을 때는 모른 체하더니, 조금 알려지니 참석하라는 게 꽤 얄밉다.

하지만 전화한 이가 무슨 잘못이 있을까.

미안하다는 말을 하고 전화를 끊었다. 물론 바로 차단하는 걸 잊지 않았다.

한데 금방 자신의 바뀐 전화번호를 누가 가르쳐 줬는지 알 수 있었다.

암센터로 가는 복도를 걷는데 뒤에서 류현수가 뛰어오며 외쳤다.

"형! 잠깐만요. 얘기 좀 해요!"

"왜? 나 바빠."

"맨날 바쁘대. 누군 안 바쁜지 알아요?"

"그럼 가서 일해. 근데 뛰어다니는 거 보니까 거긴 다 나았나 보다?"

"하하! 아주 팔팔합니다. 예전의 수준으로 완벽하게 돌아왔죠. 한번 보실래요?"

"…죽을래? 얼른 용건이나 말해."

"다른 건 아니고 좀 전에 학교에서 전화 왔었죠?"

"전화번호 니가 가르쳐 줬냐?"

"예쁜 후배가 가르쳐 달라는데 어떻게 모른 척해요."

"예쁜지, 안 예쁜지 니가 봤냐?"

"목소리만 들어도 알죠. 하하하! 근데 한의사의 밤에 참석 안 하겠다고 하셨다면서요?"

"…그새 너한테 이르디?"

"도움을 청한 거죠. 혹시 그때 사건 때문에 그런 거예요?"

"알면서 왜 물어."

"에이~ 그러니 더 참석해야죠. '너희들이 무시하던 내가 지금은 이렇게 잘나가고 있다!' 하고 자랑하러 가야죠."

"…넌 거길 자랑하러 가냐?"

"당연하죠. 열에 여덟은 자랑하러 오잖아요. 애초에 안 풀린 사람들은 오지도 않고요."

맞는 말이다.

동창회든 동문회든 가보면 대부분 먹고살 만한 사람들이 참석한다. 특히 잘 풀린 이들은 비싼 외제 차를 끌고 온다.

"됐다. 자랑하기도 싫고 참석하기는 더 싫다."

"임동환 때문이라면 안 그래도 돼요. 참석하지 않는대요."

"참석할 정신이 없겠지."

"뭐 아는 거 있어요? 오늘 완전 넋이 나간 사람처럼 실수 연발이던데요. 그 잘 놓던 침도 제대로 못 놔서 환자한테 욕먹었어요."

"넌 몰라도 돼. 아무튼, 무슨 말을 하든지 참석 안 해. 오케이?"

"에이~ 가자, 형. 간 김에 내년에 인턴 좀 보내달라고 하고요. 다른 과에선 자기들 학교 출신 데려오려고 난리예요."

"쓸데없는 짓 마. 간다."

더는 듣기 싫었기에 부르는 소리를 무시하고 성큼성큼 걸었다. 그리고 속으로 중얼거렸다.

'누가 오라고 해도 안 가! 내가 가면 개다!'

정보다 원망이 많은 곳에 가봐야 짜증만 날 게 분명했다.

그러나 말조심하랬다고 이러한 결심은 퇴근 후에 걸려온 전화로 인해 깨졌다.

돌아가신 은사님의 사모님에게 연락이 왔다.

─한의사의 밤에 돌아가신 그이에 대해 추모 낭독을 할 사람이 필요하다는 연락이 와서. 생각해 보니 네가 딱 적격인 것 같아 연락했다. 올 수 있겠니?

"…네, 사모님."

도대체 사모님까지 동원해서 참석시키려는 의도를 모르겠다. 막연히 방송 출연 때문이라고 생각했지만 사실 경해대 출신으로 방송 출연한 사람은 많았다.

아무튼, 진짜 목적이 무엇이든 간에 사모님의 부탁인데 개가 되더라도 참석해야 했다.

*　　　　　*　　　　　*

문 PD의 연락을 받고 채널H 방송국에 왔다.

예능국으로 들어서자 막내 작가 이선덕이 반갑게 손을 흔들며 인사했다.

"한 선생님, 오셨어요? 지난 방송 보셨어요?"

"…네."

두삼은 쑥스럽다는 듯 검지로 볼을 긁으며 답했다.

건물 붕괴 사건의 일부가 방송이 됐는데 보다가 민망해서 고개를 돌릴 만큼 미화가 된 장면들이 많았다.

방송으로만 보면 자신이 엄청난 사람처럼 보인달까.

"그럼 실시간 검색 1위였다는 것도 알겠네요?"

"…그랬어요?"

"에? 완전 난리였는데, 확인 안 했어요?"

방송이 끝나고 얼핏 실시간 검색어에 자신의 이름이 올라와 있는 걸 봤다. 그러나 차마 살펴보진 못했다.

솔직히 악플은 무덤덤하게 볼 자신이 있었지만 칭찬 글은 얼굴이 화끈거려 도무지 볼 엄두가 나지 않았다.

얼른 화제를 돌렸다.

"약간 바빴거든요. 흠! 그런데 모레 촬영인데 웬일로 오늘 불렀대요?"

"아! 갑자기 일이 꼬였거든요. 출연자들도 그래서 오라고 한 거고요."

"무슨 일인데요?"

"저쪽 회의실로 들어가면 들을 수 있을 거예요."

그녀가 가리키는 회의실로 가자 스태프들이 다가와 마이크를 채워준다. 촬영하고 있는 모양이다.

방으로 들어서자 약속한 시각에 늦은 것도 아닌데 출연자들이 다들 모여 있다.

"안녕하세요. 오늘은 제가 제일 늦었네요."

"오! 어서 와, 우리 영웅!"

"시청률을 견인한 한두삼 선생님께 모두 박수!"

짝짝짝짝짝!

"…아, 진짜 왜들 이래요. 나 그냥 갑니다."

"와아~ 두삼이 얼굴 빨개진 건 처음 보는 거 같다. 그날은 그렇게 멋있더니."

"그러게요. 방송에선 카리스마 쩔던데. 오늘은 새색시 같네요. 하하하!"

이럴 때일수록 뻔뻔하게 나가야 놀림을 덜 받는다는 걸 아는데 도저히 뻔뻔하게 나갈 수가 없었다.

그 덕에 한참 놀림을 받아야했다.

"쑥스러워 하긴. 그날 다친 데는 없었어?"

"기절하듯이 잔 것을 제외하곤 괜찮았어요."

"진짜 그날은 역대급으로 힘들긴 했다."

붕괴 사고 이후 처음 만나는 터라 자연스레 그날 얘기로 이어졌다. 사실 그날 피곤함에 출연자끼리 얘기할 기운이 없어서 더 그랬다.

"으랏차차차차! 하는 순간 그 큰 돌무더기가 들리는데 놀라서 말도 안 나오더라고요. 만일 문 PD이 고함치지 않았다면 환자 빼는 것도 잊었을 거예요."

"난 마지막 생존자 구할 때가 가장 생각나더라. 그때 진흙투성이 구급대원이 '찾았다!' 하고 외치는데 울컥하더라니까."

"그래서 그 순간 운 거예요?"

"…뭐, 뭔 소리야! 울긴 누가 울어!"

"아까 이번 주 방영분 광고 영상 얼핏 봤는데 울고 있던데요. 하하하!"

"그건…… 빗물이야, 쨔샤!"

"옆에서 저도 봤는데 울고 계시던데요, 뭘. 빗소리에 들리지 않을 줄 아셨나 본데, 훌쩍이는 소리까지 다 들렸어요."

"아니거든! 종일 비를 맞아 감기 기운이 올라와서 그런 거거든! 이것들이 누굴 울보로 만들려고……!"

"하하하! 그렇게 믿어줄게요."

"진짜라고!"

이번 타깃은 신석호였다. 그가 방방 뛸수록 나머지 출연자들과 맞은편에서 촬영하는 스태프들의 웃음소리가 커졌다.

티격태격하면서도 그날 일을 즐겁게 말할 수 있는 이유는 일곱 명의 환자가 상처의 경중은 있지만 모두 살았기 때문이다.

짝짝!

문 PD가 박수로 편집점을 잡으며 말했다.

"갑작스러운 호출에도 다들 참석해 줘서 감사합니다. 오래 걸리진 않을 테니 끝나고 같이 식사나 합시다."

"PD님이 쏘는 겁니까?"

"PD가 무슨 돈이 있다고요. 방송국에서 쏘는 거죠."

"그럼 소고기로 먹는 겁니까?"

"고기는 돼지죠."

"에이~ 방송국에서 쏘는 건데 돼지가 뭡니까? 마블링이 별처럼 박힌 소고기 먹죠."

"작년 방송국 수천 억 적자였어요. 돼지도 감지덕지죠. 요즘 프로그램이 늘고 있는 철희 씨가 쏜다면 소 먹으러 가고요."

"…그냥 돼지 먹죠."

전철희의 입을 막은 문 PD는 모이라고 한 이유에 대해 설명했다.

"모레 촬영이 경상북도에서 진행될 거라는 건 다들 아실 거예요. 한데 갑자기 일이 생겨서 다시 고가한의원에서 찍어야 할 것 같아요."

"무슨 일인데요?"

"다름이 아니라 지난주에 고경래의 후손이라고 주장하는 사람이 나타났습니다."

"오! 축하할 일이네요. 근데 그거랑 촬영이랑 무슨 상관이 있나요?"

"불과 어제까지만 해도 상관이 없었죠. 그런데 어제 후손이라고 주장하는 또 다른 사람이 나타났습니다."

"…헐!"

"…어떻게 그럴 수가 있죠?"

"아무래도 방송 중에 언급한 고택과 고약에 대한 소유권이 문제가 된 것 같습니다."

촬영하는 중이라 문 PD는 정확한 표현을 하지 않았지만 둘 중 한 명은, 아니, 어쩌면 둘 다 고경래의 유산을 노리고 접근한 사기꾼일 수 있음을 내비쳤다.

한의학 예능이 갑자기 추리 예능으로 바뀌었다.

＊　　　＊　　　＊

방송을 보고 후손이라 주장하는 이에게 연락이 왔을 때 문 PD는 한의사협회에 연락을 해주는 것으로 자신의 도리를 다했다고 생각했다.

주장일 뿐, 사실인지 아닌지 알 수 없는데 방송에 내보내는 건 바보 같은 짓이다. 주장하는 이가 한의사협회에 후손임을 증명하고 난 후에 촬영을 해도 충분하다고 생각했다.

한데 또 한 명의 후손이라 주장하는 이가 나오자 생각이 바뀌었다. 그림이 되겠다 싶었던 것이 아니다. 사기꾼에 대해 괘씸하다는 생각이 들었다.

그래서 후손이라 주장하는 두 명에게 떳떳하다면 방송에 출연할 수 있겠느냐고 제안을 했다.

둘 중 한 명은 전국적으로 사기꾼으로 찍히고 감옥에 갈 수도 있는 상황. 사기꾼이라면 무조건 거부할 거라 생각에서였다.

한데 뜻밖에 둘 다 제안을 받아들였다.

그에 부랴부랴 다시 방송 계획을 짜야 했다.

촬영 당일, 촬영장으로 향하는 버스 안.

이틀 밤을 꼬박 새다시피 회의를 해서 거의 모든 사람들이 잠이 들었지만 문 PD는 후손이라 주장하는 두 사람의 서류를 보고 있었다.

그런데 서류를 뒤적거리는 그의 표정이 밝지 않았다.

방송국의 힘을 이용해 검찰, 경찰에 도움을 청할 때만해도 금방 가려질 거라 생각했는데 착각이었다.

서류를 봐서는 누가 후손인지 알 수가 없었다.

'쯧! 이거 시간만 버리는 거 아닌지 모르겠네.'

솔직히 문 PD 입장에선 누가 후손이든 상관이 없었다. 그저 괘씸하다고 생각해서 시작한 일이었기에 한의사협회에 맡기고 손을 떼면 그만이었다.

물론 다음 주에 재촬영을 해야 하니 출연자들과 고생시킨 스태프들에게 눈총이야 받겠지만 말이다.

'한 선생 말대로 플랜 C로 가야 하나.'

번개 모임 후 저녁을 먹을 때 어떤 식으로 촬영을 할지에 대한 의논을 주고받았다.

대부분이 지지한 플랜 A는 방송에서 여러 가지 검증을 해서 후손이 누군지 정확히 밝혀야 한다고 것.

플랜 B는 플랜 A를 확장시켜 두 팀으로 나눠 두 사람의 고향을 찾아가자는 것.

마지막으로 플랜 C는 두삼이 제안한 것으로 판단을 내리지 말고 그냥 시청자들에게 보여주는 것으로 끝을 내자는 것이다.

이왕 촬영을 하는 거라면 당연히 플랜 A, B가 주목을 받기 좋왔다.

한데 서류를 보고 있는 지금 실컷 촬영해서 2, 3주 방송했는데 결론을 내리지 못하면 용두사미가 될 것이 분명했다. 드라마든, 예능이든. 용두사미는 시청자에게 가장 큰 허탈감을 주게 마련이다.

결정은 문 PD의 몫.

창밖을 보며 한참 고민을 하던 그는 목적지인 고가한의원에 도착할 때쯤 결론을 내렸다.

'계속 자극적인 음식만 먹으면 맛을 못 느끼듯이 자극적인 영상은 앞으로 2주 동안 실컷 나가게 될 것이니 플랜 C로 간다!'

힘을 빼기로 결정했다.

"결국 안전빵을 선택하셨네요?"

주차를 하고 고가한의원으로 향하는데 노트북이 든 가방을 둘러 멘 메인 작가가 피곤한 얼굴로 말했다.

그녀의 말처럼 플랜 C는 안전빵이라는 말이 가장 어울리는 계획이다.

고경래의 후손들을 소개하고, 사고 현장을 도왔던 동네 주민들의 몸 상태를 살피며 그날 일을 훈훈하게 마무리하면 됐다.

"아무리 생각해도 누가 진짜 후손인지 알 수가 없겠더라고. 왜? 아쉬워?"

"아쉬운 게 아니라 허탈해서 그렇죠. 며칠 밤새며 회의하고 계획했던 일이 물거품이 됐으니까요."

"그럼 B로 바꿀까?"

"됐네요. 플랜 C면 딱히 할 일 없으니까 가서 눈 붙여도 괜찮죠?"

"후손들 오면 깨울 테니까. 다른 작가들도 같이 데리고 가서 자."

촬영 팀에서 카메라만 설치하면 끝이기에 쉴 수 있는 사람들은 쉬는 게 좋았다.

서둘러 온 덕분에 해가 뜨기 전에 촬영 준비를 마치고 다들 꾸벅꾸벅 졸고 있을 때였다. 20대 초반의 여자가 기웃거리다 고가한의원으로 들어왔다.

"…실례합니다."

"…아! 어서 오세요. 추릅! 너무 피곤해서 졸고 있었네요."

문 PD는 침을 닦으며 두 번째 후손이라고 주장하는 20대 초반의 고경주를 맞이했다.

고경주의 주장에 따르면 할머니―고경래의 처―가 죽은 후 탈북한 아버지 고한경이 중국 선양에 정착했고 그 후 중국 여성을 만나 자신을 낳았다고 했다.

고한경은 고경래의 세 자녀 중 막내로 그녀가 어릴 때 죽었다고 한다.

"일 없습니다. 근데 이제부터 저는 무엇을 해야 하는 겁니까?"

표준어와 북한어가 섞여서 묘한 말투를 가진 그녀는 한국어는 한국 드라마를 보고 배웠다고 했다.

"틈틈이 인터뷰하게 될 겁니다. 그리고 저희 출연자들과 하루 동안 함께 지낼 테고요."

"그렇군요. 근데… 그게 제가 할아버지 손녀라는 사실을 밝히는 데 도움이 되는 겁니까?"

"글쎄요. 한의사협회에서 나온 분이 지켜보긴 하겠지만 저희가 뭔가를 판단하기엔 어렵지 않을까 싶네요. 불편하시면 인터뷰에만 응하셔도 됩니다."

플랜 A나 B였다면 달라졌겠지만 C로 결정한 이상 쓸데없는 질문을 하지 않을 생각이다.

"…아니에요. 할아버지가 어떻게 사셨는지 느껴보고 싶네요."

"그럼 그러세요. 노담휘, 그만 졸고 이분 인터뷰 좀 따라."

"……."

"조연출!"

"…네네! 감독님."

이름을 부를 땐 꿈쩍도 안 하던 녀석이 조연출이라고 부르자 벌떡 일어났다.

"자식이 이름보다 조연출이라는 말에 반응을 더 잘한다니까. 이분 인터뷰 따라고."

"…그야 만날 조연출이라고 부르니 그렇죠. 고경주 씨, 이쪽으로 오세요."

조연출 노담휘가 고경주를 데리고 간 후 10분쯤 지났을 때 또 다른 후손 고영준이 왔다.

그는 고경주와 비슷한 나이로 인사보다 감회 어린 눈으로 집을 먼저 살폈다.

"고영준 씨?"

"…아! 죄송합니다. 아버지께서 그토록 찾으셨던 할아버지 댁이라 생각하니 아련해서요."

"…이해합니다."

문 PD는 개인석으로 고성주가 후손이라고 생각하고 있다. 이유는 고영준의 사연은 너무 작위적이라는 점 때문이다.

1.4 후퇴 때 아버지를 찾으러 남쪽으로 내려온 첫째 아들 고한수는 고경래와 마찬가지로 남북이 갈라지면서 가지 못하고 부산에 정착하게 된다.

그렇다면 고경래 고약이 유명해졌을 때 충분히 알 법도 한데 공교롭게도 유명해지기 직전 조선소에서 일하다가 머리를 심하게 다쳐 과거의 기억을 잊어버렸다고 한다.

공교로운 건 그것 말고 또 있다.

올 초 폐암으로 죽기 직전에 기적적으로 기억을 찾아 할아버지를 찾으라는 유언을 듣게 되었고, 또다시 공교롭게 TV에서 보고 할아버지임을 대번에 알아차렸다고 하니 믿음이 안 갈 수밖에.

물론 그의 말에 거짓은 없다. 고한수의 의료 기록엔 두부 손상으로 인한 기억상실증에 걸렸다는 기록이 남아 있었고, 올 초에 폐암으로 죽었다는 것 역시 사실이니 말이다.

한데 너무 공교롭지 않은가.

아무튼, 그건 문 PD의 지극히 개인적인 생각에 불과했다. 경찰도, 탐정도 아닌데 자기 생각이 맞다고 우길 마음은 없었다.

"막내야! 고영준 씨 인터뷰는 네가 해라."

"예! 감독님!"

이번엔 막내 연출을 불러 인터뷰를 하게 했다.

후손이라 주장하는 두 사람이 인터뷰하고 있는데 두삼이 도착했다.

"어서 와."

"안녕하세요. 꽤 피곤해 보이시네요."

"계획을 세우다 보니 잠을 거의 못 잤어."

"그래서 어떻게 하기로 했어요?"

"한 선생이 얘기한 대로 하기로 했어. 두 사람 서류를 봤는데 우리가 정하기엔 너무 복잡해."

"잘 생각하셨어요. 저희가 두 사람을 평가하는 건 애초에 무리였어요. 근데 두 사람 모두 후손일 가능성은 없는 거예요?"

"응, 없어. 고경주 씨의 얘기론 고경래 씨가 탈북한 것으로 되어 고초가 심했나 봐. 둘째인 딸은 어린 시절 영양실조로 죽고, 첫째는 입대 후 1년도 안 돼서 사고로 죽었대. 그다음 어머니가 죽자 탈북을 결심했대."

"…기구하네요."

"씁쓸하지. 하지만 우리가 할 수 있는 일이 없잖아."

"그야 그렇죠. 그럼 의료봉사 할 준비해야겠네요. 끝내고 어깨 주물러 드릴게요."

"한 선생이 자발적으로 해준다는 건……. 혹시 많이 안 좋은 거야?"

문 PD의 물음에 두삼은 대답 없이 미소만 지으며 방으로 들어갔다. 그는 왠지 몸이 무거워지는 것 같은 기분에 큰 소리로 외쳤다.

"한 선생! 대답을 해줘야지. 한 선생!"

*　　　　*　　　　*

사람을 상대하다 보면 사기꾼을 만나게 된다. 그럼 거의 열에 여덟은 당한다.

사기를 당하고 '절대 당하지 말아야지'라고 다짐을 해도 어느 날 또다시 최면에 홀린 듯이 돈을 내어주고 있는 자신을 발견한다.

마사지 가게에서 일할 때 그렇게 두 번 당해봤다.

객관적으로 생각하면 그렇게 당할 수 있나 싶을 만큼 어이없지만 사기를 치겠다고 노리고 들어오는 사람을 떨쳐내기란 쉽지 않다.

사기꾼의 이마에 '난 사기꾼이야!'라고 적혀 있었으면 좋겠지만 현실은 그렇지 않다.

일하는 틈틈이 고영준과 고경주 두 사람을 바라보지만, 사기꾼이라는 느낌은 어디에도 없다.

"누가 진짜 같냐?"

옆에서 간호사 역을 맡은 유민기가 열심히 일하고 있는 두 사람을 보며 물었다.

"몰라. 내가 신도 아니고 어떻게 알아."

"예감이라는 게 있잖아. 내가 보기엔 경주 씨가 진짠 거 같아."

"왜 그렇게 생각하는데?"

"고경래 의원님 사진이랑 닮았잖아."

"홋! 얼굴이 예뻐서가 아니라?"

"아니거든!"

"아니긴. 얼굴 구조로 따지면 영준 씨가 더 닮았어."

씨도둑질은 못 한다는 말이 있다.

아이일 때는 잘 모르지만 크면 클수록 확실하게 부모를 닮게 된다. 그런 면에서 보자면 고경래의 4분의 1의 피를 가진 이는 고영준이다.

눈매, 입술, 골격은 정말 비슷하다. 물론 고경래의 사진과 비교했기에 정확하다고 할 순 없다.

"…그래? 음, 네 말을 듣고 보니 그런 거 같고. 그럼 넌 고영준이냐?"

"굳이 정해야 한다면. 근데 이지선다 문제를 푸는 게 아니잖아."

"그야 그렇지. 고 의원도 참, 후손을 찾을 생각이면 화장을 하셨으면 안 되지. DNA 검사 한 방이면 끝인데 말이야."

옳은 얘기다. 그의 DNA가 남아 있었다면 왈가왈부할 필요 없이 바로 후손을 찾았을 것이다.

유민기는 뭔가 떠올랐는지 손가락을 튕기며 말했다.

"가만……. 이곳을 잘 살펴보면 고 의원님 DNA가 있지 않을까."

"워낙 오래된 집이고 관리한다고 여러 사람이 왔다 갔다 했을 텐데 남아 있겠냐?"

"있을 수 있지. 가령 저기 있는 액자 같은 경우엔 누가 손대진 않았을 거 아냐. 저기 안에 머리카락이 있으면 누구의 것일까?"

생각해 보니 꽤 괜찮은 방법이다.

비용이 조금 들긴 하지만 확실히 하기 위해 DNA가 좋았다.

한의사협회에서 못 한다고 하면 자신이 한강대학병원에 부탁하면 된다.

자신이 잠깐 생각하고 있자 유민기가 괜찮은 아이디어라고 생각하는지 물었다.

"좋은 생각이지?"

"괜찮은 것 같다."

"그럼 내가 얼른 찾아볼게."

"저 친구들 모르게 해. 기분 나쁠 거 아냐."

"아니지. 오히려 티 내고 해야 사기꾼이 도망갈 거 아냐."

"글쎄다. 들킨다고 도망갈 것 같진 않은데. 착각했다고 말하며 태연하게 떠나지 않을까 싶다."

"그야 모르지. 아무튼, 난 찾아볼게."

"그래라. 손님도 없는데."

오전에 잠깐 주민들이 밀려와 얼굴마사지를 하며 사고 당일 얘기를 하고 돌아갔다. 그러고는 띄엄띄엄 한두 명씩 왔다.

홍보하지 않으니 밀려올 가능성은 희박해 보였다.

하릴없이 앉아 있자니 절로 하품이 나온다. 그 모습을 보고 문 PD가 말했다.

"하릴없으면 저기 두 사람에게 고약 만드는 법이나 가르쳐 줘."

"그래도 돼요?"

"고경래 고약은 특허권이 있어. 그리고 설령 없다고 해도 고약으로 돈 벌긴 힘들다며?"

"그야 그렇죠. 이미 제약 회사에서 만드는 고약도 있고요. 하긴, 만드는 비용이 더 들어갈 테니."

대량화, 기계화한다면 모를까 수작업을 한다면 배보다 배꼽이 클 수밖에 없었다.

"그래도 저희 마음대로 하는 건 예의가 아니니 한의사협회에 물어봐요."

"알았다."

문 PD는 한의사협회에 연락해서 물어 허락을 받았다.

허락을 받은 이상 망설일 이유가 없었다. 두삼은 기본적인 준비를 마친 후 두 사람을 고약 제조하는 곳으로 불렀다.

"고경래 의원님이 고약을 제조하던 곳입니다. 두 분 모두 한의사가 아니라서 개인적으로 만들어 판매할 수 없겠지만 한번쯤 배워두는 것도 나쁘지 않을 것 같은데 어떠세요?"

"당연히 좋습니다."

"저도요."

"무척 힘들 겁니다. 엄청 오랫동안 저어야 하거든요."

"상관없습니다."

"좋습니다. 솥에 하는 건 무리니 냄비에다가 하는 거로 하죠. 먼저 약재 고르는 것부터 간단히 설명하죠."

후손이라 주장하는 두 사람은 처음엔 잘 따라 했다. 그러나 냄비에 한다고 해도 6시간 동안 저어야 하는 것에 변함이 없었다.

"…저기요. 이거 언제까지 저어야 하나요?"

40분쯤 지나자 고경주가 힘이 들었는지 물었다.

"5시간 20분쯤 더 저어야 해요."

"네?"

"화장실에 가고 싶거나 식사할 땐 교대해 드릴게요."

"그렇다고 해도 5시 20분은 너무… 벌써 팔이 저릿저릿합니다."

보아하니 하기 싫은 표정이다. 유형의 유산이 필요한 거지 무형의 유산은 필요 없나 보다.

"하기 힘들면 그만하셔도 돼요."

"정말이요? 그럼 그만하고 다른 거 할게요. 이건 여자가 하기엔 힘든 일 같아요. 잘 배웠습니다."

고경주는 주걱을 놓고 그대로 나가 버렸고, 두삼은 고약이 망가질까 얼른 가서 주걱을 잡았다. 그녀와 비교하면 고영준은 아직 무리 없이 젓고 있다.

"안 힘드세요?"

"네, 아직까진. 근데 이렇게 여섯 시간을 젓는다니 어지간한 인내로는 힘들겠어요."

"이러한 정성이 약재의 효능을 극대화하는 거죠. 힘들면 말씀하세요."

"하하! 아직까진 재미있습니다. …할아버지는 매일 이런 일을 하셨겠죠?"

"아마도요."

"그럼 한번 끝까지 해보고 싶네요."

"언제든 멈추셔도 돼요."

끝까지 제대로 할 수 있을지는 의문이다. 그러나 아직까진 그만두고 싶다는 생각은 없어 보였다.

"두삼아, 영준 씨. 교대해 줄 테니까 식사해요."

두 시간쯤 지나자 이경철과 유민기가 식사를 마치고 교대하러 왔다.

"잘 저을 수 있겠어?"

"30분 안에 먹고 와. 더 이상은 못 버텨."

"그 정도면 충분해. 영준 씨 가시죠."

"…아뇨. 전 끝나고 먹을게요."

고영준은 냄비에서 얼굴도 떼지 않고 말했다. 다시 한번 권하려다가 집중하는 모습에 그냥 나왔다.

저녁은 밥 차였다.

뷔페처럼 원하는 것 몇 가지를 골라 야외 테이블에 앉았다. 막 숟가락을 드는데 맞은편에 문 PD가 앉았다.

"이제 밥 먹냐?"

"PD님은 왜 이제 드세요?"

"하암~ 쩝! 고약 젓고 있는 걸 보는데 눈이 절로 감기더라."

"보고 계셨어요?"

"응, 방에서."

"설마, 그거 테스트 같은 거였어요?"

"뭐, 일종의……. 다들 고경주가 후손이다, 고영준이 후손이다, 말들이 많기에 가볍게 해본 거야."

"그래서 아시게 됐어요?"

"한 선생 말처럼 신이 아닌 이상 알 수 없지. 다만 생각이 바뀌었어. 고경주라고 생각했는데 고영준이 후손이 아닐까 생각해."

"왜 그렇게 생각하는데요?"

"그냥 느낌적인 느낌. 고약을 만들 때 표정 봤어? 할아버지를 느끼고 싶어 하는 손자의 모습이랄까."

"너무 감성적이라 생각하지 않으세요?"

"의사는 어떤지 모르지만 방송하는 사람은 감성적이어야 해. 그래야 시청자의 감성을 이해하지."

"아, 네~"

"한 선생 생각은 어때? 여전히 고영준?"

"제 생각이 무슨 의미가 있어요?"

"누군지 밝히라는 게 아니라, 그냥 의견을 묻는 거야. 시청자들도 두 사람 중 누가 후손일지 우리랑 비슷하게 궁금할 거 아냐."

"악마의 편집이라도 하려고요?"

"후후! 한 선생도 그런 거 믿는 줄 몰랐네. 근데 악마의 편집이라는 거 대부분 출연자 착각이야."

문 PD는 샌드위치와 우유를 한 모금 마신 후 말을 이었다.

"한때 그걸로 유명해진 프로그램이 있긴 했지. 하지만 이미 유행이 지났어. 편집 팀이 연예인도 아닌, 일반인 편집에 심혈을 기울일 정도로 한가하지 않아. 그저 TV를 통해 자신이 숨기고 싶어 했던 모습까지 적나라하게 드러나니까 발끈하는 것뿐이야."

"…그런가요?"

"뭐 아직까지 하는 PD들도 있겠지. 한데 난 아냐."

"70%"

"응?"

"고영준이 후손일 가능성이요. 70%라고요".

"이유는?"

"느낌적인 느낌이요. 전 이만 일어나 볼게요. 민기가 슬슬 팔 아프다고 투덜거릴 시간이네요."

말 그대로 느낌적인 느낌일 뿐이다. 고경주가 진짜 후손일 수도, 둘 다 아닐 수도 있다.

'아! 화장실.'

앞으로 세 시간 넘게 저으려면 비울 건 비우고 가는 게 좋았다.

고가한의원의 화장실은 두 개로 실외에 하나, 실내에 하나가 있다. 실외 화장실의 경우 여느 음식점의 화장실처럼 문을 열고 들어가면 소변기가 두 개가 있고 안쪽으로 칸막이로 된 좌변기가 있다.

무심결에 문을 열고 들어갔는데 좌변기 쪽에서 소리가 들렸다. 중국어를 하는 여자 목소리. 고경주였다.

앗! 뜨거 하는 마음에 얼른 밖으로 나왔다.

"쯧! 조심성 없이. 안에 있을 때 누가 왔다 갔다 하면 신경도 안 쓰이나 보네."

기다릴까, 실내로 들어갈까 고민하다가 실내로 들어가려 발걸음을 돌리는데 뛰어난 청각으로 고경주의 목소리가 들렸다.

"…걱정하지 마. 금방 끝내고 갈 테니까."

'헐! 조심성 없는 게 한 가지 더 있었네. 중국어라고 못 알아들을 거로 생각했나? 아니면 원래 시끄러운 언어라서 그런가.'

대수롭지 않게 여기고 가려는데 이어지는 말이 귀에 박혔다.

"들킬 염려 없어. 북에서 탈출한 가족에게 직접 들은 얘기에 살짝 양념을 더한 거니까. 큰아들의 자손인 듯한 남자가 있지만, 어차피 말로 증명하는 거라면 내 말을 더 신뢰할 수밖에 없어."

귀를 더 쫑긋 세우고 들었다.

"어쨌든 차지하기만 하면 집 가치가 3억쯤 된다니까 2억 5천 쯤에 내놓으면 금방 나가겠지. …훗! 설령 안다고 해도 상관없어. 저들이 어쩔 건데? 나야 착각했다고 하면 그만이야. …맞아. 재미있어. 특히 멍청한 인간들 속일 때마다 짜릿짜릿해. 호호호!"

말을 듣고 있자니 화가 났다.

'재미있어? 짜릿해?'

죽은 자를 모욕하고, 산 자를 희롱하는 것이 그리 재미있을까? 듣지 못했다면 모를까 들은 이상 이 사실을 문 PD에게 알려야 했다.

짜증 나는 건 그녀 말처럼 들킨다고 해도 헷갈렸다고 하면 별다른 처벌 없이 풀려날 가능성이 크다는 것이다.

'적어도 두 번 다시 사기를 치면서 재미있다는 말과 짜릿하다는 소리는 못 하게 해야겠지?'

덜컹!

생각을 정리하는데 화장실 문이 열렸다. 그녀는 잠깐 놀란 표정을 지었다가 어색한 듯 살짝 고개를 숙이며 지나가려 했다.

"잠시만요."

"네?"

순진한 표정으로 돌아보는 그녀. 연기력이 참 좋다.

"잠깐 맥 좀 잡아봐도 될까요?"

"왜요?"

"아까 고약 저을 때 보니까 자세가 조금 이상하더라고요. 혹시 가끔 오른쪽 어깨가 저리지 않아요?"

"…아뇨. 그런 거 없어요."

"음, 그럼 아직 만성은 아닌가 보네요. 자세 교정을 하면 금방 고칠 수 있겠어요. 양손을 앞으로 뻗어봐요."

"…네."

"자! 내가 동시에 누를 테니 버텨봐요."

고경주에게 거짓말로 사람을 현혹해 사기 치는 능력이 있다면, 두삼에겐 의학적으로 사기를 칠 수 있다.

왼손에 기운을 두르고 그녀의 오른팔을 누르자 왼팔과 달리 힘없이 아래로 떨어진다.

"이거 봐요. 누르는 힘은 같은데 오른팔이 힘없이 떨어지죠. 얼른 고치지 않으면 팔이 안 올라갈 거예요. 이제 맥을 잡아봐도 되겠어요?"

그녀는 팔을 내밀었고 두삼은 기운을 이용해 짜릿한 느낌의 신경을 끊어버리고 고통을 느끼는 신경에 연결해 버렸다.

'유예린 케이스를 이렇게 유용하게 이용하게 될지는 몰랐네.'

"자! 어깨의 혈 몇 곳만 누를게요."

형식적으로 어깨를 가볍게 주무른 후 끝을 냈다.

"다 됐어요."

"…나은 건가요?"

"일단은요. PD님에게 말해놓을 테니까 될 수 있으면 오른손 사용은 자제하세요."

내답을 듣지 않고 화장실로 들어갔다.

시원하게(?) 볼일을 마치고 고약 제조실로 갔다.

고영준은 땀을 뻘뻘 흘리면서도 여전히 같은 속도로 젓고 있었다.

"왜 이제 와? 팔 끊어지겠다. 얼른 교대해 줘."

"엄살은. 볼일 잠깐 봤어. 수고했어."

"고약은 만드는 과정이 고약하다, 정말."

"…그게 웃으라고 하는……."

"하하! …하하하! 하하하하."

웃음소리는 바로 옆 고영준의 입에서 나왔다.

"얜 웃는데?"

"민기 네 말 때문에 웃는 게 아니야."

"하하! 이 냄새였어요. 아버지가 돌아가실 때 돼지갈비 냄새를 맡고 싶다고 하셨거든요. 왜 그런 소릴 했나 했는데……. 이 냄새를 맡고 싶었던 거였어요. …하하."

기쁜 걸까, 슬픈 걸까? 땀일까, 눈물일까?

그는 연신 '이 냄새야!'라고 중얼거리며 젓기를 멈추지 않았다.

'돼지갈비 냄새라……. 듣고 보니 그러네.'

동물성 기름과 한약재에 든 당 성분이 서서히 열에 의해 구조가 바뀌면서 나는 냄새였다.

'백… 아니 90%.'

고영준의 모습이 연기일 리 없다고 생각하지만 그래도 사람 일이란 모르는 일이니 10%의 의심은 필요한 거 같다.

　　　　　*　　　　　*　　　　　*

"이건 어때?"

두삼은 시원해 보이는 파란색 넥타이를 와이셔츠에 대며 물었
다.

ㅡ별로 안 어울려.

"그럼 이 알록달록 넥타이는?"

하란의 얼굴이 보이는 TV를 보며 다시 물었다.

ㅡ촌스러워 보여.

"이 회색은?"

ㅡ음, 다른 사람들 기를 팍 죽여놔야 하는데 어울리는 게 없
네.

"…기죽이러 가는 게 아니거든."

ㅡ두 번 다시 오빠한테 허튼수작 못 부리게 해야지. 다른 양
복을 입어볼까?

연인 관계에 비밀은 없어야 한다고 생각해서 과거 얘기를 했
는데 괜히 했나 보다. 가만히 보면 하란은 의외로 다혈질이다.

'그래서 요가를 한 건가?'

뭐, 그래도 귀엽다.

바쁜 그녀가 1시간 동안 골라준 옷은 스카프를 타이처럼 목
에 걸치고 셔츠의 단추를 두어 개 푼 세미 정장 스타일.

화려한 차림이라 다소 낯설고 어색하다. 그러나 멋져 보인다
는 하란의 말에 그냥 입고 가기로 했다.

집 근처의 제법 이름 있는 미용실에 들러 머리까지 세팅을 하

고 나자 스스로가 봐도 괜찮아 보인다.

'훗! 나르시시즘 초기 증상인가.'

일이 있을 때만 이러지 말고 데이트할 때 가끔 이렇게 하고 다녀야겠다는 생각하며 미용실을 나왔다.

아무리 가기 싫었던 곳이라 해도 일단 가게 된 이상 술을 마시게 될 터. 택시를 타고 경해대로 향했다.

언제부터인가 대학들은 건물 짓고 주차장을 만들어 장사하기 여념이 없다. 이유야 붙이기 나름이겠지만 잔디밭에서 기타를 치며 술을 마시는 옛 대학의 낭만(?)은 더 이상 없다.

경해대도 마찬가지다.

봄이면 벚꽃으로 뒤덮이던 캠퍼스는 불과 몇 년 사이에 콘크리트 건물들이 우뚝우뚝 솟아 있다. 오기 싫었던 곳이지만 선후배, 동기들과 밤새 얘기하며 술을 마시던 공원이 사라진 것을 보자 착잡하다.

전엔 대운동장의 일부였던 건물로 들어서자 건물 9층에서 행사가 있다는 안내판과 안내인으로 보이는 두 명의 남녀가 보인다.

두 사람은 자리에서 일어나 인사를 했다.

"안녕하세요! 한의사의 밤에 오신 선배님이세요?"

"그래요."

"저흰 재학생이니 말 편하게 하셔도 됩니다. 성함 확인하겠습니다. 몇 학번 누군지 말씀해 주시겠어요?"

두삼은 학번과 이름을 말했다.

"한두삼 선배님……. 아! 혹시 '전설을 찾아서'에 나온 선배님이시죠?"

명부를 뒤적거리다가 갑자기 생각이 난 건지 부담스럽게 눈을 반짝이며 물었다.

"그런데요?"

"왁! 선배님 팬입니다."

"저도요! 어제 방송도 봤어요."

"아, 네. 고마워요."

"선배님, 혹시 괜찮으시다면 사진 한 장 같이 찍을 수 있을까요?"

"하하……. 그래요."

멋모르는 학생들에게 과거의 일을 대입시킬 만큼 옹졸하진 않았다.

사진을 찍은 후 학번과 이름이 적힌 명찰을 받고 9층으로 올라갔다.

입구 로비에 같은 옷을 입고 아르바이트생 중 한 명이 다가왔다. 그리고 명찰을 흘낏 보곤 말했다.

"자리로 안내해 드릴게요."

넓은 홀 안 앞쪽으로는 8명이 앉을 수 있는 둥근 테이블이 수십 개가 넘게 놓여있고, 뒤쪽으로는 다과를 즐기며 자유롭게 얘기를 나눌 수 있는 공간이 마련되어 있다.

이른 시간이라 소수의 사람만 와 있었는데 그들 대부분은 뒤쪽에서 삼삼오오 모여 얘기를 나누고 있다.

두삼의 테이블은 앞에서 두 번째 라인의 맨 우측 테이블이었다. 테이블 위엔 명찰과 마찬가지로 학번과 이름이 적힌 푯말이 놓여 있었는데 누구와 함께 자리하게 되는지 대번에 알 수 있었다.

'다행히 사모님 옆자리네.'

나머지 여섯 개의 푯말 중 신경 거슬리게 하는 이름이 두어 개 보였지만 몇 시간만 버티자는 생각으로 무시했다.

스마트폰을 꺼내 평소엔 보지 않던 영상을 보며 시간을 죽인다. 한데 서너 편 봤을 때 누군가가 다가와 어깨를 툭툭 건드렸다.

돌아보니 나이 지긋한 분이 빙긋 웃는다.

두삼은 그가 차고 있는 명찰을 보고 얼른 일어났다. 30년 차이가 나는 선배였다. 일부러 선배들을 찾아다니며 인사할 생각은 없었지만 그렇다고 찾아오는 사람에게까지 거부하는 건 예의 없는 짓이다.

"후배님이 요즘 TV에 나오는 한두삼 선생이죠?"

"예! 처음 뵙겠습니다, 선생님."

"허허! 뭘 그리 딱딱하게 굴어요. 편하게 선배라고 부르세요. 혹시 시간 괜찮으면 차 한 잔 어때요?"

"그러시죠. 말씀 편하게 하세요."

"정식으로 인사를 한 후에 그러죠. 허허!"

맘씨 착한 할아버지 얼굴을 한 그는 표정만큼이나 신사였다.

그는 비슷한 또래가 모여 있는 무리로 안내했다.

"오! 요즘 애들 말로 한의학계의 핫한 한두삼 후배 아닌가."

"아! 아까 TV에 나온다는 이가 이 친구야?"

"그래. 어제 방송 봤는데 실력이 보통이 아니더군. 우리가 이 친구에게 한 수 배워야 할 정도야."

"인기 스타를 여기서 보는군. 반가워, 후배."

열렬한 반응에 몸 둘 바를 모르겠다.

"처음 뵙겠습니다, 선배님들."

"너무 긴장하지 않아도 돼. 다들 나이만 먹었지 철이 없는 사람들이거든. 하하하!"

웬만한 사람은 소화하기 힘든 밝은 원색 양복에 백구두를 입은 이가 어깨를 팡팡 치며 말을 이었다.

"근데 어제 방송 보니까 독특한 방식으로 전신마취를 하던데 어떻게 한 건가?"

"그건……."

대답하려는데 데리러 왔던 노인이 먼저 말을 꺼냈다.

"나이를 먹더니 예의는 어디다 갖다 버린 모양이네. 일단 인사부터 하고 질문들 하게."

"선배님도 참. 명찰을 달고 있는데 일일이 인사하는 게 더 우습죠. 혹시 동문회장이라고 자랑하고 싶으셔서 그런 거라면 제가 자랑해 드리죠. 이분은 현 동문회 회장님인 송부성 선배님. 이쪽은 총무, 나머지는 그냥 떨거지들."

"허어~ 말하는 꼬락서니 보소. 떨거지라니? 난 엄연히 연락부장이라는 직책을 가지고 있어."

"헐! 전화 거는 게 언제부터 직책이 된 건지."

나이 든 분들이 입은 여느 젊은이 못지않았다. 게다가 얼마나 말이 많은지 10분 동안 인사를 한 게 다다.

다시 한번 송부성이 나선 후에야 조용해졌다.

"시끄러워! 나들 기운이 입으로만 보였어? 후배가 뭐라고 생각하겠어. 미안허이. 평소에는 안 그러는데 젊은 후배가 끼니 자신들이 젊다고 생각하는 모양이야."

"하하……. 괜찮습니다."

"차는 어떤 것으로 마시겠나?"

"제가 가져오겠습니다."

누가 가져다주는 것이 더 불편했다. 얼른 믹스 커피를 타서 돌아왔다.

"원두커피도 있는데 그걸 마시지 않고?"

"전 이게 더 좋더라고요."

"얼굴은 대학생인데 취향은 우리 과군. 허허! 근데 말이야 나도 궁금했는데 TV에서 보니 전신마취가 임동환 군이 하는 것과 조금 다르던데?"

처음 한방센터가 생겼을 때 만들었던 마취 침은 임동환이 제일 잘하는 관계로, 마치 그가 만든 것인 양 각종 학술회에서 발표됐다. 그러다 보니 마취 침하면 임동환을 떠올리는 건 어쩌면 당연했다.

명예보단 실리를 택했기에 아깝다는 생각을 하진 않았다. 그러나 이젠 그의 모든 것을 뺏기로 한 이상 대답을 망설일 이유가 없다.

"전에 만든 마취 침으로는 제대로 찌를 수 없었거든요. 그래서 다른 방식을 이용했습니다."

"하긴 방법이 하나는 아닐 테니. 가만… 방금 후배가 만든 것이라 했나?"

"네. 중국에서 마취 침을 배웠는데 다소 위험한 부분이 많더라고요. 그래서 한강대학병원에서 몇 차례 시술해 본 후에 안전한 방식으로 바꾸었죠."

"……."

"하하! 안 믿기셔도 사실입니다. 아님, 제가 어떻게 갑자기 새로운 방법을 선보일 수 있었겠습니까?"

"험! 믿기지 않아서가 아니라 갑작스러워서."

"하긴 누가 만들었다는 게 뭐가 중요하겠습니까. 그저 과거의 지식을 이용한 것뿐인데요."

당장에 믿지 않아도 상관없다. 어차피 자신 말고는 아직 마취 침을 새롭게 만들 사람은 없으니 결국엔 믿게 될 것이다.

"그럼, 출혈을 잡은 건 어떻게 한 거야?"

"할아버지께 배운 방법입니다."

"허허! 할아버님이 대단한 실력자셨나 보군. 언제 출혈 잡는 법에 대해 한번 보여주면 안 되겠나?"

"그러십시오."

"난 돌 들어 올리는 게 신기하던데. 그건 어떻게 된 거야?"

"그건 운이 좋았습니다."

선배님들은 TV를 보면서 궁금한 것이 많았나 보다. 한의사들이라 의학적인 질문이 많아 대부분 얼버무려야 했지만, 그렇다고 해서 꼬치꼬치 캐묻진 않았다.

도대체 언제쯤 질문이 멈출까 싶다.

다행히 사람들이 점점 몰려오면서 인사를 받느라 선배들이 바빠지면서 질문이 사라졌다.

이때다 싶어 자리로 가셨다고 말했다.

"선배님들, 말씀 나누세요. 전 이만 자리로 가보겠습니다."

"응, 그래. 참! 동문회 회비는 언제부터 낼 거야?"

"……"

"슬슬 자리 잡아가니 이제 후배들과 학과를 위해 조금씩 노력할 때 되지 않았나? 뭐, 지금은 동문회비 내고 열심히 참여하는 정도면 충분해."

그냥 그러겠노라 하고 자리로 돌아갔어야 했다. 한데 학과라는 말에 울컥했다.

"…싫은데요."

"응? …싫어?"

"네. 차라리 개인적으로 선배님들에게 술을 사고 후배들에게 장학금을 주겠습니다."

"……"

"경해대 한의학과가 저에게 뭘 해줬는데요? 주기는커녕 오히려… 후우! 아닙니다, 죄송합니다. 제가 괜한 소리를 했네요. 개인적으로 한번 모시겠습니다. 그럼."

더 뱉지 않고 삼켰다.

기껏 점수 따려다 오히려 점수를 왕창 잃은 꼴이다. 그래도 후회는 없다. 이렇게까지 했으니 더는 귀찮게 하진 않을 것이다.

두삼은 고개를 숙인 후 돌아섰다.

한데 두삼의 생각과 달리 내내 좋은 사람처럼 웃고 있던 송부성이 표정을 굳힌 채 두삼의 뒷모습을 바라보고 있다.

다른 사람들도 황당하긴 마찬가지.

"저 친구 갑자기 왜 그런대요?"

"…글쎄."

"괜찮은 친구라 생각했는데……. 근데 말 들어보면 학과에 무슨 불만이 있는 것 같지 않아요?"

"그러게. 무슨 일이 있었기에 저렇게 화가 난 거지? 김 총무."

"네, 선배님."

"한두삼 저 친구에 대해 제대로 알아봐. 도대체 과에서 무슨 일을 했기에 졸업생이 동문회조차 나오기 싫어하는지. 철저하게!"

"알겠습니다."

소위 명문이라 불리는 대학, 혹은 학과 동문회의 힘은 총장과 학과장을 바꿀 수 있을 만큼 강하다. 특히나 우리나라처럼 인맥을 중요시하는 분위기에서 동문회에서 찍히는 건 매장되는 것이나 다름없다.

자신의 전공을 살리지 않는 일을 하면 모를까 전공과 관련된 일을 하면 선후배들과 얽힐 수밖에 없다.

수십 년간 만 명이 넘는 졸업생을 배출한 경해대 한의학과도 다르지 않다.

수백억의 건물이 동문회의 이름으로 세워지고 매년 수십억의 기부금이 모인다. 그리고 그것을 관리하고 집행하는 이가 동문회장이다.

특히 송부성은 30년 전 한의사 생활을 하며 번 돈을 땅과 건물에 투자해서 어마어마한 부를 축적한 이로 말년을 모교와 후배 양성에 힘을 쓰고 있다.

그런 그가 자신의 과거에 관심을 가지게 되었다는 것을 모르는 두삼은 자리로 돌아왔다.

한데 자리에 앉으려 할 때 또 다른 이가 아는 척하며 다가왔다.

"한두삼?"

"……."

돌아보니 아는 얼굴이다. 6년간 같이 밥 먹고 술 먹고, MT 다니고, 스터디도 같이 했던 동기.

휴가를 받아 위안이라도 얻을까 하고 학교를 찾았을 때가 떠오른다.

'그 새끼 잘난 척할 때부터 알아봤다. 결국 학과 이름에 똥칠을 하는구나.'

면전에서 들은 얘기는 아니지만 우연찮게 들었다.

그땐 제정신도 아니었고 자존감이 지하 100m까지 떨어진 때라 '내가 대학 다닐 때 잘난 척을 했었구나'라고 자책을 하고 돌아섰다.

그러나 정신을 차렸을 때 학교에서 들었던 얘기들이 분노가 되어 돌아왔다.

도대체 자신이 그들에게 무슨 피해를 줬다고 그런 말을 했을까.

잘난 학과의 명예를 더럽혔다고? 대학교 때 잘난 척하던 게 꼴 보기 싫어서?

솔직히 모르겠다.

다만 그들이 그렇게 생각을 했으니 학과의 이름을 알리려고 애쓸 필요가 없고, 꼴배기 싫은 얼굴 보여주지 않기로 했다.

"나 모르겠냐? 나향하. 잘나간다고 동기 얼굴까지 잊어버린 거냐?"

"아주 잘 알아. 근데 왜?"

"…그냥 인사나 하자는 거지. 어쩨 너 좀 변했다?"

"속마음을 알게 됐으니 변해야지. 잘난 척할 때 알아봤다며? 학과 이름에 똥칠한 나랑 아는 척해봐야 너한테 좋을 거 없다."

"……"

"앞으론 모른 척하면서 살자."

나향하는 과거 자신이 뱉었던 말을 기억하지 못하는지 황당한 표정으로 돌아섰다. 때린 놈은 기억을 못한다더니 딱 그 꼴이다. 속이 시원했다. 그러나 한편으로 스스로가 찌질하게 느껴졌다.

'이제 잊고 살자. 학과에 대해서도, 뒷담화했던 인간들에 대해서도.'

별일도 아니고 별 볼 일도 없는 사람들에게 감정 소모를 할 만큼 한가하지 않았다.

70. 순회 진료

나향하에게 정 떨어지게 말한 것이 주효했는지 주변에 서성이는 몇 명이 보였지만 다가와 말을 거는 사람들은 없다.

　그러나 그것도 잠시, 류현수가 왔다.

　"형, 안 온다더니 왔네요? 하하하!"

　"그렇게 됐다. 은수는 같이 안 왔어?"

　"은수는 동기들이랑 수다 떨고 있어요. 근데 오자마자 한 건 제대로 했나 봐요?"

　"뭐가?"

　"잘난 척 쩐다고 말 걸지 말라는 얘기가 돌던데요."

　"훗! 그렇게 보였을 수도 있겠네. 뭐, 상관없다."

　"형 마음 이해 못 하는 건 아닌데, 그때 사건이랑 관계없는 애들까지 밀어내진 마요. 내가 학교에 올 때마다 형에 대해 얼마나 좋은 말을 많이 해줬는데요."

"네가 행여나 그랬겠다. 흉이나 보지 않았으면 다행이지."

"너무 칭찬만 하면 인간미가 없잖아요. 그래서 쬐금 했어요."

"…뒷담화가 언제부터 인간미가 된 거냐?"

"하하! 아무튼, 여기 끝나고 술 한잔해요. 후배들이 형 소개해 달라고 난리예요."

"싫어. 사모님 부탁 아니었으면 애초에 오지도 않았을 거야."

"아이~ 소개시켜 주겠다고 했단 말이에요. 내 얼굴을 봐서라 도 가요."

"이게 어디서 되지도 않는 앙탈이야. 그리고 네 얼굴 보니 더 가기 싫다."

"진짜요? 알았어요. 허락하기 전까지 오늘 형 옆 자리에 딱 달 라붙어 있을 거니까 알아서 해요."

"……"

협박거리도 안 되는 걸로 협박을 한다. 근데 류현수가 하면 협 박이 되는 이유는 일단 한다고 말하면 끝까지 하는 녀석이기 때 문이다.

본과 2학년 때였나, 류현수는 용돈을 받으면 후배들에게 금세 다 써버리고 종종 차비를 달라고 했는데, 그날따라 고향집 간다 고 돈을 달라고 하기에 버릇을 고쳐주려고 주지 않았다.

한데 그때 류현수는 주지 않으면 걸어가겠다는 되지도 않는 협박을 했었다. 고향이 부산인 녀석이 그런 말을 하니 어이가 없 어서 걸어가면 한 달 동안 술을 사겠다고 말하며 비웃었는데 다 음 날부터 일주일간 얼굴을 보지 못했다.

걸어서 진짜 고향집까지 다녀온 것이다. 집에 전화를 걸어 차비를 보내달라고 해도 됐을 텐데 말이다.

처음엔 고집 때문에, 다음엔 한 달간 술을 얻어먹기 위해, 마지막엔 재미있었다나?

류현수가 정상적인 인간이 아님을 그때 알았다. 그리고 그런 인간은 상대하기보단 피하는 게 상책이다.

"…알았으니까 그만 너 자리로 가."

"허락한 거죠?"

"그래."

그냥 잠깐 귀찮은 게 났다 싶어 그러겠노라 말하자 그제야 만족한 얼굴로 다른 테이블로 간다.

고개를 절레절레 흔드는데 비어 있는 테이블에 누군가가 앉는다. 처음 보는 얼굴이지만 열세 학번 위였기에 꾸벅 인사를 했다.

그는 살짝 고개를 빼며 푯말을 보더니 살짝 놀란 표정을 지었다.

"한두삼 후배님?"

"예, 선배님."

"반가워요. 재작년부터 김일교 교수님 뒤를 이어 침과 체질의학을 맡게 된 황용돈이에요."

"아! 그러시군요. 축하드립니다. 말 편하게 하십시오."

"그럴까? 요즘 TV에서 활약하는 거 잘 보고 있어."

"하하! 시청률은 8%인데, 체감 수치는 훨씬 높네요. 오늘 인사 드리는 분마다 TV 얘기네요."

어제 방송에서 8%를 기록했다고 아침 일찍 단톡방에 올라왔다.

"한의사들은 대부분 보고 있을걸. 배울 것이 많거든. 수업 듣는 애들에게도 꼭 보라고 했어."

"시청률을 올려준 분이 교수님이셨네요. 감사합니다."

"내가 고마워. 보면 정말 열심히 해야 한다는 생각이 들거든. 후배가 하는 처치가 뭔지도 제대로 알아보지 못하면 교수 소리 듣기 쪽팔리잖아."

"별말씀을 다 하세요. 간단한 것 빼고 겉으로만 보고 어떤 처치를 하는지 알 수 있는 누가 있다고요."

"그게 공부가 부족한 거지. 아무튼, 시간 되면 학교에 와서 특강이라도 한번 해줘."

"하하……."

대답 대신 웃음으로 얼버무렸다.

행사 시작 시각이 다가오자 테이블의 자리는 하나씩 차기 시작했다. 그리고 알고 있는 이름 중 한 명이 도착했다.

임대룡 교수.

한때는 그래도 자신을 가르치던 교수였기에 일어나서 인사를 했다. 물론 다른 사람에게 했던 것과 달리 건성건성 했다.

학과를 싫어지게 만든 결정적인 인간이랄까.

영혼까지 탈탈 털려서 온 자신에게 학교 명예를 떨어뜨린 인간이 왜 학교에 기웃거리느냐고 소리쳤던 것이 생생히 기억난다.

그땐 그가 왜 그랬는지 몰랐는데, 그의 옆자리의 푯말을 보니 알 것 같다.

"어… 왔네?"

다행이라고 해야 할지 그게 끝이었다. 그래도 자신이 무슨 말을 했는지는 기억하나 보다.

테이블에 어색함이 잠시 돌 때 기다리던 김일교 은사님의 사모님이 오셨다.

"사모님! 오랜만에 뵙습니다. 진즉에 찾아봬야 했는데 죄송합니다."

"바쁜데 부른 건 아니고?"

"아무리 바빠도 와야죠. 언제든 불러주세요."

"그이가 좋아하겠더구나. TV에서 봤다."

은사님이 주신 침을 사용한 걸 보셨나 보다. 두삼은 허리춤에 찬 침통을 흘깃 보며 말했다.

"그러게요. 은사님이 주신 이 침 덕분에 여러 명 살렸으니 좋아하시겠네요."

"후후! 죽어서도 환자를 살리려 너에게 줬나 보다."

은사님에 대해 이런저런 얘기를 하고 있는데 무대로 진행자가 나와 말했다.

"곧 행사가 시작될 예정이오니, 모두 자리에 착석해 주시길 바랍니다."

소란스러움이 서서히 가라앉고 학과장 임대룡의 축사로 행사가 시작됐다.

싫어하는 인간의 말이라 그런지 무슨 말을 하는지 귀에 들어오지 않았다. 아니, 듣지 않기 위해 딴 생각을 하고 있다는 게 맞을 것이다.

'임철호는 안 오나 보네. 하긴, 임동환의 일을 해결하려고 정신 없이 뛰어다니고 있을지도.'

민규식은 단 하나의 조건만 건 채 임동환의 처벌 권한을 두삼에게 넘겼다.

물론 조건이 조금 까다롭긴 했다.

세 사람에 대한 처벌이 공평해야 한다는 것. 즉, 임동환의 교수직을 박탈하고 병원에서 내쫓으면 황오열과 옥지혜도 비슷한 처벌을 내려야 했다.

원장님다운 조건이랄까.

사실 옥지혜의 교수직을 박탈할 수 없으니 답은 정해져 있었다. 학교에서 쫓아내든, 병원에서 쫓아내든 둘 중 하나를 선택해야 했다. 민규식도 그걸 알고 권한을 준 것이다.

다만 자신의 손으로 복수를 하라는 의미에서 준 것이 아닐까 생각한다.

답이 정해진 일이다 보니, 이미 마음속으론 임동환과 황오열은 교수직 박탈하고 옥지혜는 병원에서 내쫓는 것으로 결론을 내리고 있었다.

그럼에도 아직 민규식에겐 말하지 않는 이유는 간단했다. 임동환이 망가지길 기다리는 중이었다.

사람이 어떤 일에 두려움을 느끼는 것은 그 일이 아직 벌어지지 않았기 때문이다. 곧 잘리겠지? 곧 결과가 나오겠지? 곧 귀신이 나타나겠지? 따위의 상상력이 만드는 두려움.

그 두려움이 더 큰 실수를 만들고 일이 더 커지게 만드는 법이다.

류현수의 말에 의하면 임동환은 착실하게 망가지고 있었다.

'그나저나 천재지변이 일어나지 않는 이상 원장님한테 까불지 말아야지.'

자신은 단순히 옥지혜를 떼어낸다는 것만 생각했는데, 민규식은 수많은 경우의 수를 생각한 게 분명했다.

일례로 옥지혜를 호텔 방으로 부를 때 이용한 병원에 자리를 만든다는 핑계가, 그녀가 계속 교수직에 있을 수 있게 해주었으니 말이다.

물론 거기까지 생각했는지 안 했는지는 그가 말을 하지 않았으니 알 수 없다.

짝짝짝짝!

박수 소리에 상념에서 깨어났다.

꽤 오랫동안 생각한 것 같은데 이제야 축사를 끝내다니, 참 밉상이다.

'뿌듯해하는 표정은 다른 사람들 표정을 보고 지으라고, 인간아!'

열혈(?) 축사에 스스로 만족했는지 뿌듯해하며 테이블로 돌아오는 임대룡에게 다른 사람들의 표정은 안 보이는 모양이다.

이어지는 동문회장의 축사.

"학과장께서 다 말한 듯하니 두 가지만 말하겠습니다. 하나는 내년에 고 김일교 교수님의 이름으로 강의실 건물을 하나 지을까 생각하고 있습니다. 동문 선후배님들의 많은 성원 부탁드립니다. 그리고 또 하나는 오늘밤을 위해 많은 동문들이 고생을 했으니 마음껏 즐기시기 바랍니다. 이상입니다."

짝짝짝짝짝!

임대룡 때완 비교도 안 될 만큼 큰 박수 소리가 터져 나왔다. 학번과 상관없이 긴 연설이 지겨운 건 마찬가지였다.

다음으로 학과의 역사를 보여주는 동영상 상영이 이어졌다. 그리고 끝나갈 때쯤 두삼은 자리에서 일어나 무대 쪽으로 향했다.

오늘 이곳에 온 목적인 추모사를 하기 위해서였다.

제안을 받고 고민해서 쓴 추모사를 안주머니에서 꺼냈다. A4용지 두 장 분량.

쭉 읽는다면 2분이면 충분한 글인데 작성하는데 10시간은 족히 걸린 것 같다. 한데 지금 읽어보니 또 마음에 들지 않는다.

'후우~ 제대로 쓴 건지 모르겠네. 진심이 닿길 바랄 수밖에.'

고칠 시간은 없었다.

"다음으로 고 김일교 교수님의 제자인 한두삼 선생의 추모사를 듣도록 하겠습니다."

진행자의 말에 단상 중앙으로 갔다. 그리고 꾸벅 인사를 한 후 마이크 앞에 선 후 입을 열었다.

"김일교 교수님은 생전 저에게 세 가지를 가르치셨습니다. 더 많은 걸 가르치셨는데 아직까진 세 가지만 피부에 와 닿는 건지도 모르겠네요."

자신을 보고 있는 수백 쌍의 눈을 슥 훑어보며 말을 이었다.

"첫 번째, 의술을 배웠습니다. 여전히 부족하고, 여전히 배울 것이 많지만 뿌리는 경해대 한의학과임은 의심할 여지가 없죠. 그리고 튼튼하게 뿌리를 내리게 해준 분이 교수님이셨습니다."

학과가 싫다고 사실까지 부정할 생각은 없다.

"두 번째, 의사의 한계에 대해 배웠습니다. 교수님은 현실적인 분이셨습니다. 아니, 제자들이 현실을 알기 바랐다고 해야 더 정확하겠네요. 그래서인지 입버릇처럼 자신의 한계를 알고 그것에 맞게 치료하라고 하셨죠. 의사라면 마땅히 환자에게 최선을 다해야 한다고 생각하던 저에겐 이상한 말이었죠. 한데 어정쩡한 실력으로, 최악의 결과를 염두에 두지 않고 하는 최선의 치료는 오히려 화가 되어 돌아올 수 있다는 걸, 겪어보니 알겠더군요."

이제 과거를 말함에 있어 망설임은 없다. 복수는 복수대로 하고, 사실을 알게 되었기에 더는 트라우마가 아니었다.

"세 번째는 환자를 어떻게 해야 하는지 배웠습니다. 제자들이 현실을 알기를 바라셨던 분답게 가족을 치료하듯이 하라는 말 따윈 안 하셨습니다. 오히려 하루에 수십 명의 환자를 가족처럼 보다간 신경쇠약에 걸릴 거라고 하셨죠."

하하하! 호호호!

"대신 받는 돈만큼만 치료하라고 하셨습니다. 처음 말을 들었을 땐 솔직히 교수님을 좋게 보지 못했습니다. 한데 막상 교육을 받고 일을 해보니 돈값을 하는 게 쉽지가 않더군요. 돈을 주는 환자인 만큼 열심히 치료해라, 환자는 을이 아니라고 말씀하셨던 게 아닐까 추측해 봅니다."

말을 하다 보니 은사님과의 기억이 주마등처럼 주룩 스쳐 지나가며 코끝이 쩡해진다.

"…지금은 세 가지지만 시간이 지나면 분명 더 많은 걸 가르치셨다는 깨닫게 될지도 모르겠네요. 제가 가진 의술 전부를 김 교수님에게 배우진 않았습니다. 그러나 제가 한의사로서 환자를 고치고 조금이나마 이름을 알릴 수 있게 된 건 순전히 김 교수님의 희생 덕분입니다. 감사합니다, 선생님! 선생님의 가르침 잊지 않고 살겠습니다. 그리고 후학들에게 알리도록 노력하겠습니다."

두삼은 자리에 없는 은사님 대신 사모님에게 고개를 숙이며 인사했다.

짝짝짝짝!

웅변을 배우거나 멋지게 연설문을 쓰는 재주가 없어 다소 엉성한 추모사였다. 하지만 진심이 통해서인지, 짧아서인지 모르지만 무대에서 내려오는데 큰 박수가 터졌다.

테이블로 돌아와 앉자 사모님이 말했다.

"그이가 네 말을 들었다면 행복해했을 거다."

"준비한다고 했는데 은사님에 대해 제대로 표현을 못 한 것 같아요."

"난 좋게 들었단다. 고맙다."

사모님의 칭찬에 쑥스러워 머리를 긁적이는데 노려보는 시선이 느껴졌다. 그래서 비어 있던 임철호의 자리를 봤다. 임동환과 무척 닮은 중년의 사내가 자신을 뚫어지게 쳐다보고 있다.

'…왔군.'

반응은 딱 여기까지였다.

노려본다고 얼굴에 구멍이 뚫릴 리 없다. 할 말이 있으면 할 테고 어설프게 선배라는 권위로 찍어 누르려 한다면 하극상을 제대로 보여줄 생각이다.

아들이 나쁜 마음을 먹으면 말렸어야지 오히려 발 벗고 나서 다니, 임동환 못지않게 나쁜 놈이 임철수다.

추모사 다음 순서는 식사로, 조용한 클래식 음악이 홀에 퍼지 며 아르바이트생들이 카트를 끌며 테이블에 접시와 컵, 주류를 나눠준다.

접시엔 먹음직한 스테이크와 랍스터 절반, 새우, 각종 구운 채 소가 예쁘게 담겨 있다.

"와인 좋아하시죠?"

"응. 고마워."

사모님을 챙기며 식사를 했다.

접시는 5분도 되지 않아 비었다. 원래 식사 속도가 빠르기도 했고 얘기할 사람이 없으니 당연했다.

자신이 식사를 마치고 멍하니 보고 있는 것이 부담스러웠는 지 사모님이 말했다.

"다 먹었으면 나 신경 쓰지 말고 차라도 마시렴."

"괜찮습니다."

"내가 불편해. 난 원래 식사가 느리지 않니. 그러니 할 일 없으 면 바람이라도 쐬렴."

떠밀리다시피 일어났다.

누가 말을 걸어오면 귀찮았기에 시원한 맥주 한 캔을 들고 건물 밖으로 나왔다. 그리고 흡연 구역 반대편에 있는 구석의 벤치로 가 앉았다.

딸각! 칙! 꿀꺽꿀꺽!

시원한 캔 맥주는 따자마자 단숨에 절반쯤 마시는 것이 가장 기분이 좋았다.

"맛있게 마시는군."

"…아, 네."

임철호가 따라왔다.

싸우자고 덤빈다면 모를까 일단 연장자 대우는 해야 했다. 그래서 벤치에서 일어났다.

"내가 누군지 알겠나?"

"선배님이라는 건 아는데 …글쎄요?"

일단은 모른 척.

"학교 선배이자 동환이 애비일세."

"아! 그러시군요. 근데 무슨 일로……?"

"동환이에게 듣자 하니 얼마 전 약간의 오해가 있었다더군."

"음, 오해가 아니라 절 파렴치한으로 만들려고 했던 것 같은데요?"

"동환이는 옥지애인지 하는 여자의 수작에 당한 것뿐이라고 했다네. 내가 봐도 돕다가 덤터기를 쓴 것으로 보이고."

그렇게 믿고 싶은 거겠지.

이죽거리며 놀려주고 싶은 마음은 굴뚝같았으나, 적에게 이를 드러내서 경계하게 만드는 건 바보 같은 짓은 임동환에게 한 것으로 족했다.

완전히 망가질 때까진 임동환도, 임철호도 자신이 과거 일로 복수를 하고 있다는 걸 모르는 게 나았다.

"옥지혜 그 여자도 자신이 피해자라고 하더군요."

"자넨 학교 선배의 말보다 그 여자의 말을 더 믿나?"

맥락 없는 선배 드립이라니 꽤 급한가 보다.

"조사해 보면 나오겠죠. 근데 선배님께서 저에게 그런 말을 하시는 이유는 뭡니까?"

"…못난 아들놈을 대신해 용서를 구하러 왔네."

"제가 용서한다고 될 일이 아닌데요. 처벌은 민 원장님께서 결정하실 겁니다."

"민 원장은 자네에게 용서를 구하라고 하던데?"

"……."

곤란함을 자신에게 떠넘기다니, 참 능구렁이 같은 양반이다.

"잠깐 이성이 나가서 저지른 일이라 생각하고 용서해 주게. 그래 준다면 동문회와 학교에 자네에 대해 좋은 얘길 해주겠네. 그럼 자네에 대한 나쁜 소문도 없어질 거야."

자기가 만든 소문을 자기가 없애준다니 우습다. 그리고 자신이 진절머리 나게 싫어한다는 것도 조사를 안 한 모양이다.

"생각해 보겠습니다."

"꼭 긍정적으로 생각해 주게. 이번 일은 절대 잊지 않겠네."

"그러죠."

웃으면서 얘기를 하니 임철호는 자신의 말이 통했다고 생각하는지 살짝 안도하는 모습이다.

한데 오늘 부탁 때문에 더 빨리 망가뜨리기로 했다는 걸 안다면 어떤 표정을 지을지 궁금했다.

*   *   *

경해대 한의학과 동문회는 청량리에 역 근처 오래된 3층 건물
에 위치해 있다.

동문회에서 구입한 건물이라 1층은 편의점에 세를 주고
2, 3층을 동문회원들이 이용했는데 주변에 사는 동문들이
놀이터처럼 찾는 곳이라 항상 북적북적했다.

송부성은 시끄러운 2층을 지나 3층으로 올라갔다.

'회의 중 출입 금지'라는 푯말이 붙어 있는 문을 열고 들어갔
다.

"후우~ 뭔 날씨가 꺾일 줄을 모르냐."

"어서 와요, 송 선배. 이제 괜찮아요?"

"오셨어요. 몸은 좀 어떠세요?"

여섯 사람이 소파에 앉아 대화를 나누고 있다가 그를 반갑게
맞이했다.

송부성은 한의사의 밤을 준비하느라 고생해서인지 몸살에 걸
려 2박 3일간 집에서 몸조리하다가 나오는 길이다.

"이틀 푹 잤더니 괜찮아. 아픈 사람은 없어?"

"누구랑 달리 아직 한창 때라. 허허!"

"농땡이를 부린 건 아니고?"

"하하! 회장님이 정확히 보셨네. 쟤는 힘들다 싶으면 농땡이를
부려서 아플 수가 없죠."

"허어~ 나보다 열심히 하는 사람이 어디 있다고."

인사 겸 농담처럼 시작한 말은 송부성이 시원한 냉커피를 다 마실 때까지 이어졌다.

"자자! 농담은 좀 있다가 다시 하기로 하고 얼른 회의부터 끝내지."

"그러시죠."

서기만 책상으로 가서 노트와 펜을 잡았을 뿐 시시덕거리던 그대로 바로 회의가 시작됐다.

먼저 총무가 준비해 온 서류를 동문회 간부들에게 한 부씩 돌리며 입을 열었다.

"이번 행사에 대략 1억 1천쯤 들었어요. 정확한 비용은 서류를 보면 알 겁니다. 학과 건물을 이용하고, 후배들이 지원을 해줘서 많이 줄일 수 있었습니다."

"고생했네. 내년엔 김일교 교수 건물이다, 뭐다 해서 들어갈 돈이 많으니 올해는 좀 아껴야지."

"그래서 호텔이 아닌 학교에서 한 거 아닙니까. 참! 기부금은 시작부터 괜찮습니다."

"얼마나 모였는데?"

"13억쯤."

기부금을 받기 시작한 지 사흘 만에 13억이라면 흔치 않은 모금액이다.

"누가 10억을 쾌척했나 보네. 김 사장? 오 원장?"

"생각지도 인물이에요. 한두삼, 그 친구가 어제 10억을 보내왔어요."

"…학과 일이라면 질색하던 친구가 왜?"

"김일교 교수님이랑 친분이 상당하던데요. 추모사를 그 친구가 한 걸 보면 알잖습니까."

"기부를 무리해서 하는 것 같진 않고?"

"있어도 그만, 없어도 그만이라고 하던데요."

"그럼 됐어. 참! 조사하라는 말한 건 어떻게 됐어?"

"…회의 끝나고 따로 말씀드릴게요."

따로 얘기하겠다면서 총무의 얼굴이 살짝 굳는 걸 보아 작은 문제는 아닌 모양이다.

회의는 1시간 만에 끝났다.

송부성은 총무와 함께 옥탑으로 올라갔다. 그리고 담배를 피우며 물었다.

"다른 사람들이 들으면 곤란한 일인가 보군?"

"곤란하다기보단 좋은 일이 아니라서요. 아직 상세히 파악한 건 아니지만 한두삼, 그 친구가 학과에 대해 진절머리를 낼 만하더군요."

총무는 인맥을 통해 알아낸 두삼의 과거에 대해 말했다. 누가 왜 그런 일을 저질렀는지 상세하진 않았지만, 얼추 사실에 근접했다.

얘기를 다 들은 송부성은 버럭 소리쳤다.

"한의사협회고, 학과 교수들이고 미친것들 아냐! 실력에 대해 칭찬을 해주진 못할망정. 그게 어떻게 벌을 받을 일이야!"

"그러니까요. 그 나이에 침으로 혈액의 속도를 조절할 수 있었던 실력자를 범죄자 취급해서 면허를 취소하고 학적에서 파내려

했다니 믿기지 않더군요."

"딱 보니 못난 것들이 잘난 놈 잘라내기 한 거야. 대체 누가 그런 거야?"

"거기까진, 아직 조사 중입니다."

"짐작되는 사람도 없어?"

"그 일로 이득 본 사람들 몇 명 있습니다. 대표적인 게 임대룡 교수죠. 학과장이 됐으니까요."

"시간이 얼마가 걸리건 철저하게 조사해서 싹 찾아내. 제자를 양성하는 자리에 앉아서 제자를 망가뜨리는 인간들이 교수라고 불리면 안 되는 거잖아."

송부성은 동문회장으로서 모든 힘을 동원해서라도 쓰레기 같은 작자들을 몰아내기로 마음을 먹었다.

*   *   *

"아얏!"

환자의 뾰족한 비명에 임동환은 화들짝 놀라 고개를 숙였다.

"죄, 죄송합니다!"

"…한 번은 실수라고 하지만 두 번이면 실력 아닌가요? 진짜 한의사 맞아요?"

"정확히 놓기 힘든 혈 자리라……."

"변명은 됐어요. 치료는 여기까지 하죠. 고치러 왔다가 오히려 병을 얻고 가겠어요."

"……."

"병원에 정식으로 항의할 테니 그리 아세요."

탁! 거칠게 문을 닫고 가는 환자.

임동환은 입이 열 개라도 할 말이 없었다.

하루 한두 번이던 실수가 점점 늘어나자 웬만해선 말을 하지 않는 장인규 과장까지 외래 진료를 잠깐 멈추는 것이 어떠냐고 우려를 표했다.

"…잠깐만 쉴게요."

"네, 선생님."

담당 간호사가 나가자 임동환은 얼굴을 감싸 쥐고 눈을 감았다.

'미치겠네. 왜 결과가 나오지 않는 거야?'

그를 망가뜨리고 있는 건 두삼의 예상대로 상상에서 오는 두려움 때문이었다.

임동환은 아버지 임철호의 과도한 욕심에 끌려다니면서 강한 척하고 약아졌다곤 하지만, 원래 나약한 인간이었다.

임철호조차 해결할 수 없는 일이 터지자 무게감을 감당하지 못하고 무너지는 것만 봐도 알 수 있다.

'혹시 그냥 넘어가려는 건가? 아냐! 한두삼 그 새끼가 이 기회를 그냥 넘기겠어? 어떻게 해서든 나쁜 결과가 나오길 바라고 있을 거야.'

또다시 시작되는 상상.

시작은 다르지만, 끝은 언제나 비슷하다. 교수직에서 파면되고 병원에서 쫓겨난 후, 아버지 밑에서 일하거나 작은 개인 병원을 운영하는 모습.

언제나처럼 비참한 모습을 한 자신의 모습을 그리고 있는데 노크 소리와 함께 문이 살짝 열렸다.

"임 선생님, 안마과 한 선생님이 왔어요."

"…그 자식이 왜요?"

"세 사람의 처벌 문제로 할 얘기가 있다고……."

"들어오라고 해요."

임철호가 두삼과 처벌에 관해 얘기를 나눴다는 건 들어 알고 있었다.

두삼이 들어왔다. 주먹을 부르는 얼굴이다. 그러나 싸우면 절대 이길 수 없을 알기에 주먹을 날리는 건 상상 속에서만 이루어졌다.

"무슨 일이야?"

"얼굴이 반쪽이네?"

"…놀리려고 온 거면 꺼져!"

"우리가 정답게 안부를 주고받을 사이는 아니니 놀리는 것처럼 들리긴 하겠네. 바로 본론으로 들어갈게. 종강 파티 때 호텔에서 있었던 일 때문에 왔어."

"…처벌 수위가 결정된 거야?"

"결정하기 전이야. 심각하게 고민하고 있달까."

"네까짓 게 고민한다고 달라질 게 있어?"

"약간은. 원장님이 내 얘기를 결정에 참조한다고 했으니까."

"…네가 원하는 처벌은 내가 아예 안 보이는 거 아닌가?"

"맞아. 당장 교수직 박탈하고 병원에서 내쫓아 버리고 싶어. 함정에 빠뜨리려 했던 인간들이 뭐가 예쁘다고 남겨두고 싫겠어."

"그럼 그렇게 하든지!"

예상했지만 막상 직접적으로 얘기를 듣자 화가 나 소리쳤다.

"어떤 사람이 간절히 부탁해서 그렇겐 못 해. 물론 그렇다고 다 용서할 수도 없고."

"둘 중 하나는 선택해라?"

"훗! 꿈도 크네. 선택 권한은 없어. 결정되면 무조건 따라야 할 입장임을 잊지 마."

"그렇다고 해도 가능하다면 병원에 남고 싶어."

학교와 병원 둘 중 하나를 선택할 상황이 올 수도 있다고 생각해서 그에 대한 대처를 생각해 뒀다.

임동환은 교수직을 유지하는 게 낫다고 생각했다. 병원은 교수직을 하다 보면 자연스럽게 다시 참여할 가능성이 높았다.

그럼에도 병원에 남고 싶다고 말한 건 두삼이 자신의 생각과는 반대로 움직일 거라 확신했기 때문이다.

한데 예상외의 말이 나왔다.

"뻔뻔하긴. …여기까지야. 더는 바라지 마."

"…자, 잠깐만!"

이상하게 돌아간다 생각하고 얼른 다시 말을 바꾸려 했다. 그러나 두삼의 싸늘한 말이 먼저였다.

"더 얘기하면 모두 없었던 일로 할 거야."

"……."

"길게 얘기할 사이 아니니 이만 가야겠어. …간다."

두삼은 손을 뻗어 임동환의 어깨를 잡으려 하다가 가늘게 떨리고 있는 그의 손을 보고 손을 뺐다.

＊　　　　　＊　　　　　＊

임동환을 망가뜨리려고 일부러 찾아갔는데 그냥 돌아섰다.

그를 망치는 건 상관없는데 수전증에 걸린 것처럼 떨리는 손을 보자 그에게 진료받을 환자가 생각나 손을 댈 수가 없었다.

자칫 그의 손을 망가뜨렸는데 환자를 잘못 찔러 크게 다치거나 죽기라도 한다면 복수가 문제가 아니다.

위이이잉~ 위이이잉~

원장실로 향하는데 유민기에게 연락이 왔다.

"응, 민기야."

―지금 촬영 중인데 통화 가능해?

엘리베이터를 기다리다가 비상계단으로 갔다.

"이제 말해도 돼."

―고경주가 가짜 후손이라는 얘기 들었어?

"짐작은 했어. 확인이 된 거야?"

―응. 경찰이 중국에 확인했는데 왕로연이라는 중국인으로 조부모, 부모 모두 중국인이래. 그리고 중국에서도 몇 건의 사기 사건에 연루된 적이 있대.

"밝혀졌다니 다행이네."

―그러게. 근데 경찰 조사 결과 진짜 고경주와 가족이 중국에 있대. 그래서 출연자 중 몇 명이 중국에 가서 데리고 오는 걸로

했어. 혹시 모레쯤 시간 돼?

"아니. 스케줄 빼려면 적어도 일주일 전에는 조정해야 해."

—그럼 넌 안 되겠구나?

"가고 싶어도 못 가."

가끔 가까운 해외라도 나가 며칠 동안 환자에 대해 잊고 푹 쉬고 싶다. 그러나 마음뿐, 실행에 옮기려고 하면 걸리는 게 많았다.

—어쩔 수 없지. 다행히 석호 형이 갈 수 있다니 둘이 다녀와야지.

"고생하겠네. 잘 다녀와."

—그래. 참! DNA 검사는 어떻게 돼가?

액자와 오래된 약재함에서 발견된 머리카락으로 DNA검사를 진행 중이었다.

"결과 나오려면 이틀 정도 더 걸릴 거야. 근데 너무 기대는 하지 마. 한의원에서 일하던 사람의 머리카락일 수도 있어."

—이왕이면 잘됐으면 좋겠다. 아무튼 갔다 온 다음에 보자.

"조심히 다녀와."

유민기와의 짧은 통화를 마치고 원장실로 갔다.

민규식은 수술을 마치고 왔는지 앞섬이 젖은 옷을 입은 채 소파에 눕듯이 앉아 있었다.

"힘든 수술하셨나 봅니다."

"2시간 정도 걸릴 거라 예상하고 시작한 수술이었는데 수술 중 심정지가 두 번이나 와서 5시간 걸렸어."

"고생하셨네요. 참! 세 사람의 처벌을 결정했습니다."

"언제 하나 했는데, 어떤 결정을 했나?"

"황오열과 임동환 선생은 교수직을 박탈하고, 옥지혜 교수는 병원 일을 하지 못하게 하는 걸로 결정했습니다."

"그래? 적절한 판단이군."

"답은 정해져 있었으니까요."

"후후! 그래서 아쉬운가?"

"아닙니다. 결정을 제가 내릴 수 있게 해주신 것만으로 감사합니다."

민규식이 처벌 권한을 자신에게 준 건 복수하는 기분을 느끼라고 의미였음이 분명했다.

"그리 생각한다니 다행이군. 공고는 내일 내야겠군. 앉게. 차는 뭐로 줄까?"

"시원한 물이면 충분합니다."

예상을 벗어나지 않은 결정이었는지 세 사람에 대해선 더는 가타부타 말이 없었다. 민규식은 두 개의 생수를 냉장고에서 가지고 온 후 부른 이유를 꺼냈다.

"자네에게 미안한 부탁을 해야겠군. 될 수 있으면 병원을 위해, 아니, 날 위해 들어줬으면 하네."

"전에 언급했던 일인가 보네요. 원장님이 괜한 일을 시킬 분이 아니시니 편하게 말씀하세요."

가족과 하란을 제외하고 가장 믿는 사람이 누구냐고 묻는다면 민규식이라고 말할 것이다. 설령 그가 무리한 요구를 한다고 해도 들어줄 용의가 있었다.

"가끔은 괜한 일을 시킨다네. 그러니 듣고 거절한다고 해도 이해하네."

"결국 환자를 보는 일 아닌가요? 혹시 비 오는 날 전깃줄 닦기 같은 겁니까?"

"어쩌면 더 힘들 수도 있다네."

"……"

마음을 편하게 해주기 위해 한 농담인데 더 힘들다고 하니, 혹시 전쟁터에 의료 지원을 가는 건가 싶다. 하지만 그 역시 농담이었는지 웃으며 말을 이었다.

"허허허! 심적으로 그럴 수 있다는 거네."

"후우~ 가슴이 철렁했습니다. 인제 그만 뜸 들이시고 말해주세요."

"다른 건 아니고 흔히 권력자라고 불리는 이들의 진료를 하는 거네."

"국회의원들 말입니까?"

"물론 그들도 포함되어 있네. 오늘 만날 사람은 보건복지부 차관이야."

"이양수 차관 말이군요?"

"혹시 알고 있나?"

"그럴 리가요. 그랬으면 예전에 도움을 받았겠죠. 그냥 뉴스를 보고 이름 정도만 알고 있습니다."

의사협회와 한의사협회, 양방과 한방의 치열한 다툼은 어제오늘 일이 아니다.

의료 기기 사용에 대해서 의사협회가 한의사협회를 공격하듯이, IMS시술—근육에 침을 꽂아 신경을 자극해 통증을 완화하는 시술 방법—로 한의사협회는 한방 의료 행위라 규정하고 의사협회를 공격하고 있다.

이러한 다툼의 결론을 내는 곳은 결국 보건복지부.

한의학이 잘되길 바라는 처지에선 자연 보건복지부의 말에 주의를 기울일 수밖에 없다.

물론 한의학이 발전해서 환자를 보다 효과적이고 안전하게 치료하길 바라는 것이지, 싸우는 것을 찬성하는 건 아니다.

환자가 보기엔 두 집단의 이권 싸움에 불과했고 두삼 역시 그렇게 생각했다.

"원장님은 잘 아세요?"

"나야 응급센터 일로 제법 만났지. 정권이 바뀌고 국립대 병원이 아닌데 왜 한강대학교 병원이 지정되었느냐고 말이 많았거든."

"헐! 그래서요?"

"시작 전이었다면 모를까 이미 시작했는데 되돌리기엔 손해 입을 사람들이 너무 많아 다시 설득했네."

정치에 전혀 관심이 없다. 그러나 정권이 바뀌면 기존에 계획되고 있던 일들이 백지화되는 경우가 많다는 것 정도는 알고 있다.

전에 확장을 준비 중인 요양 병원에 고용이 됐다. 근데 기초단체장 선거가 끝난 후 잘렸다. 이유는 병원 내 떠돌던 소문으로 알게 됐다.

나랏돈 먹으려다 구청장이 바뀌면서 확장 계획이 백지화되었다는 얘기였다.

아무튼, 구청장도 아니고 정권이 바뀌었는데도 일을 진행시켰다는 것이 대단하다.

"고생하셨겠네요."

"고생은 무슨. 몇 번 만난 것으로 잘 해결됐으니 그걸로 된 거지. 다만 심사가 2년에 한 번씩 있으니, 그만둘 것을 염두에 둬야지."

민규식은 대수롭지 않게 말을 했다. 그러나 살짝 찡그린 표정에서 많은 일이 있었음을 짐작할 수 있었다.

자세히 듣고 싶었다. 그러나 알아봐야 할 수 있는 일이 없었기에 더는 묻지 않았다.

차는 강남의 한 아파트 앞에 섰다.

"여기 1406호네. 될 수 있는 대로 그가 바라는 대로 해주게. 치료비는 주면 받고, 주지 않으면 내가 챙겨줄 터이니 그냥 나오면 되네."

"알겠습니다."

"난 주차장에서 기다릴 테니 문제가 생기면 바로 연락하게."

"환자 보는 데 문제가 생길 일이 있겠습니까. 그리고 얼마나 걸릴 줄 모르는데 그냥 들어가세요."

"마음이 안 편해서 그래."

"권력자라고 다를 게 있나요? 원장님이 기다린다고 생각하면 제 마음이 더 불편합니다. 끝나고 연락드릴 테니 들어가세요."

국민이 국민을 위해 쓰라고 준 권력을 개인의 치부를 위해 쓰는 이들을 싫어하는 것이지. 권력자라고, 정치인이라고 무작정 싫어하지 않는다.

게다가 설령 치부했다고 하더라도 자신이 모르는 바에야 지금까지 보아왔던 VIP병실 환자들과의 차이점은 병이 밝혀진 환자냐, 아니냐의 차이일 뿐이다.

"원 사람도……. 그럼 고생해 주게."

민규식의 차량이 떠나는 걸 보고 나서야 인터폰을 눌렀다.

―누구세요?

"오늘 뵙기로 약속한 한두삼입니다."

공동 현관문이 열리고 엘리베이터를 타고 1406호로 올라가 벨을 눌렀다.

철컥! 문이 열리고 뉴스 사진에서나 봤던 이양수 차관이 현관에서 반갑게 맞이했다.

"반가워요."

"처음 뵙겠습니다."

"민 원장님도 괜찮다는데 이렇게……. 귀찮게 해서 미안해요."

진심인지 가식인지 민규식 핑계를 대며 이양수는 민망하다는 듯 말했다.

"아닙니다. 근데 차관님만 진맥을 받으실 건가요? 이왕이면 가족분들도 함께 받으시죠."

"그래도 괜찮을까요? 안 그래도 사실 딸이 항상 아프다고 해서."

"원장님께서 다 봐드리라고 했습니다."

민규식은 그런 말한 적 없다. 그러나 응급센터 지정 병원의 필요성에 대해선 공감하고 있었다.

지금 하는 아부(?)로 응급센터를 조금이라도 더 지속시킬 수 있냐면 손해는 아니다.

그리고 이왕 하는 거 제대로 대접을 받았다는 느낌이 머리에 박히게 아주 확실하게 할 것이다.

물론 치부를 쌓는 권력자와 정치인을 싫어한다면서 누군가를 위한다는 핑계를 제공하려 하는 자신에게 살짝 회의감이 든다. 그러나 자신에겐 관대해진다고 '응급센터를 위해서'라는 생각에 묵인했다.

깊게 생각해 봐야 어차피 결론이 없는 자기 꼬리를 입에 문 우로보로스였다.

'훗! 원장님은 내가 이런 고민을 할 것에 미안했는지도 모르겠군.'

뭐가 정답인지는 모르겠지만 한 가지 확실한 건 자신은 그리 도덕적인 사람은 아니라는 것이다.

어쨌든 이양수의 가족은 부인, 대학생인 아들과 딸까지 모두 넷이었다.

부인과 대학생인 딸은 다리 마사지를 하고 이양수와 아들은 온몸을 가볍게 주무르면서 그들의 몸 상태를 살폈다.

과거 가난이 병이라는 말이 있다.

빈부의 차이로 인한 건강 불평등 때문인데 우리나라의 경우 세계적으로 손꼽히는 국민 건강보험이 존재해서 이러한 말이 사라지다시피 했다.

물론 병에 걸렸을 때 제대로 치료를 받을 수 있느냐 없느냐를 보자면 여전히 건강 불평등은 존재한다.

실제로 암, 심장 질환, 뇌혈관 질환 등은 소득 수준으로 상,

중, 하로 나눴을 때 상위 계층이 더 많이 걸리는 것으로 조사됐다.

그다음이 하위 계층이고 그다음이 중위 계층이다.

여러 가지 요인이 있겠지만 서구화된 식생활과 생활상, 스트레스가 대표적이다.

이런 통계가 맞는다는 것을 보여주기라도 하듯이 겉으로는 멀쩡해 보인다고 해서, 좋다고 볼 수도 없었다.

"차관님과 사모님은 혈액순환이 좋지 않고 심장 혈관이 매우 좁아졌습니다. 이제부터라도 식습관 관리를 하셔야겠네요. 그리고 가벼운 걷기나 수영을 통해 몸의 혈당 수치와 노폐물을 빼서야겠습니다."

"종합검진을 받았을 때도 비슷한 얘기를 들었는데 새벽에 나가서 퇴근 후, 술 한잔하고 나면 12시가 넘는 경우가 허다하다보니 쉽지가 않군요."

돈 대신 노력이 들어가는 가장 쉬운 해결책을 사람들은 싫어한다. 큰일을 당하고 나면 바뀔까.

"대부분 그렇죠. 그럼 식습관과 피를 맑게 해주는 한약과 노폐물 제거 마사지를 이용해 보는 건 어떻습니까? 마사지는 주말 이틀간 받으면 되고요."

최선이 힘들다면 차선책을 제시할 수밖에. 이래서 의사들이 먹고사는지도 모르겠다.

"음, 그 정도라면 해볼 수 있겠군요. 근데 한 선생에게 미안해서……."

"그런 생각 마십시오. 놔두면 큰 병이 될 수 있는 걸 빤히 알

먼저 돌아서는 건 의사가 아니죠. 며칠 내로 식단표와 두 분에게 맞는 한약, 마사지사를 준비하도록 하겠습니다."

예의상 한 얘기처럼 들렸기에 아예 못을 박았다. 그리고 시선을 아들, 이호영에게 돌렸다.

"호영 군은 간이 좋지 않아요. 그리고 타고난 냉한 체질 때문에 감기에 걸리면 아주 심할 거예요. 발에 무좀처럼 껍질이 벗겨지고 트는 것도 그 때문이고요."

"아! 그래서 무좀약을 발라도 낫지 않았던 거군요?"

"네. 그러니 두 달쯤 술을 끊고 내가 보내주는 약 꾸준히 먹어요. 그럼 확실히 좋아질 거예요."

몇 가지 안 좋은 것이 더 있었지만 아직 젊고 생활 패턴에 따라 언제든 좋아질 수 있었기에 큰 것만 치료하는 걸로 했다.

그리고 마지막으로 딸 이재영.

통통한 편으로 일견 건강하게 보이지만 가장 건강 상태가 좋지 않았다.

"재영 양, 다이어트 자주 하죠?"

"…네."

다이어트를 자주 한다는 말은 실패도 그만큼 자주한다는 얘기다.

풍선을 불었다가 바람을 뺀 풍선을 본 적이 있을 것이다. 그처럼 살이 빠졌다가 요요가 와서 다시 찌고, 다시 빼고, 또다시 찌고를 반복하면 사람의 몸은 바람 빠진 풍선처럼 된다.

이재영이 딱 그런 상태였다.

액면가는 20대인데 몸 내부는 40대다. 2, 3년 다이어트를 반복하면 폐경기가 올 수 있을 만큼 상태가 좋지 않았다.

두삼은 순화해서 현재 상태를 설명했다.

한데 아무리 순화했다고 해도 다 알아들을 수 있는 말이었다.

"……!"

이재영은 물론 이양수 부부 역시 많이 놀랐는지 입만 벙긋거렸다. 하지만 제대로 치료를 하기 위해선 충격적인 요법이 필요했다.

놀라게 했으니 이제 안심을 시켜야 할 때다. 이왕이면 신세를 졌다고 생각할 정도로 확실한 방법을 제시하는 게 좋을 것 같았다.

"재영 양, 혹시 한강대학병원 비만클리닉에 대해서 들어봤어요? 유명 연예인들은 물론이고 제법 유행에 민감하다는 이들이 많이 찾는데……."

"들어봤어요. 신청도 해보려고 했고요. 한데 예약 기간이 너무 오래 걸리더라고요. 그리고 거기 유명한 선생이 요즘은 비만클리닉에 없다는 소문이 있어서 망설이고 있어요."

병원 안에서 들어오는 손님만 받아서 인식을 못 했을 뿐이지, 안마과의 비만클리닉은 유명했다.

다이어트를 힘들어하는 연예인 중 상당수가 고객이었고, 만만치 않은 비용에도 쉴 틈이 없달까.

물론 두삼이 빠짐으로써 다소 주춤했지만, 확고하게 만들어진 다이어트 시스템과 어느 비만클리닉보다 확실하게 효과를 볼 수 있다는 점 때문에 예약은 꾸준히 늘고 있었다.

"혹시 유명하다는 선생 이름 알고 있어요?"

약간 쑥스러운 질문이지만 자랑하거나 생색을 내려면 티를 내야 했다.

"…글쎄요. 저도 듣기만 하고 실제로 보지 못한 사람이라……."

"한강대학교 비만클리닉의 유명하다는 사람이 아마 절 말하는 걸 겁니다."

"아!"

"방학이죠? 전화번호 드릴 테니 내일 전화 주고 병원으로 오세요. 건강을 지키면서 원하는 몸매를 만들어 드리죠."

"…정말이요?"

"물론이죠. 참! 사모님도 몸매 관리가 필요하시면 오셔도 됩니다."

이양수 차관이 처와 딸에게 관심이 없는 사람이라면 모를까 이번 일을 분명 머릿속에 담아둘 것이다.

이양수 차관의 가족이 시작이었다.

다음으로 국회 보건 복지 상임위 소속 여, 야당 의원 네 명을, 이어 보건복지부 장관도 진맥했다. 이후로도 때론 근무 중에, 때론 근무가 끝난 저녁에, 때론 주말에 정신없이 순회 진료를 다녔다.

사실 국회의원들을 진맥할 때 정기국회, 임시국회 할 것 없이 매번 펑크 내고 입법부라는 말이 무색하게 놀고먹으니 일반인들에 비교해 건강할 것으로 생각했다.

한데 국민에게 욕을 먹어서일까, 아니면 지역구 주민과 입법 활동을 열심히 해서일까? 몸 상태가 썩 좋지만은 않았다.

어떤 의원 폐에서 악성으로 보이는 작은 종양이 발견됐고, 또 다른 의원은 콩팥의 기능이 상당 부분 감소한 것이 발견됐다. 물론 그나마 낫다고 하는 이들도 고혈압, 당뇨, 동맥경화 등 한두 개의 성인병은 가지고 있었다.

그에 그들 대부분을 한강대학병원에 보내 지속적인 치료를 받게 조처했다.

"저 퇴근합니다!"

"들어가세요, 선생님."

한방색전술실 간호사들에게 인사를 하고 나와 바로 서둘러 주차장으로 뛰었다.

오늘 보게 될 3선 의원이 순회 진료의 마지막이다.

가까이 다가가자 저절로 열리는 문. 막 오르려고 하는데 스마트폰이 진동했다.

민규식이었다.

"예, 원장님."

―어딘가?

"지금 오형식 의원 집으로 가려고 지하 주차장에 왔습니다."

―네가 데려다주겠네. 주차장 입구에서 기다리지.

이양수 차관을 만난 첫날을 제외하곤 혼자 움직이고 있었다. 한데 갑자기 데려다주겠다는 건 뭔가 할 말이 있다는 뜻.

차 문을 닫고 지하 주차장 밖으로 나가 대기하고 있던 민규식의 차에 올랐다.

"자네 차로 가는 게 편할 텐데 미안하네."

"차 막히는데 직접 운전하는 것보다 이렇게 얻어 타고 가는 게 더 낫습니다."

예의상 한 말이다. 운전은 루시가 한다.

"홍 의원에게 입원하라고 했다면서?"

홍 의원은 어제 봤던 이로 위가 좋지 않아 며칠 병원에서 요양할 것을 권했다.

"네. 위궤양이 심해서요."

"그 정도면 적당히 주의만 줘도 될 것을 진맥한 사람들을 죄다 병원으로 보내면 어떻게 하나?"

"빚졌다는 느낌을 확실하게 느끼게 해주려고요."

"허~ 괜한 짓을. 자네가 진맥해 준 것만으로도 충분한데 말이야."

"빤히 어디가 아픈지 아는데 말만 하긴 그래서요. 근데 무슨 일 있습니까?"

"있지. 안타깝게도 자네가 아주 성심성의껏 봐주는 바람에 자네에게 진료를 받고자 하는 이들이 늘었어."

"…그래요?"

오늘이 마지막이라고 생각했는데 더 늘었다고 하자 약간 짜증스러웠다. 그러나 진료를 받은 이들이 침이 마르도록 칭찬을 할 때 어느 정도 예상을 하고 있어 금세 감정을 추슬렀다.

"예상한 얼굴이네?"

"어느 정도는요. 몇 명이나 늘었습니까?"

"지금까지 일곱. 한데 아마 더 늘 거야."

"…적당히 할 걸 그랬나 봅니다."

"허허! 인제 와서 그런 말을 하면 어쩌누. 그들이 건강에 얼마나 집착하는지 미리 말해줄 걸 그랬어. 덕분에 나야 한결 좋아졌지만 말이야."

"원장님이 좋으면 그걸로 됐습니다. 며칠 더 고생한다고 생각하죠, 뭐."

긍정적으로 생각하기로 했다.

물론 다음에 비슷한 일이 생기면 그때 적당히 게으름을 피울 생각이다.

한데 그를 위해 자신이 희생한다고 생각해서인지 아버지가 어린 아들을 보는 눈빛으로 말했다.

"이번 일 끝나면 한 달쯤 휴가 줄 테니 여행이라도 다녀와."

"말씀만이라도 감사합니다. 근데 제 사정 뻔히 아시지 않습니까."

암센터의 한방색전술과 신경과의 뇌전증 치료는 멈출 수가 없다. 토, 일 끼워서 사나흘 쉬는 것도 미안한 판국에 한 달이라니 말도 되지 않았다.

"암센터와 신경과 일 때문에?"

"그렇죠."

"자네가 몇 달 정도 자리를 비운다고 해도 병원은 망하지 않아."

"그야 그렇지만……"

"무슨 생각하는지 알아. 환자 때문이겠지. 병원장으로, 그리고 의사로 자네의 그 마음 이해하고 고마워. 한데 인생 선배로서 말하자면 쉴 땐 쉬라고 말해주고 싶네. 환자는 끝없이 올 거야. 그럼 그 환자들을 평생 자네가 다 볼 텐가?"

"……."

옳은 말이다. 영화에서 나오듯이 로봇이 환자를 치료하고, 모든 병을 정복하는 날이 오기 전까진 환자는 끊임없이 병원을 찾을 것이다.

자신이 죽는 날까지 그런 날이 올까. 글쎄, 아직까진 그럴 가능성은 없어 보인다.

"의사도 사람이네. 쉬어야지. 자넨 지난 2년간 충분히 많은 일을 했어. 그러니 환자들에게 미안해할 필요 없네."

"…생각해 보겠습니다."

솔직히 일, 이 주쯤 하란과 여행이라도 다녀오고 싶은 마음이야 굴뚝같다. 한데 환자들을 떠올리면 그게 쉽지 않다.

"천천히 생각해 보고 언제든 말하게. 참! 임동환 선생에 대해 들었지?"

"…네."

계속된 실수에 임동환은 진료할 수 없게 됐다. 의도하긴 했지만 허무할 정도로 스스로 무너지고 있었다.

병원과 15㎞ 정도밖에 떨어지지 않은 오형식 의원의 집까지 1시간 가까이 걸렸다. 주소상 단독 주택이라 혹시나 했는데 상당한 고급 저택이다.

"오형식 의원 잘사나 보네요?"

"집안이 지방에서 큰 운수업을 하거든."

"방송에 나온 거 보니 꽤 점잖고 유머러스하던데. 엄친아였군요."

"글쎄, 사람은 겪어보기 전엔 모르는 일이니까."

어째 뼈가 있는 말이다.

그러나 차가 막혀 약속한 시각에 아슬아슬했기에 대수롭지 않게 생각하고 차에서 내렸다.

*　　　　*　　　　*

'오늘부터 외래 진료에서 손 떼게. 휴가를 줄 테니 괜찮아지면 그때 다시 출근하고.'

"빌어먹을! …크!"

술을 마셔보지만 고홍섭 센터장의 말이 머릿속에서 지워지지 않는다.

불과 6개월 전까지만 해도 더 바랄 것이 없을 정도로 승승장구하던 그였다.

대학교수에, 병원과 한의학계에서 촉망받는 한의사.

선배고, 동기고, 후배고 모두 부러워했다. 한데 햇볕 아래 눈처럼 사라지고 있었다.

민청하와의 관계가 틀어졌고, 한강대학교 교수직에서 쫓겨난 지 며칠 되지 않아 병원에서도 쫓겨나게 된 것이다.

"…개새끼! 이게 다 한두삼 그 새끼 때문이야!"

당장에라도 달려가 아구창을 날려 버리고 싶었다. 그러나 그건 생각뿐, 실제로 실행할 용기는 없었다.

한참 술을 마시고 있는데 옆자리에 누군가 다가와 앉았다.

흘낏 돌아보니 주해인이었다.

혹시나 싶어 연락을 했는데 나온 것이다.

"…해, 해인아!"

"……."

주해인은 고개도 돌리지 않았다.

"나, 나와줘서 고마워. 뭐 마실래?"

바람난 남자가 모든 걸 잃었을 때 찾는 것이 조강지처라고 했
든가. 임동환은 모든 걸 잃고 나자 주해인이 생각났다. 그래서
술김에 연락했는데 나온 것이다.

"애플마티니 주세요."

주해인은 그의 말이 들리지 않는지 메뉴를 보고 알아서 주문
했다.

냉랭한 모습에 찔끔했다. 그러나 머릿속을 어지럽히던 생각이
사라지고 그녀를 잡아야겠다는 생각이 빈자리를 메웠다.

"…잘 지냈어?"

"그럭저럭, 선배는?"

호칭이 오빠에서 선배로 바뀐 것이 마음에 걸렸으나 일단은
말을 시작했다는 것에 만족했다.

"나야… 뭐, 보시다시피."

"닭 쫓던 개 지붕 쳐다본 격이 됐구나?"

비수로 심장을 푹 찌르는 말이다. 뭔가 욱하고 올라왔다. 그러
나 싸우려고 부른 건 아니다. 어쩌면 실컷 욕을 먹는 것도 괜찮
을지도.

"…맞아. 딱 그 꼴이지."

"근데 왜 불렀어?"

"…글쎄, 네 생각이 나더라."

"훗! 청하 씨와 잘 안 되고 나니 내 생각이 났다니, 선배한테 난 딱 그 정도였구나? 한 번 비참하게 만들었으면 됐지 또 그러고 싶어?"

"그, 그런 게 아니야. 너한테 사과하고 싶었어. 헤어지더라도 그렇게 했으면 안 되는 거였는데……. 미안해, 해인아. 미안해."

솔직히 무슨 말을 하는지 자신도 몰랐다. 미안하다는 감정보다 붙잡아야 한다는 생각이 우선이었다.

칵테일을 한 모금 마신 주해인이 말했다.

"미안해하지 않아도 돼. 선배 말은 사실이었으니까."

"응?"

"돈 때문에 두삼이와 헤어지고 선배를 만났다는 말."

"그건 내가 홧김에 한 말이야."

"아니. 마음속으론 분명 그렇게 생각하고 있었어. 누구보다도 잘살고 싶었거든. 좋은 아파트에 살며, 좋은 차를 몰고 사모님처럼 살고 싶었어. 그렇게 해줄 남자가 필요했던 거야."

주해인은 다시 칵테일을 마시며 말을 이었다.

"우리 집은 여느 집처럼 평범했거든. 6개월마다 등록금 걱정하는 아빠, 공과금 납부 걱정하는 엄마, 아빠 월급 나오기 직전엔 반찬이 달라지고 근사한 레스토랑에서 식사하는 건 특별한 날만 가능한. 그런 평범한 집. 그래서 돈 많은 사람을 만나고 싶었는지 몰라."

"……"

"그래서 두삼이가 빈털터리가 되었다는 선배의 말에 실망하게 됐지. 그리고 선배로 갈아탄 거야. 후우~ 근데 말이야. 선배랑 결혼하자고 했을 땐 아니었어. 내가 받는 월급으로 얼마든지 집도 살 수 있고, 차도 살 수 있게 됐잖아. 물론 화려한 삶은 힘들수도 있겠지만 말이야."

"…미안. 네 진심을 오해했어. 한 번만 기회를 줘, 해인아! 내가 잘할게."

서글픈 목소리로 지난 얘기를 술술 하니 여전히 자신에게 마음이 있나 싶었다. 그래서 당장 간이라도 빼줄 사람처럼 용서를 구했다.

한데 착각이었다. 곧장 냉랭한 목소리로 돌아왔다.

"미안해하지 않아도 돼. 내 욕심 때문이니까. 그리고 오늘 온 이유는 그냥 말해주고 싶었어. 그랬다고."

"해인아, 그러지 말고 우리 다시 시작하자. 내가 평생 갚을게."

"훗! 선배랑 같이 있는 것만으로도 내 자신이 부끄러워져 이불 킥을 하고 싶어. 그런데 어떻게 같이할 수 있겠어. 앞으로 연락도, 아는 척도 마."

"……"

잔을 비우고 주해인이 일어났다.

팔을 잡으려던 임동환은 그녀의 싸늘한 눈빛에 차마 손을 뻗을 수가 없었다.

돌아서는 그녀. 무슨 생각이 났는지 걸음을 멈추고 다시 돌아섰다.

"참! 이별 선물이라기엔 우습지만 한 가지 말해줄게. 두삼이가 뭐라고 하면 입 닫고 용서해 달라고 빌어."

"…뭔 소리야?"

"과거에 선배가 한 짓. 두삼인 알고 있어."

"내, 내가 한 짓이라니! 야! 주해인! 말을 똑바로 해줘야 할 거 아냐?"

주해인은 돌아보지 않고 나가 버렸다. 뛰어나가서 잡을 수도 있지만 그러지 못했다. 사실 소리친 건 도둑이 제 발 저려서 한 행동에 불과했다.

지금까지 자신을 바라보던 두삼의 눈빛이 파노라마처럼 눈앞을 지나갔다.

다리가 떨려 자리에 주저앉았다.

"…씨발! 혹시나 했는데 알고 있었어."

알고 나니 이해가 됐다.

갑자기 싫어하는 기색을 드러내니 알고 있나 의심을 한 적도 있었다. 그러나 증거가 없는데 무슨 수로 알겠냐 싶어 주해인 때문이겠거니 생각했다.

그러나 그렇다고 하면 주해인 때문이라면 병원 생활을 시작했을 때부터 그랬어야 했다.

"…민청하와 나 사이를 방해한 것도, 방송에서 마취침을 자신이 만들었다고 한 것도 다 복수 때문이었어."

누군가가 자신을 망친 사람이라는 걸 알게 되었으면 어땠을까 생각해 본다. 아마 복수를 한다고 길길이 날뛰며 주먹부터 날렸을 것이다.

한데 두삼은 약간의 내색만 보였을 뿐 모른 척 뒤에서 복수의 칼날을 갈고 있었던 것이다.

이쩌면 자신이 지금 이 지경이 된 것도 놈의 복수 때문인지도 모른다는 생각이 들자 소름이 돋았다.

'…아버지께 연락해야겠어.'

아버지가 관여했음을 아는지 모르는지 알 수 없지만 일단은 알리는 것이 우선이라 생각했다.

임동환은 임철호에게 전화를 걸었다. 한데 신호는 가는데 전화를 받지 않았다.

'뭘 하시기에, 빨리 좀 받아요!'

열 번쯤 울리자 그제야 연결이 됐다. 그래서 다짜고짜 본론을 꺼냈다.

"아버지! 한두삼 그 자식이 전에 우리가 했던 일을 알게 된 것 같아요."

─…….

임철호 역시 놀랐을까, 아무런 반응이 없다.

"여보세요? 제 말 들으셨어요?"

─…들었다.

"아무래도 그 자식에게 당한 것 같아요. 이번 일도 그렇고 청하 일도 그렇고요. 어떻게 하죠?"

─…후우~

평소라면 냉철하게 판단해서 뭔가 말했을 텐데 긴 한숨이라니 아무래도 반응이 이상했다.

"…무슨 일 있으셨어요?"

─…있었지. 동문회장에게서 연락이 왔었다.

"동문회장님이요? 그분이 무슨 일로?"

마취침으로 경해대 한의학과를 빛냈다고 칭찬을 아끼지 않았던 사람이었다.

―…한두삼 그 아이에게 했던 일에 관해 묻더라.

"네에? …그, 그래서요?"

―아니라고 잡아뗐다. 한데 이미 다 알고 전화를 한 것 같다. 후우~

임철호는 다시 긴 한숨을 내뱉으며 말을 이었다.

―…밝혀지면 동문회에 알려 명단에서 뺀다고 말하더구나. 이 일을 어찌해야 할지 모르겠다.

"……!"

동문회에 알리고 동문회 명단에서 뺀다?

이건 한강대학교 교수직을 박탈당하고, 병원에서 쫓겨나는 것과는 다른 차원의 문제였다.

경해대의 졸업생이 없는 곳이 있을까? 작년에 새로 만든 한강대학교에도 경해대 출신이 여섯이다. 심지어 경쟁 대학이라 할 수 있는 한의학과가 있는 대학교에도 경해대 출신 교수가 있다.

즉, 알려지면 개인 병원으로 조용히 살아가지 않는 이상 설 곳이 없어진다는 얘기였다.

―…….

"……."

임철호도, 임동환도 전화기만 붙잡은 채 아무 말도 하지 못했다.

＊　　　＊　　　＊

오형식 의원의 집으로 들어가자 가정부 아주머니가 반겨준다.

"여기 앉아 계세요. 의원님은 위층에서 일 보고 계세요. 마실 것 드릴까요?"

"시원한 물로 주시면 감사하겠습니다."

더위가 한풀 꺾였지만 여전히 차가운 물이 당긴다.

물을 받아 한 모금 마시며 거실을 둘러봤다. 화려하지만 인테리어가 다소 과하다.

과시욕이 느껴진달까.

물론 하란의 집을 보기 전이라면 '우와! 럭셔리하다!' 하며 놀랐을 것이다. 하지만 하란의 집에 비교하면 산만하고 수수한 편이다.

최근에 안 사실이지만 미술관 같은 집에 걸린 그림이 대부분 수억대의 진품이라는 사실.

'그나저나 내가 LA로 가야 하나?'

두 달을 예상하고 떠난 하란이 또다시 언제 올지 모르게 되어 버렸다.

마냥 기다리기 뭐해서 여름휴가를 받아 일주일쯤 미국에 다녀올까 생각하던 차에 민규식에게 한 달쯤 쉬라는 얘기를 들으니 마음이 싱숭생숭하다.

이런저런 생각을 하는데 '흠!' 헛기침을 하며 2층 계단에서 낯익은 사람이 내려왔다.

"처음 뵙겠습니다, 오 의원님. 한두삼입니다."

"반가워요, 한 선생. 오형식이에요."

40대 후반의 오형식은 TV에서 보던 것처럼 멋진 웃음을 지으며 손을 내밀었다.

악수하는데 얼굴과 달리 복싱을 하는지 손등이 꽤 거칠다.

"늦은 시간까지 고생이 많군요."

"별말씀을요."

"직접 병원에 가서 진료를 받는 게 맞는데 뭐든 꼬투리를 잡으려는 사람들 때문에 그게 쉽지가 않네요."

"병원 갔다 온 것이 꼬투리가 되나요?"

"갖다 붙이기 나름 아니겠어요? 제 처가 자주 넘어져요. 그래서 병원에 다녀오면 혹시 가정 폭력이 아니냐고 오해를 하죠. 이럴 땐 정치를 괜히 했다 싶어요."

"세상에……."

"일단 소문을 내놓고 아니면 말라는 식이에요. 남이 어떻게 되든 상관하지 않는 인간들이죠."

그는 씁쓸한 표정으로 중얼거렸는데 그 모습이 참 안쓰러웠다. 3선 의원에 가끔 대권 얘기까지 나오는 사람이라 적들이 많은가 보다.

이번 순회 진료 중 진맥하거나 간단한 치료를 할 때 허투루한 적은 없다. 그러나 진심으로 이 사람을 치료해 주고 싶다는 생각을 한 적은 있다. 그래서 그 자리에서 할 수 있는 일도 일부러 병원으로 보냈다.

한데 오늘은 조금 달랐다. 웬만한 건 그냥 치료를 해줘야겠다는 생각이 들었다.

"오늘 밀고라도 사모님이 넘어지면 절 부르세요. 제가 봐드릴게요."

"허허허! 말씀만이라도 고맙군요. 그럼 시작할까요? 일단 제 처부터 살펴주겠어요? 어제 넘어지면서 계단에서 굴렀거든요."

"예. 어디에 계시죠?"

"2층에요."

그를 따라 2층 침실로 갔다.

오형식의 부인은 끙끙거리는 소리를 내며 침대에 누워 있었다.

상기된 볼, 식은땀, 앓는 소리, 방 안에서 느껴지는 은은한 열기.

'어라? 이 묘한 괴리감은 뭐지?'

세상 착한 사람처럼 말하던 이가 부인이 이렇게 아픈데, 고작 오해를 받을 것이 두려워 이렇게 아픈 사람을 방치해 두고 있다?

"여보, 의사 선생 왔어. 어디가 아픈지 잘 말해야 할 거야, 알았지?"

부인은 끙끙거리며 실눈을 떴다. 그리고 오형식을 보더니 다시 눈을 감는다.

"한 선생, 어떻게 아픈 건지 봐줘요. 가급적 여기서 치료를 해줬으면 해요."

"…네. 맥을 잡을 수 있게 팔을 내밀어주세요."

이불 속에서 힘겹게 팔을 꺼내는 부인. 한데 그조차도 힘겨운지 앓는 소리가 연신 들린다.

부인은 이불을 꽁꽁 싸맨 채 있으면서 긴팔 티셔츠를 입고 있었다. 두삼은 조심스레 맥을 잡았다. 그리고 맥으로 판단하지 않고 곧바로 기를 불어넣었다.

기운은 재빠르게 그녀의 몸을 스캔했다.

'이 미친……'

갈비뼈 세 개가 부러져 있다. 그리고 온몸 구석구석에 타박상으로 인해 작은 핏줄들이 터져 있다. 더 최악은 이 상태로 며칠 방치되어 있어서 열이 무척 심하게 나고 몸이 극도로 쇠약해져 있었다.

절대 계단에 굴러서 생길 수 없는 상처.

괴리감의 정체를 확실히 알 수 있었다. 이건 가정 폭력이 분명했다. 그렇지 않고서야 어떻게 이런 환자를 내버려 둘 수 있는지.

"어떤가요?"

"잠시만요. 아직 다 보지 못해서."

다 보지 못한 게 아니라 어떻게 말해야 할지 몰라서 일단 시간을 번 것이다.

성질 같아선 똑같이 패주고 싶다. 그러나 뻔뻔하게 거짓말하고 가정 폭력을 행사하였다고 3선에 대권 얘기까지 나오는 여당 정치인을 패면 내 인생은 땅바닥으로 패대기쳐질 게 분명했다.

경찰에 신고해서 이슈화를 시킨다?

이슈화는커녕 어쩌면 민주 경찰이 자신을 잡아넣으려 할지도 모르겠다.

모른 척하고 할 수 있는 일만 하고 떠나는 게 최선인데 그냥 놔두자니 환자가 위험하다.

'젠장! 왜 하는 일마다 이러는 건지……'

『주무르면 다 고침!』 11권에 계속…

이제부터 전자책은

이젠북

www.ezenbook.co.kr

 새로운 세계가 열린다!

김재한 『성운을 먹는 자』	철백 『대무사』
니콜로 『마왕의 게임』	가프 『궁극의 쉐프』
이경영 『그라니트:용들의 땅』	문용신 『절대호위』
탁목조 『일곱 번째 달의 무르무르』	천지무천 『변혁 1990』
강성곤 『메이저리거』	SOKIN 『코더 이용호』

이름만 들어도 황홀할 정도의 별들의 향연!
이들의 "유료연재"가 시작됩니다!

검색창에 **이젠북**을 쳐보세요! ▼

초대형 24시 만화방

신간 100%, 샤워실, 흡연실, 수면실(침대석), 커플석, 세탁기 완비

■ 광명 광명사거리역점 ■

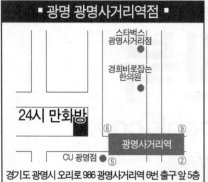

경기도 광명시 오리로 986 광명사거리역 6번 출구 앞 5층
02) 2625-9940 (솔목타워 5층)

■ 강북 노원역점 ■

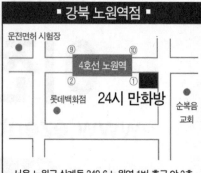

서울 노원구 상계동 340-6 노원역 1번 출구 앞 3층
02) 951-8324 (화용빌딩 3층)

■ 일산 정발산역점 ■

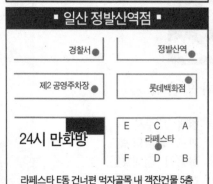

라페스타 E동 건너편 먹자골목 내 객잔건물 5층
031) 914-1957

■ 일산 화정역점 ■

경기도 고양시 덕양구 화정동 984번지 서일빌딩 7층
031) 979-4874 (서일사우나 건물 7층)

■ 부천 역곡역점 ■

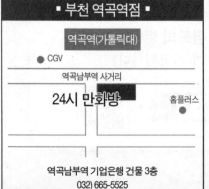

역곡남부역 기업은행 건물 3층
032) 665-5525

■ 부평역점 ■

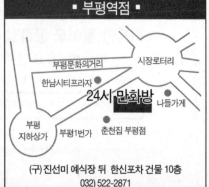

(구) 진선미 예식장 뒤 한신포차 건물 10층
032) 522-2871